命の砦《とりで》

五十嵐貴久

祥伝社文庫

命の砦《とりで》

The Fort of Life

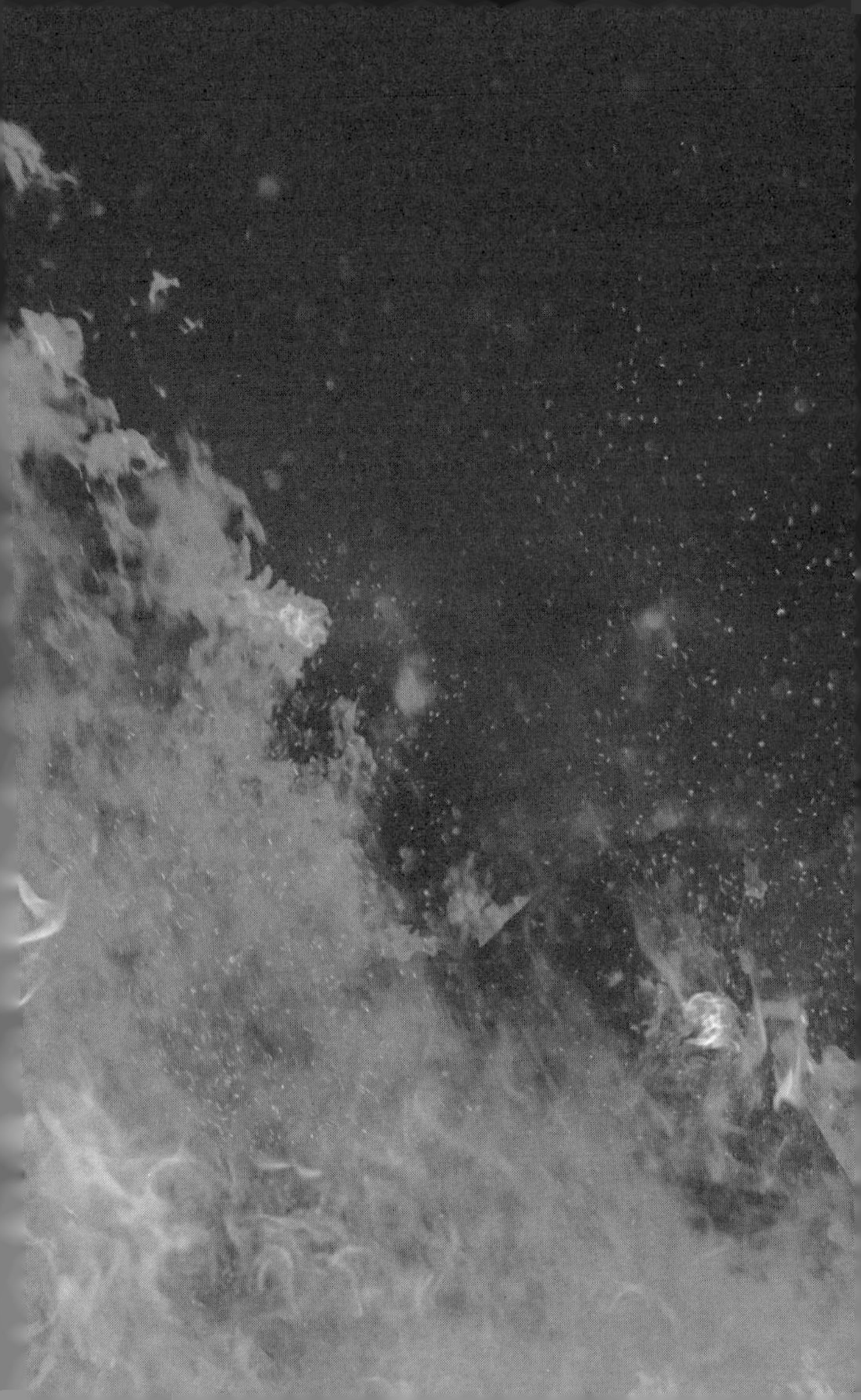

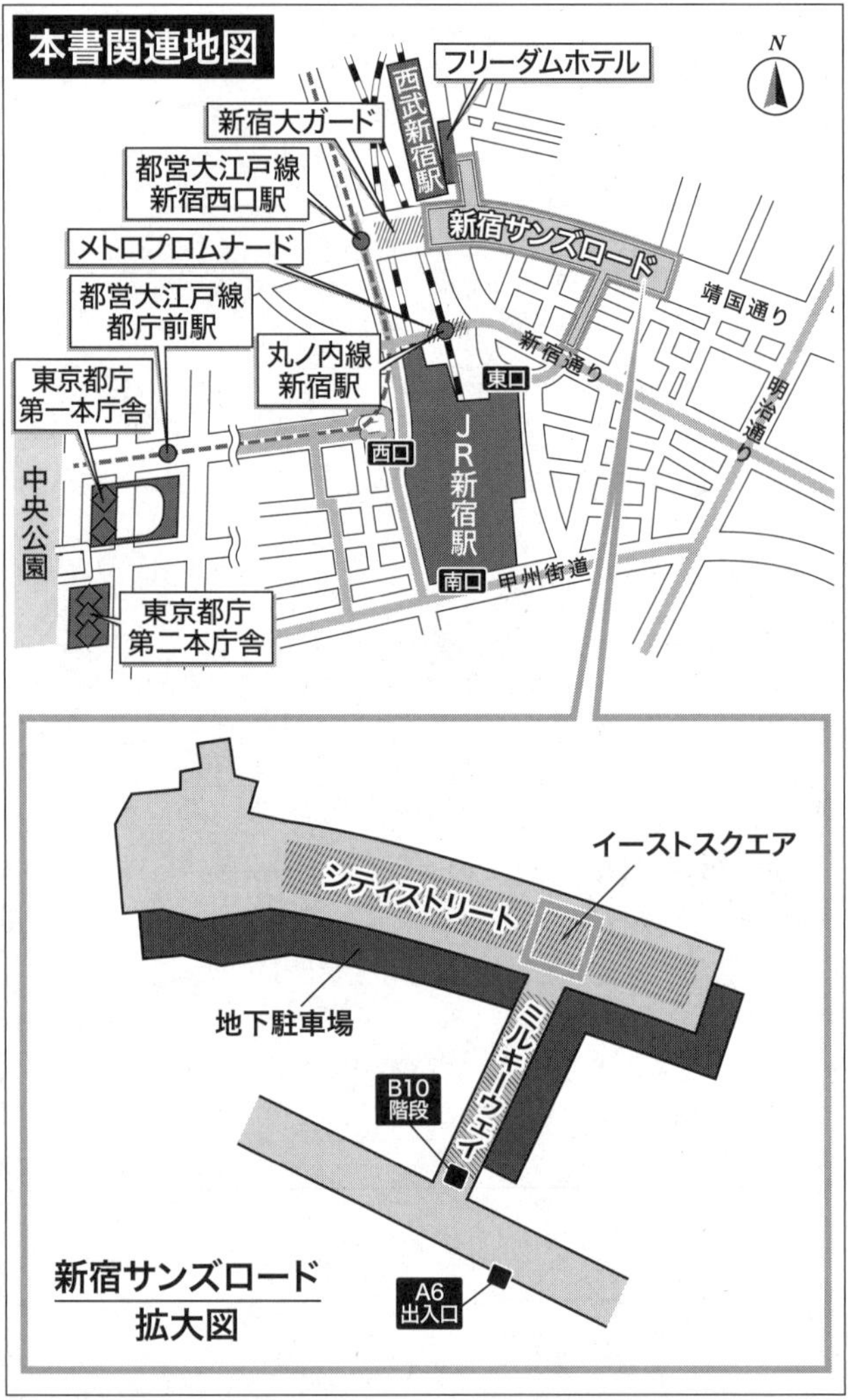
本書関連地図
N
フリーダムホテル
西武新宿駅
新宿大ガード
都営大江戸線
新宿西口駅
新宿サンズロード
メトロプロムナード
靖国通り
都営大江戸線
都庁前駅
新宿通り
丸ノ内線
新宿駅
東口
東京都庁
第一本庁舎
明治通り
西口
JR新宿駅
中央公園
南口
甲州街道
東京都庁
第二本庁舎
イーストスクエア
シティストリート
地下駐車場
ミルキーウェイ
B10
階段
新宿サンズロード
拡大図
A6
出入口

プロローグ

12月23日　22：30

　JR西国分寺《にしこくぶんじ》駅から二十分ほど歩き、公団住宅へ帰ったのは夜十時半だった。

左肘《ひじ》に提《さ》げていたトートバッグに、寒さで震える右手を突っ込んで鍵を捜したが、財布やスマホの充電器、手帳、化粧ポーチと関係のない物に指が触れるだけだ。

（ああ、もう）

最悪だ、と真知子《まちこ》は雨で変色したパンプスでドアを強く蹴《け》った。何もかも最悪。どうして、あたしばっかり。どうして。

　やや小ぶりなトートバッグに入っているのは、必要最小限の物だけだ。それなのに、どうして鍵だけが見つからないのか。

　スマホ用のイヤホン、ポケットティッシュ、コンタクトレンズのケース。かじかんだ指にイヤホンのコードが絡《から》まって離れない。

　全身がびっしょり濡《ぬ》れているのは、夕方から降り始めた雨のせいだ。朝の天気予報では、夜半から雨になり、朝方には雪になるでしょう、明日はステキな雪のクリスマスイブになりそうですね、と若い女性気象予報士が微笑《ほほえ》んでいた。

明日のことなんていいから、今日の予報ぐらいちゃんと当ててよ。

夕方、空が急に暗くなり、小雨がぱらつき始めた。勤務先のスーパーマーケットの経理本部での仕事を終え、帰り支度《じたく》を始めていると、いきなり残業を押し付けられた。

「橋口《はしぐち》さんは空《あ》いてるよね?」

笑いながら、課長がそう言った。橋口さんなら空いてるよね。明日はイブだけど、特に何もないでしょ?

断りたかったけど、断れなかった。いつもそうだ。嫌と言えない自分の性格が大嫌いだった。

一人でデスクに残り、帳簿の確認をした。終わったのは九時過ぎで、西国分寺の駅に着いたのは、最終バスが出た直後だった。あと五分、ううん、三分早ければ間に合ったのに。

タクシーで帰るなんて、お金がもったいなくてできない。コンビニで傘を買おうと思ったけど、売り切れていた。

仕方なくそのまま待っていたら、雨が小止《こや》みになった。今しかないと思ってコンビニを出ると、五分後に本降りになった。最悪。

十二月の冷気と雨が肌を刺し、痛いほどだ。やっと帰り着いたと思ったのに、鍵が見つからない。

通販で買った薄っぺらいダウンジャケットは、水に浸《ひた》したように濡れている。頭を振ると、中途半端に伸びている髪から滴《しずく》が飛び散った。

冷えきった手でトートバッグを探り続けると、ようやくキーホルダーに指が触れた。ため息をついてドアを開け、壁のスイッチで明かりをつけた。

１Ｋの部屋は、外より寒々としていた。朝、出た時と何も変わっていない。インスタントコーヒーが半分ほど残ったマグカップと、食べかけのシリアルの皿がテーブルに載っている。

体に張り付いているダウンジャケットとブラウスを脱ぎ捨て、浴室の脱衣所のカゴに入っていたバスタオルで髪を絞り、腕と肩をこするようにして拭いた。部屋の中にいるのに、凍《こご》えそうなほど寒かった。

テレビとエアコンを同時につけ、震えながらデニムのスカートを脱ぎ、部屋着にしているトレーナーに着替えた。

築三十年の公団はどこもかしこも建て付けが悪く、隙間《すきま》風が入り込んでくる。吐いた息が白くなったが、それもいつものことだ。

ケトルでお湯を沸かし、ティーバッグの紅茶を飲むと、ようやく落ち着いた。テレビでは何人かのお笑いタレントが、整形してるやろ、とグラビアアイドルを指さして笑っている。

浴室の自動給湯ボタンを押し、浴槽に湯が溜《た》まるのを待っている間、荻窪《おぎくぼ》の駅ビルで買ったサンドイッチを口に押し込んだが、味さえわからなかった。

もう無理、とつぶやきが漏れた。こんな暮らしが七年も続いている。

田舎は嫌だと鳥取の実家を飛び出し、東京に出てきた。派遣社員としてスーパーマーケットで働き、四年前、ようやく正社員になったが、仕事は同じだった。

都内の店舗から送られてくるPOSデータの集計と、その確認。退屈で単調な、誰にでもできる仕事。西国分寺の公団と、荻窪の勤務先を往復するだけの毎日。

三十四歳、独身。何ひとつ思った通りにならなかった。

職場に友達はいない。もともと口下手で、人付き合いは苦手だ。地元の友達とは、何年も連絡を取っていなかった。

周囲から軽んじられているのは、自分でもわかっていた。嫌われているのではない。下に見られているのでもない。誰もが自分の存在を、空気と同じだと思っているのだろう。

最初からそうだった。この五年、ランチを誰かと一緒に取ったことさえない。話しかけてくる者もいない。空気に話しかけても意味はない、と思っているのかもしれない。

十二月に入り、街はクリスマスモードになっている。荻窪の駅には美しいイルミネーシヨンが飾りつけられ、誰もが幸せそうに笑っていた。

この一週間ほどは、同じ課の女子社員たちがクリスマスをどう過ごすかで盛り上がっていた。恋人とのディナー、家族との団欒《だんらん》、友人同士のパーティ。

話の輪に入れないまま、仕事をした。あの子たちにはわからない。あたしがどれだけ孤独か、わかるはずがない。

腹が立ってならなかった。誰よりも真面目《まじめ》に仕事をしている。自分の都合で残業を押し付けてくる同僚にも、嫌な顔ひとつしたことはない。

何ひとつ悪いことはしていない。それなのに、報われることがない毎日。それどころか、損ばかりしている。

サンドイッチの最後のひとかけらを飲み込むと、涙が滲《にじ》んだ。もう耐えられない。浴室から、お風呂が沸きましたという合成音声が聞こえたが、無視してスマホを開いた。グループＬＩＮＥ〝ノー・スーサイド〟。

一年ほど前、独りぼっち、寂《さび》しい、絶望、死にたい、そんなキーワードで検索を続けているうちに見つけたのが、〝ノー・スーサイド～孤独なあなたへ〟というホームページだった。

エンジェルというハンドルネームの管理人が作ったもので、寂しさや虚《むな》しさを感じている人のための場所、と記《しる》されていた。

デザインは簡素で、写真やイラストもない。掲示板があるだけで、そこに日常の不平不満、愚痴《ぐち》をハンドルネームで書き込むと、管理人のエンジェル、そして閲覧者がコメントする。それだけのホームページだ。

何度か見ているうちに、抱えているストレスを掲示板に書き込むようになった。それに対するコメントを読み、自分もコメントを返した。何も変わらなかったが、習慣になるまで時間はかからなかった。

エンジェルがこのホームページを立ち上げた目的は、自殺を止めるためだという説明がトップページにあった。〝ノー・スーサイド〟というタイトルには、その意味が込められているという。

自殺するしかない、と思い詰めている者は少なくない。ただ、彼ら彼女らのほとんどが、誰かに止めてほしいと願っている。

だが、苛《いじ》め、虐待、DVその他、誰にも言えない悩みを抱えている場合もあった。心の傷が深い者は、匿名《とくめい》であっても掲示板にコメントを残すことすらできない。

そのために、エンジェルは掲示板にメール送信フォームを設定していた。アドバイスをするわけでも、救いの手を差し伸べるのでもなく、ただ抱えている問題について話を聞くだけだが、それで救われた者もいたはずだ。

絶望している者に、有効な助言などない。それよりも、ただ黙って話を聞いてくれる者がいるとわかれば、それだけで自殺を思い止《とど》まることもあるだろう。

エンジェルからメールの返信が届いたのは、半年ほど前だった。

『大丈夫?』

記されていた四文字を見た瞬間、自分でも信じられないほどの涙が溢《あふ》れた。子供のように泣いた。

自分のことを気にかけてくれる人がいる。そう思っただけで、涙が止まらなかった。

ありがとうございますと返信すると、LINEグループを作ったので、良かったら参加してください、というメッセージが届いた。入らない理由はなかった。

八月末、ホームページ〝ノー・スーサイド〟は閉鎖されたが、LINEグループは続き、百人以上の人間がそこに加わっていた。エンジェルが〝計画〟について話したのは、九月十一日だった。

エンジェルの〝計画〟について、賛同する者、反対する者、意見を保留する者、それぞれの立場や考え方は違った。反対する者はグループから去っていった。

真知子はLINEのやり取りをすべて読んでいたが、自分の意見は言わなかった。〝計画〟が間違っているのはわかっていたが、強く反対することはできなかった。

どうしようもない怒り、悔しさ、疎外感、周囲の無理解と無関心に対する絶望。エンジェルのメッセージは正しい。自分が抱えている深い哀《かな》しみと同質のものだ。

だが〝計画〟は犯罪で、許されるものではない。それはエンジェルもわかっているのだろう。誰に対しても強制しなかったし、勧誘もしなかった。ただ、自分は一人でも〝計画〟を実行すると宣言しただけだ。

〝計画〟に反対し、去っていった者たちが、警察に通報することはなかった。エンジェルの〝計画〟を心情的に理解できると考えたのだろう。誰の心の中にも、エンジェルへの共感があった。

残ったのは三十人ほどだった。全員が〝計画〟について話し合い、それぞれが準備を始めた。

決断できないまま、ひと月が経《た》った。いつでも止めることができると理由をつけ、準備に加わったのは十一月の終わりだ。

〝計画〟の決行は明日で、今からでも降りることはできる。逃げても、責める者はいない。

真知子はスマホの画面に目をやった。そこにエンジェルのメッセージがあった。

『私たちは組織でも集団でも仲間でもない。命令するつもりも指示するつもりもない。全員が〝計画〟に参加しなくても構わない。それでも私は、明日〝計画〟を決行する』

二度読み返してから、わたしも、と真知子はスマホに文字を打ち込んだ。

流されて生きてきただけの三十四年だった。自分で何かを決めたことは一度もない。最後だけは、自分の意思で決断を下そう。

『わたしも〝計画〟に加わります』

追いかけるように、〝ぼくも〟〝あたしも〟とメッセージが画面に浮かんだ。その数が増えていくのを確かめる前に、真知子はスマホを伏せた。

Tragedy 1　クリスマスイブ

12月24日　17：33

　制服姿のまま、神谷夏美《かみやなつみ》は階段を駆け上がった。銀座《ぎんざ》第一消防署、通称ギンイチの三階フロアに入ると、警防部の広いスペースで十人ほどの職員がデスクに向かっていた。

最奥部《さいおうぶ》のガラスのパーティションで囲われた個室で、村田大輔《むらただいすけ》消防正監《せいかん》がいつものように不機嫌そうな表情を浮かべて座っている。開け放しになっていたドアから中に入った夏美は、本日の訓練を終了しましたと敬礼した。

訓練、と小馬鹿にしたように村田が眉間《みけん》に皺《しわ》を寄せた。

「そりゃご苦労だったな、神谷消防士長《しちょう》」

夏美の制服の袖《そで》の階級章は、黒の地に金線が一本、その上に消防章が三つあった。副士長から消防士長に昇進したのはちょうど一年前だ。消防では初級幹部とされ、役職としては主任、小隊長ということになる。

　辞令を交付したのは村田だが、〝神谷消防士長〟と階級付きで呼ぶのはギンイチに併設されている消防学校で劣等生だった夏美への皮肉であり、自覚を促《うなが》す意味が込められていた。

小隊長は小隊を率い、現場で指揮を執る。小隊は火災現場における最小のユニットだが、それだけに責任は重い。

五時半を過ぎました、と夏美は壁の時計を指した。

「だから何だ?」

木で鼻をくくったような返事があった。無愛想を絵に描くと村田になる、と常々夏美は思っていた。

「今から二十四時間、わたしは非番に入ります。言うまでもありませんが、非番は待機で、公休とは違います」

消防士は各自治体、あるいは消防本部によって勤務体系が違う。隔日勤務の二交代制、もしくは三交代制が主だが、ギンイチでは後者が採用されていた。当番、非番、公休を繰り返し、当番日には二十四時間勤務となる。

多くの消防署、消防本部では午前八時半から翌朝の同時刻までを勤務時間にしているが、ギンイチの場合、十七時半から翌日の同時刻までと定められている。他の消防署と勤務形態が違うのは、大震災その他自然災害、大規模火災に対応するためのメガ消防署、と国と東京都が位置付けしていたためだ。

「ですが、非番は非番です」夏美は村田に顔を近づけた。「だから言いますけど、今日はクリスマスイブですよ」

それがどうした、と立ち上がった村田が口を曲げた。

「消防士にクリスマスも正月もない。イブだろうが元旦だろうが、火災は起きる。奴《やっ》らは気遣いもしないし、忖度《そんたく》という言葉も知らん。火災はともかく、あと数時間もすれば救急車要請が百件単位で来る。それはお前だってわかってるだろう」

確かに、と夏美はうなずいた。クリスマスイブに馬鹿騒ぎをした若者たちが急性アルコール中毒で倒れ、救急車を呼ぶのは毎年のことだった。

何がクリスマスイブだ、と村田が顔を背《そむ》けた。

「ハロウィンにしてもそうだが、日本人にとって何の意味がある？　毎日がお祭りじゃなきゃ気が済まんのか？」

日本人のことはわかりませんけど、と夏美は声を低くした。

「柳《やなぎ》さんにとっては意味があります。婚約して初めてのイブなんです。フィアンセと過ごしたいと思うのは、当たり前じゃないですか。村田さんは署長、副署長に次ぐ組織のトップで、定時の五時半に上がっても文句を言う者はいません。今日、わたしたちは新宿《しんじゆく》で会うことになっています。折原《おりはら》くんと倉田秋絵《くらたあきえ》さんも来ます。わたしは七時までに行くと伝えていますが、村田正監も一緒に――」

行かないと言ったはずだ、と村田が鼻の付け根に皺を寄せた。

「クリスマスイブは、消防にとって一年で最も厄介《やっかい》な日だ。上級職がいなければ、判断できないことも起こり得る。俺が残ると、俺が決めた。それで誰が迷惑している？ 放っておいてくれ」

余計なお世話だ、と村田が手を振った。プライベートに口を出すつもりはありませんけど、と夏美は最後の抵抗を試みた。

「柳さんのことも少しは考えてあげたらどうです？ 消防士だって人間です。仕事も大事ですけど、それぱっかりじゃ……」

返事はなかった。無駄なのはわかっていたが、夏美は一枚のメモを制服のポケットから取り出した。

「三人は六時に新宿地下街、サンズロードのパブで待ち合わせています」ロンドンナイトという店です、と夏美はメモをデスクに載せた。「倉田さんは村田正監にお礼を言いたいと言ってます。顔を出すだけでも――」

何があるかわからん、と村田が乱暴に椅子に座った。

「こんな日だからこそ、責任者がいないとまずい。柳は公休だが、お前は非番だ。非番は待機であって、休みじゃない。地下街と言ったが、連絡は取れるんだろうな」

今時、携帯の電波が通じない場所なんてありません、と夏美は言った。

「そんなに照れなくたっていいじゃないですか。今さら……」

馬鹿馬鹿しい、と村田が横を向いた。それ以上何も言う気がなくなり、夏美は回れ右をして自分のデスクに戻った。

どうしてだろう、とフロアを歩きながら首を傾《かし》げた。何で柳さんは、あんな石頭を好きになったのか。

二年前の夏、夏美と柳雅代《まさよ》は船舶火災に巻き込まれ、九死に一生を得ていた。奇跡的に救出されたが、二人とも火傷《やけど》、骨折により福岡の病院で数週間入院することになった。

当時、ギンイチの消防司令長で、警防部長を兼務していた村田が直属の部下である二人のために福岡へ来て、入退院の手続きをしたが、それがきっかけとなって雅代と付き合うようになったらしい。

らしい、というのは、その間の事情について村田はもちろん、雅代も黙して語らなかったからだ。二人の性格を考えれば、今後も黙秘権を行使し続けるだろう。

ギンイチは首都東京を大災害から守るために設置された巨大消防署で、千人の署員はエリート揃《ぞろ》いだが、村田はその中でも傑出した能力を持つ消防士だ。その能力と実績は誰よりも抜きん出ている。特別功労賞で四度表彰を受けた消防士は、過去に村田以外いない。

消防士としての村田を夏美は尊敬していたが、人間としてとなると話は違う。防火と消火、人命救助のことしか頭にない男だ。

それが悪いということではない。消防士の鑑《かがみ》、と考えることもできる。だが、恋人や結婚相手としては最悪だ。感情を持たない消防マシンに恋をしても、報われることはない。

村田は自分の能力に絶対的な自信を持ち、時として独断専行に走ることもあった。火災現場では部下に絶対服従を要求し、陰《かげ》では魔王と呼ばれ、恐れられている。

実績を考えれば一階級上の消防司監《しかん》になっていてもおかしくないが、消防正監に留《とど》まっているのは、東京消防庁の上層部に嫌われているためで、それはギンイチの誰もが知っていた。

火災現場で魔王として君臨するのはいいとしても、そんな男性をパートナーにしたいと思う女性がいるはずもない。そう思っていたが、意外にも夏美のすぐそばにいた。ギンイチ唯一の女性課長、柳雅代消防司令だ。

消防士は圧倒的に男性が多い。主に体力的な理由によるもので、女性に向いている職業と言えないのは事実だ。

首都東京を守る義務と責任があるギンイチでは、消防士に高い技術と体力が要求される。夏美はギンイチに配属されて今年で十年目になる。

その間、五十人近い女性消防士が警防部に配属されたが、今も残っているのは夏美と雅代の二人だけだった。

火災現場で消火に当たる者は、お互いが命を預け合うバディとなる。絶対の信頼がなければ、燃え盛る炎に飛び込むことはできない。

夏美にとって、雅代は唯一のバディだ。十歳近く年齢が離れているが、雅代にとっても同じだ、と断言できた。

男性社会である消防において、女性消防士が自らを守るためには、同性のバディが必要だ。年齢差、階級差こそあったが、誰よりも信頼し合い、親友以上の強い精神的な繋《つな》がりがある。

にもかかわらず、雅代は村田との交際について、ひと月前、大沢《おおさわ》署長に婚約の報告をするまでひと言も話さなかった。

なぜ、どうして、そうなったのかは、今もわからないままだ。二人の婚約はギンイチ全体がパニックになったほど、誰にとっても想定外の出来事だった。

どうして教えてくれなかったのかと雅代に抗議したが、恥ずかしかったから、という答えが返ってきただけで、それ以上の説明はなかった。わかったのは船舶火災の後に、二人が交際を始めたことだけだ。

今さら問いただすつもりはないが、婚約したのだから、恥ずかしいも何もないだろう。仕事とプライベートは別だ、と村田が言うのもわからなくはないが、クリスマスイブぐらい一緒に過ごしてもいいのではないか。

もっとも、雅代に頼まれたわけではない。お節介だと言われればその通りだ。べたべたした付き合いを望む年齢《とし》でもないだろう。放っておくしかない、と夏美はパソコンのマウスをクリックした。

17:40

サンズロード地下四階の駐車場管理事務室の自動扉が開き、大きな段ボール箱を抱えた宅配便業者が入ってきた。差し出された伝票にサインをして、ご苦労様、と管理人の坂田《さかた》は大きな口を開けて笑った。

「お互い、大変だよな。イブだっていうのにさ」

仕事ですから、と業者が去っていった。段ボール箱に目をやると、差出人は新宿区商工組合となっていた。内容物の欄にクリスマスプレゼントとあり、仕事終わりに開けてくださいと注意書きが記されている。

粋《いき》なことしてくれるね、と坂田は段ボール箱をカウンターの横に置いた。持ち上げた時の音で、酒だとわかった。ワインか、それともシャンパンか。

新宿最大の地下街であるサンズロードは夜十一時でクローズするが、駐車場は二十四時間営業している。一年三百六十五日、それは変わらない。

十一月下旬から、サンズロードの各テナントがクリスマスセールを開始していたが、一週間前にファイナルセールと銘打《めいう》った大幅な値下げがあり、連日駐車待ちの車が長い列を作るようになっていた。

サンズロードは新宿駅東口周辺のビルと直結している。六十年以上前からある太平洋《たいへいよう》ショッピングビルをはじめ、ファストファッションの大型店舗、新宿名物の家電量販店、その他規模の違いはあるが、三十以上の数だ。

それらのビル、あるいは周辺テナントの客も、サンズロード駐車場を利用する。ＪＲ新宿駅の下にあり、歌舞伎町《かぶきちょう》や西武新宿駅《せいぶしんじゅく》、新宿三丁目《しんじゅくさんちょうめ》方面に行けるため、利便性は高い。

毎年のことだが、クリスマスイブは一年で最も混雑する日だ。カップル、家族連れ、友人同士が集まり、駅ビルや周辺の店で食事や酒を楽しむ者は十万人以上、その約三割が車で来る。買い物客は倍以上だ。駐車場が混むのは当然だった。

入出庫そのものはコンピューターが自動制御しているが、車同士の接触などトラブルも普段より多い。坂田は午後一時から勤務していたが、気の抜けない時間が続いている。

十時になれば今日の勤務は終わる、と坂田は後退した額《ひたい》に手を当てた。仕事終わりの一杯は格別に旨《うま》いだろう。

「メリークリスマス、ってね」

独り言が口をついて出た時、内線電話が鳴った。駐車場を出ようとしたオートバイと買い物客がぶつかり、言い争いになっているという。仲裁に入るため、坂田は管理室を飛び出した。

17:55

柳雅代はJR新宿駅構内の東口地下改札を出た。辺りは見渡す限り人で溢れていた。自宅マンションのある四《よ》ツ谷《や》から乗っていた中央《ちゅうおう》線も、満員電車並みに混んでいた。学生、サラリーマン、OLのグループ、カップル、家族連れ。誰もが笑《え》みを浮かべている。

後から後から、改札から押し出されるようにして人が出て行く。人の波に流されるようにして、雅代は改札から左手に向かった。

短い階段を地下に下りると、丸《まる》ノ内《うち》線の改札口が見えた。その周辺、そして東口と西口を結ぶメトロプロムナード全体も人で溢れている。

右から左、左から右へと大勢の人達が行き交う中、雅代は歩を進めた。通路内に雑貨、食品、花屋などの店舗があり、壁全体に美しいイルミネーションが飾られている。

丸ノ内線の改札から靖国《やすくに》通り方向二十メートル先に、巨大なピラミッド型のブースがあった。家電量販店と大手携帯電話販売会社が新商品のパソコン、ゲーム機、スマートフォンを山積みにして売っている。

クリスマス商戦ということなのか、法被《はっぴ》姿の店員たちが声を嗄《か》らして、今日明日だけの特別販売ですと叫んでいた。人々が何重にもブースを取り囲んでいる。

メトロプロムナードが異常に混雑しているのは、そのせいもあるのだろう。クリスマスイブだ、とため息が漏れた。

待ち合わせは六時だ。サンズロード二番街にあるロンドンナイトまで、普段なら五分もかからないが、今日ばかりは無理だろう。

ギンイチでは首都東京が巨大地震に襲われた際の避難シミュレーション会議を定期的に行なっていたが、雅代はそのメンバーに入っている。そのため、都内の大きな駅について、ある程度の知識があった。

新宿駅にはJRだけでも山手《やまのて》線、中央線快速、中央本線、中央・総武《そうぶ》線、埼京《さいきょう》線、湘《しょう》南新宿《なんしんじゅく》ライン、成田《なりた》エクスプレスが乗り入れている。私鉄は京王《けいおう》電鉄京王線・京王新線、小田急《おだきゅう》電鉄小田原《おだわら》線、西武鉄道新宿線、地下鉄は東京メトロ丸ノ内線、都営新宿線・大江戸《おおえど》線がある。

また、新南口のバスタ新宿は、成田、羽田空港や日本各地と直結しているリムジンバスのターミナルで、交通の要所だ。十二月二十四日、クリスマスイブに乗降客数日本一を誇る新宿駅構内の通路に人が溢れるのは当然だった。

二〇一一年三月十一日、宮城県沖を震源地として東日本大震災が発生した。この日、東京都では約三百五十二万人の帰宅困難者が出た。いわゆる帰宅難民だ。

東京都と宮城県は約四百キロ離れている。発生時刻も午後二時四十六分だったが、神奈川、千葉、埼玉、茨城県南部を併せた首都圏で、合計五百十五万人が当日のうちに帰宅できなかった。

仮に同レベルの大地震が東京を直撃した場合、混乱はその比でなくなる。地震や津波、火災などによる被害は甚大《じんだい》になるだろう。

交通網は寸断され、帰宅困難者の数は数倍に膨れ上がる。避難シミュレーション会議は、そのために行なわれていた。

新宿駅には一日平均三百五十三万人が乗降する。それだけでも信じられないほどの数だが、クリスマスイブの今日は五百万人を超えていてもおかしくない。

新宿という街自体が、日本有数の繁華街だ。飲食店の正確な数を把握できる者はいない。クリスマスイブには、その店々を目指して人々が殺到する。

また、多数の路線が乗り入れているため、新宿駅で乗り換える客も多かった。そこまで考えると、目の前に広がっている光景は想像通りとも言えた。

公休日だったため、自宅から直接向かっていると、夏美からＬＩＮＥが入った。七時までには着きますという文章と別に〈消防正監に動く気配なし〉という一文が添えられていた。

そうでしょうとも、と小さくうなずいた。彼はそういう人だ。

誰にとっても、クリスマスイブは笑顔と幸福に満ちた日だが、それを陰で支えている者がいる。警察、自衛隊、消防。顔も名前も知らない誰かのために、万が一の事態に備えて待機している者たち。

彼ら、彼女らの使命感が、市民の安全を護《まも》っている。誰ひとりとして、感謝や見返りを求める者はいない。それが誇りだと誰よりも理解しているのが村田だった。

頑固を絵に描いたような顔を思い浮かべながら、歩き続けた。クリスマスイブを一緒に過ごせなくてもいい。心が繋がっていればそれでいい。

新宿駅地下街は複雑な構造になっているため、階段に番号がついている。B10階段を降りると、そこがサンズロードだった。

サンズロードは地下三階にある新宿東口地下街の総称だ。雅代が立っているB10階段下から靖国通りへ延びている通路はミルキーウェイと呼ばれ、左右にファッションテナントが軒を連ねていた。クリスマスセール、70％オフ、という手書きの看板がいくつも立っている。

店の前にはアルバイトの若者が立ち並び、メリークリスマスと行き交う大勢の客に声をかけていた。通り過ぎる者たち同士が会話を交わし、各ショップがそれぞれに音楽をかけ、サンズロード全体にもクリスマスソングが流れている。さまざまな音が耳に痛いほどだ。

通路の脇にあるトイレから飛び出してきた女と、肩がぶつかった。すいませんと頭を下げた女が、顔を背けるように立ち去っていった。

二十代に見えたが、目にうっすら涙が浮かんでいた。クリスマスイブなのにと思ったが、だからかもしれない。

一人でイブを過ごすのが寂しいのか、それとも恋人にデートをドタキャンされたのか。顔色が青かったから、後者かもしれない。ひとつ首を振って、歩を進めた。

ミルキーウェイをまっすぐ進むと、シティストリートと呼ばれる西武新宿駅と新宿三丁目を繋ぐ通路に出る。サンズロード地下街の中心はそのクロスポイント、通称イーストスクエアで大きく四区画に分かれている。イーストスクエアからはJR新宿駅東口、新宿三丁目駅、西武新宿駅、歌舞伎町のどこへも向かうことができた。

逆に言えば、多くの人々が集中する場所でもある。そのため、イーストスクエアには広いスペースがあり、人の流れがスムーズになる構造になっている。

ただ、今日に限っていえばそのイーストスクエアでさえも混雑していた。イーストスクエアの真ん中に、丸ノ内線改札近くにあったブースの三倍以上の大きさを持つ一際《ひときわ》巨大なパソコン、ゲーム機、スマホなどの新商品特設ブースがあるためだ。

雅代はイーストスクエアを左に折れた。待ち合わせているロンドンナイトという店はサンズロード二番街にある。

数多くのテナントが軒を連ねる中、シティストリートを歩き続けると、ロンドンナイトという電飾看板が見えてきた。

17：59

覚悟はしていたけど、とサンズロード三番街にあるアパレルショップＡＷＥ《エーダブルイー》副店長の矢野《やの》は、バックヤードに届いたばかりの服を検品しながらため息をついた。二人のアルバイト女性が、無言でタグに50％オフというシールを貼っている。

ＡＷＥでは毎年夏と冬にセールを行なう。クリスマスセールはその中でも最大の売上が見込める書き入れ時だ。

今日は最悪だ、ともう一度大きく息を吐《つ》いた。二十三、二十四、二十五日はスペシャルセール、というテレビコマーシャルを本社が流していたためだ。

昼食を取る暇さえなかったが、この調子だと夕食も厳しいかもしれない。もっとも、この三日間はそんなものだと矢野もわかっていた。

アルバイトがあと五人いれば、と額の汗を拭《ぬぐ》った。本社の手配が遅かったせいだと愚痴が口をついたが、誰だってクリスマスに働きたくはないだろう。

店長の田所《たどころ》が本社と掛け合い、他の店舗から二名のスタッフ、そして臨時のアルバイト三人を確保した。今、目の前でシールを貼っている二人もアルバイトで、名前もうろ覚えだ。

台車にいくつもの段ボール箱を積んだ宅配便業者がバックヤードに入ってきて、サインをお願いしますと叫んだ。今日何度目か、それもわからなくなっていた。

大きな段ボール箱を受け取ると、表書きに〝ＡＷＥ・鈴木《すずき》様〟とあった。鈴木なんていたかな、と矢野は首を捻《ひね》った。

多くのアパレルショップがそうであるように、ＡＷＥも正社員の数は少ない。新宿サンズロード店では、店長の田所と自分だけだ。

臨時のアルバイトの誰かだろう。伝票には〝プレゼント〟とだけ書いてあった。

「ねえ、鈴木さんっていたっけ？」

シール貼りをしていた二人に声をかけたが、さあ、という曖昧《あいまい》な答えが返ってきただけだった。二人ともお互いの名前を知らないようだが、三日間だけの臨時バイトだから、そんなものかもしれない。

（他店から来ているスタッフかな）

プレゼントと書いてあるので、勝手に開けるわけにはいかない。面倒臭いと思いながら、段ボール箱を商品棚の下に置いた。

後で確認しようと思ったが、仕事を始めると、そんなことは頭から消えていた。

18：07

折原真吾《しんご》は丸ノ内線のホームから階段を上がり、改札を出た。十二月末にもかかわらず、背中が汗で濡れている。丸ノ内線の車内は、凄《すさ》まじいの一語に尽きる混雑ぶりだった。

（遅刻だ）

待ち合わせの時間は午後六時だ。ロンドンナイトの予約を取ったのは折原だが、ホームに降りた時、もう着いたと雅代のＬＩＮＥが入っていた。

夏美は七時までに来ることになっている。神谷夏美取扱説明書のトップに書いてあるのは、約束と時間を守ることで、他はそれほど気を遣《つか》う必要がない。

ワンショルダーバッグの中に、夏美へのクリスマスプレゼントが入っているのを確かめてから、メトロプロムナードに足を踏み入れると、通路全体が人で埋まっていた。

大混雑の理由はすぐにわかった。改札右手に巨大なブースがあるためだ。ブースそのものが人の流れをせき止めている。周辺の人だかりも異様な数だ。

正月一日発売予定の新型ゲーム機が、今日明日だけの限定で先行発売されるニュースは、テレビやネットでも取り上げられていたし、他にもパソコンや新機種のスマホを売っていた。百個以上の段ボール箱がブース脇に山積みになっている。

メトロプロムナードの幅は十メートルほどで、空間としては大きい。新宿駅の東口と西口を結んでいるため、常に通行人の数は多いが、普段なら行き交う人の流れに支障はない。

だが、今日に限っては渋滞が起きていた。後ろから押されても、足を動かすことさえままならないほどだ。

(誰も転ばなければいいけど)

前を歩くサラリーマンに続きながら思った。下手に転倒でもすれば、人の波に押し潰《つぶ》されかねない。

ここまで混んでいるとは、思っていなかった。他の店にしておけばという考えが一瞬頭を過《よぎ》ったが、今さら言っても始まらないだろう。

十二月二十四日に夏美、雅代、そして自分と会いたいと倉田秋絵から連絡があったのは、十月中旬のことだった。定期的にメールやＬＩＮＥでやり取りをしていたし、秋絵は自分と夏美の関係も知っている。

クリスマスイブに会いたいというのは、恋人たちの聖夜を邪魔するのと同じだ。普通なら遠慮するだろう。

だが、話したいことがありますというメールの文面から、秋絵の気持ちが伝わってきた。それは夏美も雅代も同じで、今日会うと決めたのはそのためだ。

秋絵が十二月二十四日にこだわるのは、二年半前のファルコンタワー火災の際、亡くなった中野政人《なかのまさと》の誕生日だからだろう。中野は高校の化学教師で、秋絵はその教え子だった。

銀座に建てられた超高層タワー、ファルコンタワーが炎に包まれたあの日、折原もその場にいた。百階建てのタワーの最上階に避難していたが、救助は望めない絶望的な状況だった。

あの時、中野がいなければ、自分も夏美も雅代も、そして最上階にいた千人近い客たちも確実に死んでいた。自らの命を犠牲にすることで、中野は大勢の命を救った。

かすかな悔いが、今も心のどこかに残っている。あの時、中野を救えたのではないか。

無理だったのはわかっている。鋼鉄製の梁《はり》が中野の腹部を貫通し、夥《おびただ》しい血がフロアを染めていた。息があることが奇跡としか思えなかった。

中野をその場に残し、退避した夏美の判断は正しい、と折原は信じていた。それでも、中野を見捨てたという思いがあった。

死の間際、中野は秋絵へのメッセージを託し、折原も夏美も必ず伝えると約束した。生き残った二人にとって、それは絶対の義務だった。

ファルコンタワー火災の三日後、折原は夏美と共に秋絵の自宅を訪れ、あの時ファルコンタワーで何があったかを話し、中野の最期の言葉を伝えた。

当時秋絵は十八歳だった。そして、中野には妻がいた。不倫であり、教師と生徒という関係を考えれば、道義的にも許される関係ではない。

二人が交際していたことは、本人たち、そして折原と夏美しか知らない。誰にも言えない秘めた恋だったが、中野が真剣に秋絵を愛していたのは確かだ。

もっと上手《うま》い伝え方もあったはずだ、と折原は思っていた。中野先生のことは忘れた方がいい、と慰《なぐさ》めるべきだったかもしれない。だが、中野の死に立ち会った者として、命を懸けた約束を裏切ることはできなかった。

二人の話を聞いた秋絵は、何も言わず静かに泣き続けた。夏美がその手を握り締めていた。

そのまま、誰も口を開かなかった。秋絵が中野を愛していたことが、折原にもはっきりとわかった。その後、三人は折に触れ連絡を交わすようになり、いつの頃からか雅代と村田もその輪に加わった。

教師として、社会人として、夫として、中野は最低の人間だったかもしれない。だが、彼が命を捨てて、千人を救ったことに対する敬意があった。

　常識で言えば、クリスマスイブを避けるのが普通だろう。だが、中野の誕生日であるその日でなければならない、という意志が秋絵のメールから感じられた。

　もともと、折原と夏美にアニバーサリーという発想はない。付き合いもそれなりに長いし、照れもあった。

　そして、消防士なら誰でも、どれほど重要な記念日であっても、火災が発生したら出場しなければならない、と骨の髄《ずい》から理解している。二人ともクリスマスイブにこだわりはない。雅代とも話し、四人で会うことを決めた。

　だが、十一月の終わりに秋絵から交通事故で足を骨折した、というメールが届いた。医師からは全治一カ月と診断されたという。

　完治してから会った方がいいと思い、延期してはどうかと折原はメールを送ったが、心配しないでください、会えるのを楽しみにしていますという返事があった。

　クリスマスイブまで約ひと月あったので、その頃には治っているだろうと店を予約し、予定通り四人で会うことにしたが、地下街には人が溢れ、歩くのすらままならない状態だった。

　右足首を骨折したとメールにあったが、まだ完治したわけではないようだ。秋絵は触れていなかったが、松葉杖《づえ》をついて新宿へ来るつもりなのだろう。

大丈夫だろうか、という思いが胸をかすめたが、新宿駅まではタクシーで来ると聞いていたし、どうしても厳しいようなら、自分が迎えに行けばいい。

B10階段を降り、ミルキーウェイに出て通路を進むと、アパレルショップやレストランの前、その他至るところにゴミ袋が置かれていた。段ボール箱を積み上げている店も多い。いかにもクリスマスイブらしい光景だ。

ミルキーウェイを歩き、イーストスクエアまで出ると、巨大なパソコンやゲーム機の特設ブースがあった。そこで人の流れが止まっている。折原はその隙間を縫うようにして、シティストリートを左へ向かった。

サンズロード二番街のロンドンナイトにたどり着いたのは、午後六時十五分だった。店内を見回すと、奥のテーブルに座っていた雅代が手を上げた。

「遅くなってすいません」

人が多いから仕方ない、と雅代がメニューを開いた。

「倉田さんは?」

LINEします、と折原はスマホを取り出した。周りのテーブルから、笑い声と乾杯という声が重なって聞こえた。

18：15

狭い階段を降り、男はサンズロード駐車場に足を踏み入れた。設置されていた電光掲示板に〝満車〟と赤い文字が点滅を繰り返している。

入出庫口に続くスロープに、十数台の車が数センチも間隔を空けないまま停まっていた。先頭の車の運転席に座っていた若い男が欠伸《あくび》をしていたが、一時間、あるいはもっと長く待っているのかもしれない。

クリスマスイブの今日、サンズロード駐車場が混むのは最初からわかっていた。男は朝八時に来ていたが、それでも車を駐車場に入れるまで三十分ほど待たなければならなかった。

あれから十時間以上が経過している。〝計画〟決行の予定時刻は十八時半だ。

早めに昼食を取り、その後新宿通りの映画館に入って時間を潰した。出た時には夕方になっていた。

綿をちぎったような雪が降る中、新宿の街を歩き続けた。行き交う人々の顔は幸せそうで、笑みに満ち溢れている。すべてに腹が立っていた。

この街には馬鹿しかいない。その時が来るまで、阿呆面《あほづら》下げて笑ってろ。炎がお前たちを襲った時、どんな顔をするか。それだけが楽しみだ。

十七時半、地下三階のサンズロード四番街へ戻り、コーヒーチェーン店でまずいコーヒーを飲んだ。食欲はなかったが、無闇に喉《のど》が渇《かわ》き、何度も水をお代わりした。

今から何が起きるか、誰もわかっていない。店内には二十名ほどの客がいたが、運のいい者は災厄《さいやく》を免れるし、運のない者は地獄を目《ま》の当たりにすることになる。

十分前に店を出て駐車場に戻った。結局、人生は運だ、と停めていたワゴン車の後部ドアを開きながらつぶやいた。

おれだって、タイミングさえ合えば、ちょっとした運があれば、巡り合わせが良ければ、こんなことにならなかったはずなのに。

トランクのブルーシートをめくると、そこに六個の段ボール箱があった。頭の中で手順を確認してから、男は一番上の箱を抱えて歩きだした。

五十メートルほど先に、新宿サンズロード防災センター、自衛消防隊本部と看板がかかっている鉄の扉があった。

段ボール箱を扉の脇に置き、すぐ戻りますと殴り書きしたメモ用紙をテープで留め、車に戻って二つ目の段ボール箱を抱えた。まだ五カ所ある。

事前に調べていたので、場所はわかっていた。北地区防災センター本部に向かって、男はゆっくりと歩きだした。

18:16

橋口真知子は左右に目を向けた。サンズロード駐車場に、一台の車が入ってきたところだった。近くに立っていた警備員が誘導棒を振って、空きスペースの場所を教えている。デパートの大きな紙袋を両手に提げ、真知子は通路を進んだ。二リットル入りのペットボトルが三本ずつ入っているので、紐《ひも》が食い込んだ指が痛い。警備員の数が思っていたより少ないことに安堵《あんど》していたが、意外でもあった。

約五百台の車を収容できるサンズロード駐車場は、ＪＲ新宿駅西口から新宿三丁目駅付近まで広大な面積がある。だが、警備員は入出庫口にいるだけで、巡回している者は一人もいなかった。

もっとも、当然かもしれない。駐車場における彼らの主な仕事は、空きスペースに車を誘導することだ。

さりげなく視線を上に向けると、防犯カメラが等間隔に設置されていた。サンズロード駐車場には、現在地案内図がいくつも置かれていたが、その中に駐車場管理事務室という文字があった。防犯カメラの映像をそこでチェックしているのは、エンジェルに教えられていた。

落ち着いて、と自分に言い聞かせながら真知子は歩を進めた。しばらく歩くと、ピンク色の扉があった。機械室というプレートが直接扉に貼られている。

真知子が持っているのは烏龍《ウーロン》茶のペットボトルだが、中身はガソリンに入れ替えてある。色はほとんど同じだし、キャップをきつく閉めてあるから、臭いは漏れない。

ガソリン入りのペットボトルを、紙袋ごと機械室の扉脇に置いた。いずれかの時点で、警備員か駐車場の管理人が紙袋を発見するのはわかっていた。

だが、今、彼らにその余裕はない。入出庫する車をさばくだけで手一杯だろう。

そして、駐車場を利用する一般の客は、紙袋があることすら気づかない。少なくとも、中を確認したり、通報する者はいないと断言できた。自分とは関係ない、と無視するだけだ。

紙袋は一種のゴミで、それを片付ける義務はないし、責任もない。そんなことより、クリスマスイブを楽しく過ごすことで頭が一杯になっているはずだ。

自分のことしか考えず、自分の都合だけを優先させる者を数多く見てきた。三十四年間、ずっとだ。

無責任で、自己中心的な考えしか持たない者たちに、踏み付けられるようにして生きてきた。最悪なのは、彼らが加害者という意識すら持っていないことだ。

あの人たちは何も考えないまま、人を傷つける。罪の意識もない。それが罪だとさえ思っていない。

わたしは犠牲者だ、と真知子はつぶやいた。今までも、そしてこれからも。もう耐えられない。あんな腐った連中と同じ空気を吸うことも、生き続けることにも意味はない。

警備員か駐車場の管理者が紙袋に気づいた時はもう遅い。その頃には〝計画〟が始まっている。

真知子は踵《きびす》を返し、階段に向かった。トートバッグに入っている最後の一本は自分のために使う、と決めていた。

18:16

レインコートを着たまま、女はサンズロード地下駐車場を足早に歩いていた。手の中に瞬間接着剤のチューブがある。ポケットの中にも十本ほど入っていた。

三時間以上前、駐車場に降りた。歩いては立ち止まり、また歩きだす。女を見ている者はいなかった。

足を止めるのは、泡消火剤手動起動装置、排煙口操作装置、そして消火栓の前だ。いずれも扉、あるいは蓋があり、操作するためにはそれを開かなければならない。

開閉部分の溝に瞬間接着剤を流し込み、終わるとその場を離れる。その繰り返しだ。

数カ月前から下見をしている。サンズロード地下駐車場の消火設備について、調べるのは簡単だった。

火災対策が徹底しているのは、消防が地下駐車場における車両火災の危険性を熟知しているためだ。

車両火災そのものは決して珍《めずら》しくない。屋外であれば、通常その被害は限定的なものになる。延焼のリスクも低く、爆発、炎上による被害はあっても消火は容易だ。

だが屋内、特に車両同士の間隔が近い場合、延焼の危険度は飛躍的に高くなる。数台ならともかく、数百台の車両が駐車されていれば、大火災に繋がる恐れもあった。

ほとんどの車の燃料はガソリンで、車両そのものが爆発物と同じと考えていい。延焼が連鎖すれば、駐車場という空間自体が燃え上がり、その炎はどこまでも広がる。

サンズロード駐車場で車両火災が発生すれば、炎は建物に燃え移り、被害は更に拡大するだろう。その危険性を理解している消防が、防災、火災対策に力を入れるのは当然だった。

駐車場の天井《てんじょう》には、スプリンクラーが設置されていた。火災が発生すれば、自動的に放水が始まる。防災センター担当者の判断で、手動による操作も可能だ。

ただし、スプリンクラーの効力は限定的なものに過ぎない。それを補完するため、泡消火剤手動起動装置と消火栓が置かれている。火元になっている車両火災を抑えれば、延焼することはない。

瞬間接着剤を塗布しているのは、すべてを使用不能にするためだった。燃え上がる炎を消すためには、放水、泡消火剤を火元に集中する必要があるが、扉や蓋が開かなければ、どちらも使えなくなる。

排煙口操作装置を操作不能にしている理由も同じだ。地下駐車場は密閉空間も同然であり、火災が起きればそこに煙が溜まる。

一酸化炭素を吸い込めば、それだけで人は死ぬ。完全装備をした消防士以外、消火作業はできない。

消防士が現場に到着していない状況で、排煙口を開放するのは駐車場管理人、もしくは警備員だ。訓練はしているはずだが、煙が視界を閉ざせば、彼らには何もできない。

最後の消火栓の扉に瞬間接着剤を塗り込むと、それで作業が終わった。女は額の汗を拭った。

サンズロード駐車場は機械室〇・六ヘクタール、駐車場スペースは一・五ヘクタール、トータル二万一千平方メートルの広さがある。泡消火剤手動起動装置は七十カ所、排煙口操作装置百十一カ所、消火栓は四十カ所に設置されていた。

三時間かけてすべての扉、あるいは蓋に瞬間接着剤を塗布したが、すべてが完全に動かなくなったとは言い切れない。だが、八割以上が使用不能になったはずだ。

細い腕にはめていた時計に目をやった。午後六時十六分。

十四分後、〝計画〟が始動する。そして、それ以降も〝計画〟は続く。

どこまで大規模なものになるかは、女にもわかっていなかった。協力者の正確な数さえ不明だ。

自分一人だけだとしても、必ず〝計画〟を完遂してみせる。両手をレインコートのポケットに突っ込み、女は歩きだした。

18:16

もうじき着きますんで、と初老のタクシー運転手がバックミラー越しに微笑んだ。

「すいませんね、六時前には着くと思ってたんですが、新宿通りがあんなに混んでるとはねえ……」

大丈夫です、と倉田秋絵は後部座席でうなずいた。

「少し遅れると連絡しましたし、急がなくていい、と返事もありました」

信号が青になった。いやいや、と運転手がアクセルを軽く踏んだ。

「クリスマスイブですからねえ。彼氏さんを待たせるわけにはいかんでしょう」

友達ですと答えると、いいですなあと運転手がうなずいた。秋絵は窓から外を見た。柳さんと会うのは一年ぶりだ、と笑みが浮かんだ。

今年の春、短大の二年生になった時、夏美と折原には会っていたが、雅代とはメールをやりとりするだけで、直接顔を合わせてはいない。

ファルコンタワーで火災が起きたのは、二年半前のことだ。あの日、あたしもあのタワーにいた、と秋絵は目をつぶった。

中野先生と一緒だった。生まれて初めて、真剣な恋をした人。

あの日はファルコンタワーのホテルで過ごすことになっていた。でも、あの頃のあたしは子供で、いつも不安だった。

些細《ささい》なことで腹を立て、一緒にいるのが耐えられなくなり、逃げるようにホテルを飛び出した。火災が起きたのはその直後だ。

消防が鎮火宣言をしたのは、火災が起きてから丸一日後で、死亡者、行方不明者は確認中、というニュースが流れていた。夏美と折原が家に来たのは、その二日後だった。中野先生の死を伝えたのも、あの二人だ。

何も考えることができないまま、ただ泣き続けるしかなかった。自分がどれだけ中野のことを愛していたか、そして中野がそれ以上に自分を愛していたか、あの時初めてわかった。

それから半年以上、何もできないまま過ごした。中野のことを思い出しては泣き、時には恨んだこともあった。

中野の死を受け入れるまで、二年以上かかった。高校を卒業し、エスカレーター式に短大に上がっても、忘れられなかった。

今も中野のことを忘れてはいない。だが、いつの頃からか立ち直らなければならないと思うようになった。

今の自分を見ても、中野は悲しむだけだ。長い長いトンネルを抜けたのは、一年前だった。

タクシーが停まり、奥にエレベーターがあります、と運転手が駅ビルの出入り口を指さした。

「地下街とも繋がっていますから、松葉杖でも大丈夫でしょう」

気を付けてください、とドアを開けた運転手に、ありがとうございましたと礼を言って、秋絵は松葉杖を手にタクシーを降りた。

頬《ほお》が緩んだ。三人に会い、今までのこと、そしてこれからのことを話そう。

人で溢れている通路から自動ドアを抜け、エレベーターホールに向かった。大勢の人がそこにいた。

今、駅に着きましたと折原にＬＩＮＥを送ると、待ってるよ、とスタンプ付きの返事があった。

お先にどうぞ、と譲ってくれたカップルに礼を言い、秋絵は松葉杖をついてエレベーターに乗り込んだ。

18:28

午後六時二十八分、地下三階駐車場内のサンズロード防災センターに、サンズロード二番街男性トイレに忘れ物がある、という通報が入った。

巡回中の警備員、南田《みなみだ》は耳に装着していたイヤホンを指で押さえた。周囲の喧噪《けんそう》が大きいため、防災センター担当者の声が聞き取り辛《づら》い。

「シティストリート、Ｍ４のトイレだ。ドラッグストアの紙袋に烏龍茶のペットボトルが二本、それと箱が入っているらしい。詳しいことはわからないが、確認してくれ」

南田は左右を見渡した。Ｍ４とは男性用トイレ四番の略で、すぐ目の前にあった。

「了解、確認して回収します」

警備員の仕事は多岐に亘《わた》るが、最も多いのが万引きの防止、次に忘れ物の回収と保管だ。

過去五十年近く、サンズロードで大きな事件が起きたことはない。最近でこそ女子トイレで盗撮被害が発生したり、喧嘩《けんか》めいた騒ぎはたまにあるが、ほとんどは警備員レベルで対処できるし、警察との連絡も密だから、問題はなかった。

　サンズロードは延床面積約二万五千平方メートルという巨大な空間を、一番街から四番街まで、四つの区間に分けている。テナント数は全部で九十六、その七割がアパレル関係、二割が飲食店、その他が一割だ。

　大きな括《くく》りで言えば、巨大商店街ということになるが、同時にJR新宿駅、西武新宿駅、地下鉄新宿三丁目駅、更には西口、南口への通路でもある。一日の流入人口は、少なく見積もっても百万人以上だ。

　そのため、落とし物、忘れ物は毎日百件以上あった。店舗などから連絡があれば回収し、一定期間防災センターで保管するが、落とし主が現れなければ警察に渡すことになっている。飲食店では店が一時預かりする場合もあったが、共有スペースであるトイレの忘れ物は防災センターの管轄だった。

　M4トイレに入ると、小用便器が三つ、個室が二つあった。他のトイレもほとんど同じだ。

　小用トイレで用を足している男性客の後ろを通り、南田は手前の個室のドアを開けた。床に大きな紙袋があった。

　中を覗《のぞ》くと、二リットル入りのペットボトルが二本、きれいに包装された三十センチ四方の箱が入っていた。

クリスマスプレゼントだろうと思ったが、何か変だと直感した。バランスがおかしい。クリスマスプレゼントと、烏龍茶のペットボトルを一緒に入れておくだろうか。

無線が入った。イヤホンを指で押さえると、一番街のトイレに遺失物あり、という声が聞こえた。

「M12トイレ個室内に、紙袋に入ったペットボトルがある。烏龍茶のようだ。確認のこと」

了解、という別の警備員の返事があった。南田はスイッチを切り替え、防災センターに連絡を入れた。

「南田です。今の無線は何です？　一番街のトイレでペットボトルが見つかったということですが――」

確認中、という声がした。妙です、と南田はトイレ内の客に聞こえないように口を手で覆《おお》った。

「今、二番街M4トイレにいますが、ここにもペットボトルが二本入った紙袋があります。烏龍茶のラベルが貼ってありますが、そんな偶然があると思いますか？」

ないとは言えないだろう、と声が代わった。主任の直井《なおい》だとわかり、あり得ませんと南田は思わず大声を上げた。

「説明できませんが……意図を感じます。どういうことなのか――」

とにかく回収してこっちへ戻れ、と直井が命じた。

「どこかの店で、烏龍茶の安売りでもしてるんじゃないか？　物騒なことを言うなよ、イブなんだぞ」

そんなつもりはありませんと答えると、すぐに直井が無線を切った。指示に従い、紙袋を摑《つか》むと、かすかな金属音と共に硫黄《いおう》の臭いがした。

蛇《へび》の舌先のような炎が見え、その直後紙袋が燃え上がった。

18：30

何なんだろうな、と防災センター本部で警備主任の直井は無線のスイッチを切った。

さあ、とアルバイト警備員の早川《はやかわ》が首を捻った。二十歳《はたち》の大学生で、週に四日出勤しているが、正規の警備員ではない。

「よくわからんな」制服のポケットから取り出したガムを、直井は一枚口にほうり込んだ。「お前、今日はイブだぞ？　何も予定はないのか？」

あったらバイトになんか来てませんよ、と早川が読みかけのマンガ雑誌を脇《わき》に置いた。

「直井さんこそ、どうなんすか？　お子さん、高校生でしたっけ？　あれっすか、パパとクリスマスなんて嫌だってことすか？」

すかすか言うな、と直井は苦笑した。息子と口調がよく似ていた。

「まあいい……ちょっと様子を見てくる。何か連絡があったら、こっちに回してくれ」

耳のイヤホンを指さすと、わっかりましたぁ、と間延びした声で早川が言った。制帽をかぶり、席を立つと、防災センターのカウンター前に大きな段ボール箱があるのが見えた。

「あれは？」

「直井さん宛てに、ついさっき届いたんです」三十分くらい前すかね、と早川が顎《あご》を向けた。「奥さんすか？　プレゼントって書いてありましたけど」

大人をからかうな、と直井は段ボール箱に目をやった。宛先は〝防災センター本部・直井様〟となっている。

差出人は直井花子《はなこ》となっていたが、妻の名前は美佐江《みさえ》だ。親戚にも花子はいない。品名に、プレゼントとあった。

（誰だ？）

直井花子という名前に覚えはない。プレゼント、というのも妙だ。五十歳の男に知らない女性がプレゼントを送ってくることなどあり得ない。

だが、宛先は直井となっている。自分のことを知っている者、ということだろうか。

そうではない、と自分の胸に視線を落とした。ネームプレートに〝警備主任・直井〟と記されている。制服の胸ポケットにネームプレートを留めておくのは、警備員の義務だった。

誰かがこのネームプレートを見た、と直井は額に手を当てた。おれの名前を知り、おれ宛てにこの段ボール箱を送ってきた。どういうことだ。

段ボール箱のガムテープを剝《は》がし、蓋を開いた。入っていたのは、六本の二リットル入りペットボトルだった。

「早川！」

叫んだ瞬間、段ボール箱が爆発した。炎が直井の体を包み、目の前が真っ赤になった。

誰か、と叫ぼうとしたが、声が出なかった。全身が燃えている。強いガソリン臭が鼻孔に突き刺さった。

（ペットボトルの中身はガソリンだ）

最後に頭を過ったのは、それだった。段ボール箱の中に仕掛けられていた発火装置のタイマーが作動し、火をつけた。ペットボトルは薄いポリエステル製で、小さな炎でも簡単に溶ける。

ガソリンは引火点が低く、着火源があれば容易に燃え上がる。二リットル入りのペットボトルが六本、計十二リットルのガソリンだ。爆発、炎上したのは、炎の勢いが激しかっためだ。

熱さも、痛みも感じなかった。ただ、肉の焼ける臭いがした。自分の体が燃えている臭い。

そのまま、ゆっくりと直井はフロアに倒れ込んだ。防災センターが炎で溢れていた。

18：35

席を立った折原は、ロンドンナイトのエントランスに向かった。松葉杖をついた秋絵が小さく頭を下げた。

「あそこの席だ。一人で大丈夫かい？　手を貸そうか？」

何とかなります、と秋絵が苦笑を浮かべた。

「ほとんど治ってるんですけど、右足首が折れたんで、やっぱり松葉杖がないと不安っていうか……」

立ち上がった雅代が、空いていた席を引いた。お久しぶりです、とテーブルに手をついた秋絵が、ゆっくりと腰を下ろした。無理することはない、と雅代が言った。

「交通事故って聞いたけど、顔は元気そうね。ちょっと安心」

交差点で信号待ちをしてたら、と秋絵が自分の足を指した。

「いきなり車が突っ込んできたんです。最悪ですよ。車を運転していたおじいさんも、周りにいた人たちも怪我《けが》はなかったんですけど、あたしだけ足が折れちゃって」

全治一カ月って夏美から聞いたけど、と雅代がメニューを差し出した。リハビリ中です、と秋絵が鼻の頭を指で掻《か》いた。

とにかく何かオーダーしよう、と折原は自分の席に座った。

「もう二十歳になったんだよね？　クリスマスイブだ、ワインでも飲むかい？」

これは何ですか、と秋絵がグラスを指した。ヴァージン・ピニャコラーダと雅代が答えた。

「一応カクテルだけど、ノンアルコール。飲みやすいし、気分だけでもクリスマスっぽくなる」

柳さんは絶対アルコールを飲まないですよね、と折原は中ジョッキのビールに口をつけた。

「飲めないわけじゃない、と夏美が言ってました。どちらかと言えば好きな方なんでしょう？　クリスマスイブなんだし、ワイン一杯ぐらい構わないいんじゃないですか？」

クリスマスイブだから飲まない、と雅代が首を振った。

「一年で一番救急救命士が働くことになるのは、クリスマスイブから正月三が日まで。忘年会や新年会もあるから、飲み過ぎて急性アルコール中毒で倒れる人が増える。お餅《もち》を喉に詰まらせるお年寄りも多い。公休は公休だけど、何かあったらいつでも呼び出しがかかる。そういう仕事だから、仕方ない」

柳さんは救急救命士の資格も持ってるんですね、と秋絵がうなずいた。仕事熱心なのは結構ですけど、たまには息抜きも必要だと思うんですけどね、と折原はドリンクメニューを差し出した。

「どうする、秋絵ちゃん。ソフトドリンクにしておく?」

カシスソーダを、と秋絵が微笑んだ。

「一杯ぐらいはいいかな、なんて。全然弱いんで、形だけですけど、イブですから」

大人な対応だ、と折原は残っていたビールを飲み干した。

「ぼくだって強いわけじゃないけど、場の空気ってものが……いえ、何でもありません。すいません、オーダーいいですか?」

ホールにいた店員に二杯目のビールとカシスソーダを頼んでから、秋絵に向き直った。

「最後に会ったのは四月だよね? ゴールデンウィーク前だっけ」

あの時はありがとうございました、と秋絵が肩から斜めにかけていた大きめのバッグに触れた。

「二年に上がっただけなのに、プレゼントまで……」

センスなくてゴメン、と折原は手を合わせた。

「ぼくは反対したんだよ。今どき万年筆なんて誰も使わないって。でも夏美がどうしてもって……考えが古いっていうか、形にこだわるところがあるんだ。柳さんも村田さんも……痛《いた》」

テーブルの下で折原の足を蹴った雅代が、わたしも万年筆がいいと思ったと言った。

「古いとか新しいじゃなくて、お祝いってそういうものよ。違う？」

おっしゃる通りです、と折原が臑《すね》をさすっていると、店員がドリンクとオーダーしていたフードを運んできた。チーズの盛り合わせ、魚のカルパッチョ、そしてフィッシュアンドチップス。

とりあえず乾杯しましょう、と雅代がグラスを掲げた。

「メリークリスマス。秋絵ちゃんの足が早く治りますように」

互いにグラスを合わせて、それぞれのドリンクを飲んだ。神谷さんは、と秋絵がエントランスに目を向けた。七時までには来るって言ってた、と折原はチーズをつまんだ。

「でも、例によって例のごとしだよ。何かトラブルが起きて確実に遅れてくる。いいんだ、ぼくは諦《あきら》めてる。きっと前世で相当酷《ひど》いことをしたんだろう。罰《ばち》が当たるのは当然だ」

神谷さんに言い付けますよ、と秋絵が楽しそうに笑った。それだけは止めてくれ、と折原は額をテーブルにこすりつけた。

「その場はいいんだ。だけど、後ですごく怒るんだよ。何であんなこと言うの？　失礼だと思わない？　時間がある限り、いつまでも責められる。この前だって――」

はいはい、と雅代が肩を叩《たた》いた。

「のろけはもういいでしょ？　折原くんはね、夏美に構ってほしいのよ。破《わ》れ鍋に綴《と》じ蓋っていうけど、あなたたちはそういうカップルなの」それにしても早いよね、と秋絵に視線を向けた。「三月で卒業でしょ？　あたしが学生だった頃と、今では全然違うんだろうけど、就職はどうなってるの？」

決まりました、と秋絵が答えた。聞いてないぞ、と折原は二人の話に割り込んだ。

「それなら言ってくれよ、お祝いするからさ。でも、考えてみればそうだよな。どこの業界でも就職協定なんて関係ないし、人手不足で困ってるからね。ぼくの頃は就職氷河期でさ。みんな苦労してたのを覚えてる。それで、どこの会社？　何関係の仕事？」

神谷さんが来たら話します、と秋絵が言った。二度手間だからね、と折原はスマホを取り出した。

「六時半か……さすがにもうギンイチは出たかな？　とりあえずＬＩＮＥしておこう。今、どこにいるんだろ――」

文字を打っていると、店の外から大きな声が聞こえた。さすがクリスマスイブ、と折原は顔を上げずに言った。

「いかにもだよね。こんな時間から、もう酔っ払ってるのか？　若い連中はこれだから――」

違う、と雅代が折原の肘を摑んだ。顔に戸惑《とまど》いの表情が浮かんでいた。

「どうしたんです？　酔っ払いのことは警察や警備員に任せておけばいいんですよ。それは消防士の仕事じゃないでしょう」

通路に面した大きなガラス窓の外を、左から右へ数十人の男女が走っていた。声が大きくなり、悲鳴が混じっている。

火事だ、という叫び声と同時に、雅代が店を飛び出していった。シティストリートの通路内で、大勢の人々が行き交い、ぶつかって倒れる者もいた。誰の顔も、恐怖で歪《ゆが》んでいる。

何が起きてるのかと立ち上がると、よろけるような足取りでトイレから出てきた男が通路に倒れ込むのが、店の窓越しに見えた。全身が炎に包まれている。

駆け寄った雅代が自分のコートを叩きつけるようにして火を消したが、男の体から煙が上がっていた。

「秋絵ちゃん、待っててくれ」

折原も店の外に出た。人の波が切れ間なく右から左、左から右へと続いていたが、その間を抜けて雅代に近づいた。

確かめるまでもなく、足元の男が死んでいるとわかった。顔はほとんど炭化している。着ているのは警備員の制服で、ガソリン臭が辺りに漂っていた。

気づくと、背の低い男が通路の真ん中で立っていた。数百人の人たちが男を避け、壁に沿うようにして移動している。

あの男は、と囁《ささや》いた折原に、静かに、と雅代が唇だけで言った。

ダッフルコートにジーンズ、ニット帽をかぶっている。どこにでもいるような、二十代後半の男。左手に二リットル入りのペットボトルを摑んでいた。

どいつもこいつも、と男が低い声でつぶやいた。苛立《いらだ》ったような声音だった。

「バカヤロウ、バカヤロウばっかりだ。どいつもこいつも笑ってやがる。何がそんなに楽しい？　そんなに幸せか？」

呪詛《じゅそ》のような声が、口から漏れ続けていた。正気ではない。何かに取り憑《つ》かれたような目をしている。

酔ってるんですかと言った折原に、違う、と雅代が一歩前に出た。

「バカヤロウ、畜生《ちくしょう》、くそったれ。おれが何をした？　いつだってそうだ。馬鹿にしやがって。何様のつもりだ？」

男がペットボトルのキャップを外した。近づいてくる雅代に目を向けたまま、ペットボトルを頭の上にかざし、そのまま中身を自分の体に注いだ。凄まじいガソリン臭に、折原は鼻と口を手で押さえた。

「止めなさい！」

雅代の叫び声が通路に響いた。男との距離は五メートルほどだ。

男がダッフルコートのポケットから、ジッポーのライターを取り出した。全身からガソリンの滴が床に垂れている。

ライターを渡しなさい、と雅代が手を伸ばした。

「落ち着いて。自分が何をしているか、よく考えて。何があったとしても、わたしがあなたを守る。約束する」

あんたに何がわかる、と男が叫んだ。顔がくしゃくしゃに歪み、目から大粒の涙が溢れた。

「誰にもわかりゃしない……おれはいつも一人だった。どんな目に遭《あ》ってきたと思う？畜生、馬鹿にしやがって」

「誰もあなたを馬鹿になんかしていない」手を伸ばしたまま、雅代が男に一歩近づいた。「何があったのか、それはわたしにもわからない。だから、話を聞かせて。怒っているなら、全部言えばいい。何時間でも、何日でもあなたの話を聞く。できることは何でもする。だから――」

もう遅い、と男がジッポの蓋を開いた。伏せて、と雅代が叫ぶのと同時に、男の体が燃え上がった。

炎が全身を包み、その先が天井に達した。十メートルほど離れて伏せていたにもかかわらず、熱波が折原の髪を焦がした。

男のそばにいた者たちにも、炎が燃え移っている。悲鳴、怒号、泣き叫ぶ声。

いきなり、天井から凄まじい量の水が降ってきた。スプリンクラーだ。

燃えている男の体にも、水が降り注いでいたが、炎の勢いは衰えなかった。二リットルのガソリンを頭から浴びているため、スプリンクラーの水量では消火に至らないのだろう。

ロンドンナイトに戻った雅代が、消火器を手に飛び出してきた。消防士の習慣について、折原は夏美から何度も聞いていた。

『……どこにいても、何をしていても、まず消火設備を確認する。非常口の場所を探してしまう。確認ができないと、席に着くことができない。条件反射みたいなものかも――』

雅代も同じなのだろう。ロンドンナイトに入り、席に着く前に、消火器がどこにあるかを無意識のうちに探していた。場所がわかっていたから、迷わず見つけることができた。

ノズルを倒れていた男に向けた雅代が消火液を撒《ま》くと、炎の勢いが弱まっていった。

「折原くん！　手を貸して！」

消火器を持ったまま、雅代が叫んだ。折原はスプリンクラーの水でずぶ濡れになっている人たちの手を取り、立ち上がらせた。

その時、通路に並んでいたいくつかのファッションテナントから、炎が上がっているのが見えた。火事だ、という叫び声。そして暴走する人々の群れが、凄まじい勢いで迫っている。

「柳さん、どうすれば――」

店に戻る、と壁に体を寄せた雅代がスマホを片手に指示した。

「わたし一人では何もできない。とにかく秋絵ちゃんを安全な場所に避難させる。状況をギンイチに知らせるから、店で待ってて！」

パニックに陥った群衆が逃げ惑っていた。スタンピードだ、と壁伝いにロンドンナイトに戻りながら折原はつぶやいた。人々の姿は、動物の暴走と同じだった。

18：37

まただ、と夏美は銀座駅へ速足で向かいながらため息をついた。六時には出るつもりだったが、日報を書いているうちに、いつの間にか三十分が過ぎていた。

もっとも、銀座から新宿までは二十分ほどだ。七時までに行くと伝えていたから、大幅な遅刻にはならないだろう。

地下鉄に降りる階段を二段降りた時、スマホの着信音が鳴った。画面に表示されていたのは、ギンイチ警防部の直通番号だ。無意識のうちに階段を上がっていた。

「至急戻れ」村田の声が聞こえた。「走れ！」

通話が切れるのと同時に、スマホを摑んだまま夏美は来た道を駆け戻った。

訓練ではない。あれだけ強《こわ》ばった村田の声は、火災現場でも聞いたことがなかった。

非常招集だ。しかも、最悪の事態が起きている。

徒歩五分の距離を一分半で戻り、エレベーターを待たず、三階の警防部に駆け上がった。前にも後ろにも、制服、あるいは私服姿の消防士がいた。

「消防士長以上は大会議室へ。他は自席で待機」数人の職員が手でメガホンを作り、繰り返し叫んでいた。「消防士長以上は大会議室へ、他は待機のこと――」

警防部最奥部の大会議室の扉が開いていた。そこに三十人ほどの消防士が集まっている。消防監、消防司令長、消防司令、消防司令補、消防士長。手前のデスクに、村田が座っていた。

後ろの席にはギンイチのツートップ、大沢署長と茅野《ちの》消防司監が並んでいる。二人とも表情が硬かった。

「状況を説明する」立ったまま聞け、と村田が命じた。「十八時三十一分、今から約十分前、ＪＲ新宿駅東口サンズロード地下街で火災が発生したと通報があった。通報者は新宿駅東口交番に詰めていた警察官で、新宿消防署本署からギンイチに連絡が入っている。正確な情報はまだ把握できていないが、大規模火災なのは間違いない」

新宿駅、という囁きが大会議室のあちこちから聞こえた。ギンイチの管轄は千代田《ちよだ》区及び中央《ちゆうおう》区で、新宿駅は管轄外だ。

消防には原則があり、火災現場に最も近い消防署が消火の指揮を執る。消火に当たっては命令系統の確立が最優先とされ、混乱を避けるためにも原則順守は絶対だ。

ただし、火災の規模あるいは危険度によって、当該区域で最大の消防署が全体の指揮を執る場合もある。その辺りはケースバイケースだ。

ＪＲ新宿駅が新宿区と渋谷《しぶや》区を跨《また》ぐ形になっていることは、夏美も知っていた。新宿駅地下街で火災が起きているなら、消火を指揮するのは新宿区もしくは渋谷区の消防署となるはずだ。

新宿区、渋谷区は二十三区の中でも重要防災区に指定されている。そのため、両区には多くの消防署が置かれていた。最も規模が大きいのは、新宿消防署本署、通称新宿本署だ。

地下街での火災は、危険度が高い。常識的に考えれば、消火の指揮を執るのは新宿消防署本署以外にない。何のためにギンイチに連絡を入れたのか。

事情がある、と村田が机を平手で叩いた。ざわめきが収まり、大会議室が静かになった。

「新宿駅地下街で発生したのは、単なる火災ではない。地下街全体、広範囲で同時多発的に出火している」

どういうことだ、と茅野消防司監が額の汗を拭った。ギンイチでは組織上ナンバーツーだが、総務省消防庁からの出向組だ。村田と大沢は制服を着用しているが、茅野はスーツ姿だった。

総務省消防庁は総務省の外局機関であり、茅野を含め出向してきた者は管理職に就き、火災現場に臨場することはない。主な仕事は消防行政の企画立案、各種法令の策定だ。

現場での指揮権はなく、火災発生時には後方支援を担当するが、大規模災害が発生した場合、人員や装備の準備、あるいは配置について実務に携わり、判断を下す権限を持つ。

「現場の状況がわからないのに、ギンイチに連絡してどうなると？　新宿本署も渋谷署もどうかしてるんじゃないか？　新宿区、渋谷区の火災は、両区が責任を持つべきで、ギンイチに状況を伝えても意味はない。新宿駅地下街には防災センターがあるはずだ。報告は入っているのか？」

電話が繋がりません、と村田が短髪の頭を強く掻いた。

「新宿本署の次長と話しましたが、新宿駅地下街は大きく分けてＪＲ東口、西口、南口の三つがあります。各所に防災センター本部、その下に四つの支部が置かれていますが、すべて連絡不通です」

防犯カメラがあるだろうと顔をしかめた茅野に、腐るほどありますよ、と村田が鼻を鳴らした。

「五メートルから十メートル間隔で設置されています。その映像はすべて各防災センター支部を経由して、本部が集中管理しています。防犯カメラの総数は約千台。そのすべてが火災によって壊れることは考えられません」

「何が言いたい？」

防災センター本部及び全支部の機能が停止しているんでしょう、と村田が木彫りの人形のような唇を動かした。

「新宿駅の三つの地下街は民間警備会社と契約しており、防災センター本部は防犯カメラ映像を確認後、そちらへ送ることになっています。十八時のデータ受信後、映像が来ていないと警備会社から連絡がありました。防災センター本部及び全支部が機能を喪失したと考えるべきです」

そんな馬鹿なことがあるか、と茅野が怒鳴《どな》った。単なる火災であれば起こり得ない状況です、と村田がうなずいた。

「しかし、計画的に各防災センター本部、全支部が放火その他の手段によって爆破、あるいは焼失したとすれば、全機能喪失の理由が説明できます」

テロでしょうか、と夏美の隣にいた消防司令が手を上げた。質問は後だ、と村田が首を振った。

「火災発生直後、地下街から避難した者によれば、地下街の各所、トイレ、コインロッカー、あるいはテナント等で爆発音がした後、出火があり、また、ガソリン臭のする液体を頭から被《かぶ》り、自ら火をつけた者がいたようだ。これを焼身自殺と考えるか、それとも自爆テロと捉《とら》えるか、今のところ判断材料はない」

どちらにしても、うちには関係ない、と茅野が吐き捨てた。

「新宿本署と渋谷署が現場へ出場しているんだろう？　詳細がわからなければ、判断も何もない。だいたい、どうして情報が入ってこないんだ？」

携帯電話が不通になっているんです、と村田が眉間に皺を寄せた。

「現場は大混乱に陥っています。新宿駅地下街で火災が起きたことを知り、やじ馬が万単位で駅周辺を埋め尽くしていると無線で連絡がありました。やじ馬がツイッター、インスタグラムその他ＳＮＳで、現場の状況を撮影、次々に画像をアップしています。その情報を見た者が、他にも情報を得ようと互いに通話しているため、新宿駅周辺の携帯電話基地局の処理能力を超え、パンクしました。ＪＲ東日本によれば、現在新宿駅地下街には一万人以上、最大五万の人間がいると考えられますが、誰もが携帯電話で外部と連絡を取ろうと試みているでしょう。ですが、局地的な通信集中により、現在電波は途絶状態にあります」

東日本大震災の時がそうだった、と夏美はつぶやいた。被害状況、安否確認のため、数百万本の電話が殺到し、携帯電話はほぼ不通となった。同様の事態は、その後の大地震、集中豪雨などでも起きている。

「現場に出場した新宿、渋谷の各消防署による消火作業が始まっているが、火点《かてん》が多く、次から次へと出火していると報告があった」場所が悪い、と村田が舌打ちした。「人命救助にも多くの人員が割《さ》かれている。誰も火災の全体像を把握できていない。消防及び警察の無線は生きているが、情報が錯綜《さくそう》し、新宿、渋谷両区消防署各分隊の命令系統も確立されていないのが現状だ」

店舗はどうなんだ、と茅野が机を叩いた。

「新宿東口、西口、南口の地下街には、三百店以上のテナントがある。携帯電話が不通なのはやむを得ないにしても、店舗の固定電話は使用可能なはずだ。なぜ使わない?」

誰が使うっていうんだと横を向いた村田に、大沢が首を振った。止めておけという意味なのは、夏美にもわかった。

店舗でも火災が発生しているんです、と村田が深呼吸するように大きく息を吸い込んだ。

「店員やアルバイトは、とっくに逃げてますよ。焼死しているかもしれません。一般客がそこまで気が回ると思ってるんですか？　店舗内に入って、固定電話を探し、状況を消防に伝える者がいると？　前から言ってるが、総務省の役人も、一度は火災現場を見ておくべきだ。冷静に判断し、適切に対処できたら、拍手でも何でもしますよ」

私は消防士じゃない、と睨《にら》みつけた茅野に、だったら黙ってろ、と村田が座ったまま机を強く蹴った。大会議室が静まり返った。

「地下街の大規模火災がどれだけ危険か、ここにいる全消防士がわかっている。ビル火災の比じゃない。過去に例を見ない数の犠牲者が出てもおかしくないんだ」

止めろ、と大沢が鋭い声で命じた。言いたいことはわかる、と茅野が表情を強ばらせた。

「地下街火災が危険なのは、過去の例からも明らかだ。古くは一九八〇年の静岡駅前地下街爆発事故による火災で、死者十五人、二百二十三人が負傷した。二〇一三年には渋谷、二〇一五年には札幌《さっぽろ》地下街で火災が起きている。二〇一九年の一月には、東京駅八重洲《やえす》グランルーフ地下街で小火《ぼや》があり、消防車八台が出動する事態となった。地下街は密閉空間だ。火災による死傷者が出るリスクは高い」

数字だけは詳しいとつぶやいた村田を無視して、茅野が先を続けた。

「世界的に見ても、二〇〇三年、韓国の大邱《テグ》地下鉄放火事件をはじめ、地下火災は多くの実例がある。他にも二〇〇〇年にオーストリアで起きたケーブルカートンネル火災で死者百五十五人、一九九五年、アゼルバイジャンでの地下鉄火災では、過去最多の二百八十九人という死者が出ている。トンネル、地下鉄、いずれも密閉空間で、地下街火災と変わらない。言うまでもないが、地下街には滞留人口、移動人口も多い。被害規模が飛躍的に増大することも予測できる。だが――」

「何です？」

村田が視線を上げた。新宿地下街の防火対策は完璧だ、と茅野が目の前のパソコンに指で直接触れた。

「火災が発生した場合、通路、店舗等に設置されている感知器が作動し、同時にスプリンクラーが自動散水消火を開始する。排煙・換気システムもフル稼働し、地下街内の煙を外に排出する。また、防火扉、防煙シャッターを閉鎖し、火災による被害を最小限に留めることも可能だ。もちろん、避難誘導訓練も定期的に行なっているし、避難路も確保されている。新宿本署が全体の統括指揮を執り、渋谷署が協力すれば、消火は難しくない」

マニュアルによれば、と茅野が息を吸い込んだ。

「火災が発生した場合、防災センターに火災信号と火点が表示され、警備員その他が現場に急行し、消火活動に従事するが、それに加え地下街全体にアナウンスが流れ、的確な指示を出す。新宿区及び渋谷区内にある消防署全署も協力態勢を取る。大騒ぎする必要はないんだ」

さすがです、と真顔で村田が手を叩いた。あの人が上から嫌われるのは、ああいうところだと夏美は額を押さえた。

「すべておっしゃる通りですが、自分も新宿地下街防災マニュアルは読んでいます。あなたと違って、何十回もね。地下街で火災が起きた場合、火点の特定、被害状況の確認、消防への情報供与は防災センター本部が行なう、とマニュアルで決まっていますが、防災センターそのものが機能を停止した場合については、記載がありません」

そんなことはあり得ないから、想定する必要はないと総務省の役人が決めたんです、と村田が言った。

「新宿地下街はJR新宿駅を中心に、私鉄、地下鉄、更には西武新宿線西武新宿駅まで広がる巨大な空間です。全体の状況を把握するためには防災センターが不可欠で、同じ機能を持つ施設を別の場所に作っておくべきだったのに、それをしなかったのは怠慢《たいまん》としか思えませんね」

もういい、と大沢が止めたが、薄笑いを浮かべたまま村田が先を続けた。

「駅は駅ビルと繋がっている。火災そのものの危険は言うまでもないが、煙がすべてのビル内に侵入したらどうなるか、説明しなけりゃわからないか？　火災現場での死因は、焼死より煙による一酸化炭素中毒、窒息《ちっそく》死の方が圧倒的に多い。地下街の消火は言うまでもないが、被害拡大を防ぐためには、駅、駅ビル、その他の避難誘導も絶対条件となる」

新宿区には本署をはじめ九つ、渋谷区には六つの消防署がある、と村田が言った。

「だが、その二区だけでは人員が足りない。中野《なかの》、港《みなと》、世田谷《せたがや》、豊島《としま》、文京《ぶんきよう》、その他近隣区に応援要請が出るだろう。それだけの大規模出場の総指揮を執れるのはギンイチ以外ない。新宿も渋谷もそれをわかっているから、ギンイチに連絡してきたんだ。もっと詳しく説明した方がよければ――」

茅野の顔が青くなった。十分だと手を振った大沢が、新宿、渋谷を含む十区以外の消防署が動くことになれば、と空咳《からぜき》をした。

「それは第四出場と同義だ。村田、意味はわかってるのか?」

神谷、と村田が左右に目をやった。突然名前を呼ばれたことに戸惑いながら、夏美は手を上げた。

「お前は消防士長としての歴が最も短い。テストだと思って、消防の出場について説明しろ」

消防の出場には四つの段階があります、と夏美は口を開いた。

「第一出場は小規模火災で、通報を受けた消防署が消火活動を行ないます。第二出場は延焼が拡大し、警防本部もしくは現場指揮官から他の消防署への応援要請があった場合、第三出場は更に広範囲に延焼が広がる可能性があると判断された時、発令されます。そして第四出場では、総合指揮官が必要とする消防署すべてに出場命令が出ます。都内に限らず、他の道府県消防署に応援要請することも認められています」

消防士なら誰でも知ってる、と村田が茅野に目を向けた。

「第四出場は東京消防庁、総務省消防庁の了解がなければ発令されません。ですが、今回の新宿地下街火災は、自分が過去経験したことがないほど危険な事態で、第四出場どころか、増強特命出場が必要な状況と考えます。大至急、手配を進めるべきです」

増強特命出場、と茅野が唸《うな》った。増強特命出場とは、消防、救急が緊急に消防隊、救急隊を増援する事態を指す。

非番、公休等関係なく全消防士、職員が出場し、場合によっては退職した消防士にも招集がかかる。異常事態に際しては特別命令が発せられ、消防小隊の増隊も認められていた。

消防は地方自治体の管轄下にあり、それぞれが独立した機関だ。例えば東京都と神奈川県では組織も違う。

だが、大規模火災、NBC災害（放射性物質《Nuclear》、生物《Biological》、化学物質《Chemical》による特殊災害）、航空事故等においては、総務省消防庁長官が長官命令を発令した場合に限り、全国の消防局の消防署が現場まで人員を派遣することが可能となる。

東日本大震災の時、消防庁長官命令により、東北三県に東京都その他各道府県から消防士が派遣され、消火、人命救助に当たった。

総務省消防庁の調査では、岩手県で百十九名、宮城県で百八名、福島県で二十七名の消防士及び消防団員が死亡、行方不明になっているが、その数は警察官二十五名、自衛官二名と比べて遥《はる》かに多い。

東日本大震災と新宿地下街同時多発火災を、同列に考えることはできない。たった今、全国の消防士を新宿に派遣せよという命令が出たとしても、編成、装備、移動等を考えれば、時間的、物理的に間に合うはずがない。

ただ、村田の真意は夏美にもわかっていた。地下街という場所で火災が発生している。消防士なら、誰もが最悪の事態だと考える。

新宿は日本最大のターミナル駅と言っていい。しかも今日はクリスマスイブだ。JR新宿駅、地下街、周辺の駅ビル、その他を含めれば数十万人がいてもおかしくない。

地下街は文字通り地下にあり、地上と繋がっている通路は多数あるが、ほとんどが狭い。つまり、消防士数人単位の突入とならざるを得ない。

火災の規模が大きければ、数人の消防士、数本のホースで消火などできるはずもない。最も危険で苛酷《かこく》な現場になると村田が考えているのは明らかだった。

まだ詳しい状況がわかっていない、と茅野が声を荒らげた。

「現在、現場で指揮を執っているのは新宿本署だ。ギンイチにも断片的な情報しか入ってきていない。火災の範囲、規模すら不明だ。この段階でギンイチが動いても、混乱を招くだけだろう。説明済みだが、新宿地下街には多くの消火設備がある。消火栓、消火器については言うまでもない。そして、都内でも最大規模の新宿本署を中心に、新宿、渋谷区内の全消防署が出場し、消火に当たっている。増強特命出場？　そんな必要はない」

もういいだろう、と茅野が立ち上がったが、総員待機、と大沢が視線を消防士たちに向けた。

「クリスマスイブに酷なことを言うようだが、状況の確認が済むまで、署内で待機するように。現時点で新宿本署から指揮権委譲要請は出ていないし、ギンイチの側から指示はできない。新宿、渋谷、その他近隣区の消防士が出場すれば、それで消火が可能になるかもしれん。問題なければ、通常のローテーションに従ってそれぞれの任務に戻れ」

そこまでしなくてもいいのでは、と茅野が首を振った。

「消防にクリスマスも何も関係ないというのはわかりますが――」

総員出場準備を始めろ、と村田が鋭い声で言った。ふざけるな、と茅野が怒鳴った。

「たった今、署長が待機命令を出したんだぞ？　村田、正気か？　越権行為もいいところだ。処分対象になることも……」

何も聞こえんと耳の穴に指を突っ込んだ村田が、命令、と言った。

「消防監、消防司令長はここに残り、新宿地下街についてあらゆる情報を調べろ。すぐに検討会議を開く。消防司令補と消防士長は非番、公休の者に連絡を入れ、万が一の事態に備え、緊急招集に即応可能な態勢を取るように伝えろ。あくまでも出場準備で、念には念を入れるのが俺のやり方だ」

いいだろう、と大沢がうなずいた。夏美は大会議室を出て、すぐ雅代に電話を入れた。

雅代も、折原も、秋絵も、ＪＲ新宿駅東口地下街サンズロードのロンドンナイトにいる。無事を確認するつもりだったが、電話は繋がらなかった。

18：40

新宿消防署本署、渋谷消防署が新宿駅地下街で火災発生という緊急入電を受けたのは、午後六時三十一分だった。

当初、火災の規模は不明で、伝えられた被害状況も通報者によって違った。テナントからの出火、トイレ、コインロッカー、ＡＴＭ等で火災が起きている、通路でガソリンを被った者が焼身自殺を図ったなど、多くの情報が錯綜したこともあり、事実確認すらできない状態だった。確実にわかったのは、新宿地下街で小規模火災が同時多発的に発生しているという事実だけだ。

火災においては、初期消火が最も重要になる。例えば家屋火災の場合、家一軒が一瞬で全焼するという事態は考えにくい。火元があり、その火が順次他の場所に燃え移り、最終的に家屋が全焼するというパターンがほとんどだ。

　従って、小火レベルで火災が発見された場合、理論的にはコップ一杯の水でも延焼を防ぐことができる。火点を叩く、という消防用語があるが、火元が小さいうちに消火すれば、被害が拡大することはない。

　ただ、今回の地下街火災で問題なのは、火点が広範囲に及んでいることだった。また、新宿駅地下街が新宿区と渋谷区を跨ぐ形になっていることも、事態を複雑にしていた。

　大きく分けると、ＪR新宿駅東口及び西口は新宿区、南口は渋谷区の管轄になる。火災発生場所に最も近い消防署が消火の指揮を執るのが消防の大原則だが、地下街には共有スペースもある。法令上、地図上の区分はあるが、空中や地面に線は引かれていない。

　そのため、新宿消防署本署と渋谷消防署の協議に時間がかかっていた。それが判断の遅れに繋がり、最終的に東口、西口地下街を新宿、南口は渋谷が消火に当たると決定したが、この時点で携帯電話基地局の機能は停止していた。

　通信手段として生きていたのは、出場した消防士の無線だけとなり、大混乱に陥っていた現場から詳しい状況を本部に報告できる者はいなかった。対処が後手に回っていたのは否めない。

　地下街火災が危険だという認識は、誰の中にも明確にあった。だが、延焼のスピードは彼らの想像を遥かに上回っていた。

特に重大な問題となったのは水利だ。消防車にはさまざまなタイプがあり、消防ポンプ車、タンク車などは車体内に水槽を持ち、二千リットル以上の水を積載しての移動が可能だが、火勢に対して十分な量とは言えない。他の消防車を含め、ホースを現場周辺の消火栓に繋ぎ、そこから水を吸い上げる必要がある。

火災が起きている地下街への突入はできない。そのため、新宿駅周辺の水利を確保しなければならないが、数には限りがあり、ホースを接続、延長することで現場から離れた水利を押さえても、水圧の関係で役に立たない場合もあった。初期消火がスムーズに進んでいないのはそのためだ。

加えて、地下街から地上へ逃げてきた者たちを収容するためにも、人員が必要だった。数千人単位の人々が狭い通路、階段を使って地上へ上がっていたが、その中には負傷者も少なくなかった。緊急救命措置を必要とした者も数多くいた。

総指揮官を務めることになった新宿本署の永井《ながい》署長は、新宿区内の九つの消防署全署に出場命令を下したが、クリスマスイブで道路が混雑しているため、消防小隊、中隊の展開が遅れていた。地下街防災センターが機能を停止していたことも、混乱に拍車をかけていた。

永井は渋谷署の茂山《しげやま》署長と協議し、二区だけでの消火及び避難誘導、人命救助は不可能という結論に達し、東京消防庁及び総務省消防庁に連絡を取った。

すぐ中野区、豊島区、港区の消防署に出場命令が出たが、人員が圧倒的に不足している、と現場から悲鳴のような報告が続いた。

日本最大の規模を誇るギンイチに火災発生を伝えたのは午後六時三十二分、同時にギンイチへの応援要請と、全体の指揮権委譲の検討も始まっていた。

東京消防庁も情報を共有していたが、現場の被害状況が明確になっていないため、指揮権委譲の判断材料がないのが現状だった。六時四十三分、東京消防庁に対し、新宿本署からギンイチへの指揮権委譲要請があったが、火災の詳細が正確にわかるまで保留、という回答が返ってきただけだった。

18：43

新宿地下街に火災発生という一報を警視庁が受けたのは午後六時三十二分、通報者はJR新宿駅東口交番の警察官だった。ほぼ同時に、新宿三丁目に置かれている警視庁鉄道警察隊新宿分駐所、第二中隊、新宿分駐事務係からも、避難誘導の応援要請があった。

事態を重く見た警視庁は警備部を中心とした機動隊の派遣を決定し、いち早く新宿駅に向かわせた。新宿、渋谷の消防署からも人員が出場していたため、協力態勢を取り、避難していた者たちの収容に当たったが、彼らに事情を確認したところ、広範囲で火災が発生している事実が判明した。

　火災発生に際し、警察の役割は避難誘導、人命救助が主となる。加えて、被害状況を把握するのも重要な任務だった。

　当初、最も危険なのは駅と地下街、地下道で結ばれているビルだ、と警視庁は判断していた。新宿駅と名の付く駅と繋がっているビルは京王百貨店、小田急百貨店、ルミネ1、2、ルミネエスト、アルタ、西武新宿駅のＰＥＰＥ、サザンテラス、ミロード、髙島屋《たかしま》、伊勢丹《いせたん》、マルイ等、主なものだけでも十八ある。

　他にＪＲ、地下鉄、私鉄に直結しているビルも多数あった。ユニクロ、ビックカメラ、パンドラビルその他で、細かく数えていくと三十以上になる。

　クリスマスイブのため、いずれのビルも大混雑していた。地下街は通路、階段、エレベーター、エスカレーター等を通じ、ビルと繋がっている。

　地下街火災が各ビルに延焼した場合、その被害規模は予想すらできない。場合によっては、万単位で人が死ぬ可能性もあった。

　だが、警察が調べた範囲で、延焼はまだ起きていなかった。煙が侵入しているという報告もない。この段階で避難誘導をしても、客がどこまで従うか予測できなかった。

　更に状況を悪化させていたのは時間だった。午後六時半は退勤の時間帯と重なっている。そのため、あらゆる電車が百パーセント以上の乗車率となっていた。

そして、新宿駅は乗り換えに使われるターミナル駅でもある。ＪＲ新宿駅で降車した者が、ＪＲその他の路線、私鉄、地下鉄、各路線に乗り換えるが、その数は十万人単位で、百万人に達するかもしれなかった。

新宿駅そのものが火災に遭っているわけではないが、例えば西武新宿線、丸ノ内線、都営大江戸線、都営新宿線等に乗り換えるために、地下街を利用する者は多い。彼らが火災に巻き込まれるリスクは高かった。

危険を回避するためには、新宿駅を通る電車を強制停車させるしかない、と警視庁は国土交通省に申し入れたが、同省鉄道局はにべもなく拒否した。

各路線を運行する電車が新宿駅に到着しなければ、乗客からどんなクレームがあるかわからない。新宿駅から神奈川、埼玉、千葉方面への電車に乗り換える客も多数いる。新宿駅での停車を禁じれば、大量の帰宅困難者が発生するだろう。

遅延ならともかく、各路線の電車を新宿駅周辺で完全に止めてしまえば、事実上の全線停止状態となる。パニックどころか、暴動が起きてもおかしくない。その方が危険だ、というのが国土交通省鉄道局の回答だった。

情報不足のため、関係者たちの判断が甘くなっていた。リスクだけが拡大していたが、止められる者はいなかった。

Tragedy 2 デンジャーゾーン

18：45

折原は無人になったロンドンナイトのカウンターに入り、スマホの画面に触れた。松葉杖をついた秋絵が横で見つめている。

何度かけ直しても、電話は夏美に繋がらなかった。119番、110番も同じだ。液晶画面の左上には、電波状態を示す棒が並んでいた。圏外表示はない。にもかかわらず電話が繋がらないのは、通信障害が起きていると考えるしかなかった。

局地的に異常な量の通信が集中すると、携帯電話基地局の処理能力を超え、電波が途絶するのは折原も知っていた。

「こういう時は、慌てるのが一番まずい」秋絵を落ち着かせるために、わざと軽い調子で折原は言った。「客も店員も、我先にと逃げ出しただろ？　だけど、状況もわからないいま逃げたって、混乱に巻き込まれるだけだ。こんな時こそ、冷静になるべきだよ」

「神谷さんに教わったんですか？」

そうだ、と折原はうなずいた。事故や災害が起きた時には、まず一歩下がり、冷静に状況を確認すること。判断はその後でいい、と耳にたこができるほど夏美から注意されていた。

多くの者がそうだが、火災に遭遇することなどめったにない。折原も頭ではわかっているつもりだったが、実際に火事を目《ま》の当たりにすると、とても冷静ではいられなかった。夏美に言われていなければ、何も考えられないまま夢中で逃げ出し、最悪の事態になっていたかもしれない。

危機管理意識が低いのは誰でも同じだ、と折原は小さく首を振った。火災、天災、事故などに直面することはあり得るとわかっているのに、起きるはずがないと高をくっている者がほとんどだろう。

だから、目の前で火災が発生するとパニックに陥り、理性を失い、誤った判断をしてしまう。落ち着け、と折原は胸に手を当てた。

通路に面している店の大きな窓から、通路を走っている大きな二つの人の流れが見えた。JR新宿駅側から押し寄せてくる人々と、それとは逆に西武新宿駅方向から走ってくる人の群れだ。

誰の顔にも、恐怖の色が浮かんでいる。悲鳴を上げる余裕すらないのだろう。

聞こえてくるのはランダムな足音、火災報知機の音、鳴り続けているクリスマスソングだけだ。異様な光景だった。

松葉杖の秋絵と店から逃げ出していたら、どちらかの波に呑《の》み込まれ、そのまま流されるしかなかっただろう。激しく荒れている海に飛び込むのと同じレベルの危険な行為だ。床に転倒した秋絵を、数知れない人々が踏み付けて進んでいったかもしれない。

店内で待つように、と雅代が命じたのは、それがわかっていたからだろう。この状況では、雅代に従うしかない。

ガソリンを被った男が自らライターで火をつけ、焼身自殺を遂げたが、通路の両脇に並んでいる店舗からも火の手が上がり、煙が広がっていた。いつロンドンナイトに延焼するかわからない。

そして、雅代も戻っていない。状況をギンイチに報告するため、現場に留まったのは消防士として当然の行動だが、その間に右往左往する人の波に巻き込まれた可能性もある。

「柳さん！」

秋絵が叫んだ。ロンドンナイトのエントランスから飛び込んできた雅代が、左右に目をやっている。

ここです、と折原はカウンターから飛び出した。

「一体、何が起きてるんです？」

放火、と雅代が通路を指さした。

「過失や事故じゃない。焼身自殺した男もそうだけど、これは放火による火災で、そうでなければファッションブランドの店舗から出火するはずがない」

心配しないで、と雅代がそのまま秋絵の肩に手を置いた。

「必ずあなたを守る。安全な場所に避難させる。だから安心して」

はい、と秋絵がうなずいた。かすかに声が震えていたが、この状況で恐怖を感じない者などいるはずもない。自分より落ち着いている、と折原は苦笑した。

「放火って……サンズロード地下街全体をですか？　炎が上がっているのは見ましたが、全テナントってことはないでしょう。愉快犯だとしても、数が多すぎます。それに、どうやって火をつけたと？」

わからない、と厳しい声で雅代が言った。

「ただ、これだけは言える。放火犯は一人じゃない。十人、もしかしたらもっと多くの人間が関わっている。犯人たちは何カ月も前から準備を始めていたと考えるべき。テロかもしれない」

「テロ？」

可能性はある、と雅代が秋絵と折原の顔を交互に見た。

「二人とも聞いて。わたしたち消防士は、地下街火災の危険性をよく知っている。燃えているのが一カ所だけだとしても、場所が悪ければ多数の死傷者が出る。広範囲にわたっていたら、百人単位になる。だから、地下街の防火設備は、厳しい基準が要求される。外を見て。走っているあの人たちがずぶ濡れになっているのがわかる？」

柳さんもです、と秋絵が小さく笑った。

「スプリンクラーですね？」

正解、と雅代が肩の滴を手で払った。

「天井に設置されているスプリンクラーが温度の上昇を感知して、自動放水を始めている。だから延焼が広がっていない。スプリンクラーの効果は限定的で、炎が大きくなればそれこそ焼け石に水だけど、防火扉、防煙シャッターもある。消火栓だってあるし、消火器に至っては数え切れないほどよ。冷静に行動すれば、必ず無事に避難できる。わたしの指示に従うこと」

「どこへ逃げるつもりですか？」

西武新宿駅、と雅代が窓の外を指した。

「理由は二つ。ひとつはこの店の位置。わたしはＪＲ新宿駅の東口からここまで歩いてきた。サンズロード地下街という名称だから、誰でも地下一階と考えるけど、実際は違う。まず、新宿駅東口改札そのものが地下にある」

そうです、と折原はうなずいた。そこからメトロプロムナードに降りた、と雅代が説明を続けた。

「メトロプロムナードは丸ノ内線の改札口と同じ階にあって、そこは地下二階になる。そしてサンズロードは更にそのワンフロア下、つまり地下三階に当たる。この状況では地上に出るのが最も安全だけど、JR側に向かえば、三フロア分の階段を上がらなければならない」

エスカレーターがありましたと言った折原に、火災が発生したらエスカレーターもエレベーターも自動停止する、と雅代が首を振った。

「松葉杖の彼女を連れて避難しなければならないわたしたちにとって、階段数が少ない方が有利になる。だから西武新宿駅へ向かう。JR新宿駅から西武新宿駅までは、緩やかな上り坂になっている。高低差があるから、その分上がる段数が少なくなる」

「もうひとつの理由は？」

雅代が店の窓に顔を向けた。人の波が二つに分かれていたが、手前側は右へ、奥側の人たちは左に向かっていた。

「あの人の波を突破して、奥へは行けない。わたしと折原くんはともかく、秋絵ちゃんには無理よ。流れに逆らうより、西武新宿駅へ向かった方がいい」

西武新宿駅の地下から地上へ上がるためには、階段を使う以外ない、と雅代が言った。

「その時はわたしが背負う。そのために毎日訓練している」

頼みます、と折原は頭を下げた。タイミングを計って外に出る、と雅代が秋絵の肩を支え、店のエントランスに近づいた。

18：50

新宿区には新宿中央本署を含め、九つの消防署及び出張所がある。地震等の災害、大規模な事故、テロなどが新宿駅で起きた場合に備え、三カ月ごとに対策会議が開かれていた。

火災発生時の対応策も協議されている。そのため、最初の通報があった時点では、新宿区及び渋谷区内の消防署で対応できる、と多くの関係者が考えていた。

だが、現場に到着した消防士からの報告により、当初の想定より多数の場所で火災が起きていることが判明していた。情報が錯綜したのは、通信の不通、指揮系統の混乱など、さまざまな理由があった。

地下街の至るところで火災が起きており、消火活動より避難誘導を優先する、と現場は判断していた。そのため、最も激しく燃えている火点がどこなのかを調べることさえ、困難になっていた。

最初の火災通報から約二十分後、ようやく新宿駅地下街火災の全貌が判明した。当初、その範囲はＪＲ新宿駅東口、西口、南口だけと考えられていたが、実際には都営地下鉄大江戸線新宿西口駅、西武新宿駅、東京メトロ新宿三丁目駅の地下街にまで広がっていた。

また、六時三十一分から三十五分までの四分間に、約十カ所で火災が発生していたが、その後も断続的に出火している、という報告も入っていた。六時五十分の段階で火点は五十カ所を超え、延焼も始まっていた。

このままでは大きな火点だけでも百カ所を超える、と消火の総指揮を執っていた新宿本署の永井署長は東京消防庁に状況を伝えた。

それ以前に、東京消防庁は中野区、豊島区、港区の三区に出場命令を下していたが、永井の報告を受け、文京区等近隣五区に出場命令を出した。ここまで大規模になると、総指揮を執るだけの能力が新宿中央本署にはない。

この状況を踏まえ、東京消防庁は大規模災害に備えて東京都と国が合同で設置した日本最大の消防署、ギンイチの出場と、それに伴い消火総指揮を執るように命じたが、総務省消防庁からストップがかかった。

十の区の消防署が現場に出場すれば、それはイコール第四出場となる。その上にギンイチが立てば、事実上の増強特命出場だ。

増強特命出場は、過去にほとんど例がない。一九八二年のホテルニュージャパン火災の時、第四出場に加え〝増強特命出場〟及び〝救急特別第二出場〟が発令され、消防総監自らが本部指揮隊車に乗車し、陣頭指揮した事例があるが、これは例外中の例外だ。

現状を把握するまでギンイチの出場を不可とする総務省消防庁と、東京消防庁の間には、はっきりと温度差があった。火災通報があった六時三十一分から約二十分が経っていたが、総務省消防庁が許可したのはギンイチへの待機命令だけだった。

18:51

おれが許可する、と村田が集まった消防監、消防司令長、消防司令、消防司令補、消防士長に向かって口を開いた。

「ギンイチの全消防士は新宿駅へ向かえ。総務省消防庁が何を言っても関係ない。おれが責任を取る」

君の責任問題じゃ済まない、と不快そうに茅野が言った。

「消防は命令順守が絶対の組織だ。君の上には私、私の上には大沢署長がいる。更にその上には東京消防庁、そして総務省消防庁が存在する。君がしているのは、越権行為以外の何物でもない。村田消防正監の命令に従う者には、処分を下さざるを得ないぞ」

「命令したのはおれで、彼らに責任はない。首にするならさっさとしてくれ。だが、この現場はおれが指揮する」

つまらんことを言うな、と茅野が汗で濡れた顔を手のひらで拭った。

「こんなこと、許されるわけないだろう。消防士が勝手な判断で動き出したら、収拾がつかなくなるのはわかりきった話じゃないか」

消火に当たれとは言ってない、と素知らぬ顔で村田が口角だけを上げた。

「茅野司監のキャリアに傷をつけるつもりはない。総務省に戻って偉くなればいい。運が良ければ、事務次官になれるだろう。だが、総務省消防庁の判断は間違っている。いずれはギンイチに出場命令と全体指揮命令を出さざるを得ないが、それじゃ間に合わない」

「命令が出てから動けばいいじゃないか。何を焦っている？」

銀座から新宿まで、通常なら二十分もかかりません、と村田が言った。言うだけ言って落ち着いたのか、口調が丁寧《ていねい》になっていた。

「ですが、今日はクリスマスイブです。消防にとって一年で最悪の日で、警鐘《けいしょう》を鳴らそうがサイレンを鳴らそうが、道路は車で埋まっています。一時間かかってもおかしくありません。今のうちに現場近くへ移動しておくべきでしょう」

許可できない、と茅野が机を叩いた。

「全消防士と君は言ったが、その意味がわかってるのか？　経費がどれだけかかると？　全消防士を出場させれば、事務方の全職員も非常出勤となる。千人だぞ？　非番、欠勤の者は？　クリスマスイブに出てこいと？　君は新聞、テレビも見ないのか？　働き方改革について――」

あれは役人の寝言です、と切り捨てるように村田が言った。

「我々消防士にはプライドがある。火災が発生したら、プライベートもへったくれもない。消防士以外、誰も火は消せない。クリスマスイブなので現場には行けません、そんなことを言う消防士は日本どころか世界中どこにもいませんよ。あんたは知らないだろうが、自分の結婚式の披露宴の場から、火災現場に向かった者だっているんだ」

「村田――」

おれたちはそういう仕事をしている、と村田が静かな声で言った。

「おれたちはプロなんだ。違うと言う者は、今すぐここから出て行け。言っておくが、おれについてきても得はない。この件が終わったら、確実におれは降格される。それどころか、辞表を出さざるを得なくなるだろう。もうひとつ、原則論で言えば茅野司監の方が正しい。それを踏まえて、自分で判断しろ」

夏美は左右に目をやった。一歩たりとも動く者はいなかった。

どうかしている、と茅野が額の汗を拭った。改めて言う、と村田が全員の顔を見つめた。

「出場準備を終え次第、全消防士は新宿駅へ向かえ。ただし、命令が出るまで現場への臨場は禁ずる。可能な限り新宿駅に近づき、水利を確保、命令に即応態勢を取りつつ待機せよ。出る幕がないとわかれば、黙ってギンイチに戻り、おれのせいでクリスマスイブが台なしになったと、悪口でも何でも言えばいい」

言うさ、と副消防正監の荒木《あらき》が一歩前に出た。村田と同じ歳《とし》で、対等に発言できる数少ない者の一人だ。

「村田消防正監は、どうしてもっと早く命令を出さなかったんだ、優柔不断な馬鹿のせいで犠牲者が出た、と笑い者にしてやる」

剛の村田、柔の荒木と呼ばれているが、それは十年前に起きたマンション火災の現場で、落ちてきた梁で大腿骨《だいたいこつ》を開放骨折する重傷を荒木が負い、その後内勤をメインにしていたためだ。風貌《ふうぼう》こそ老いた馬のようだが、心根にファイアーファイターの芯《しん》を持つ男だった。

ギンイチ全消防士は新宿駅へ向かえ、と大沢署長が命じた。

「全職員も呼び出す。村田、今のうちに戒告処分を出しておく。命令違反、抗命行為、理由は腐るほどある。停職、減俸、最悪免職も覚悟しておけ」

それが偉い人の役目です、と鼻を鳴らした村田が、消防司令補と消防士長は残れ、と命じた。

「ギンイチにとって、新宿駅はアウェイだ。ざっと調べただけだが、新宿駅地下街は迷路と変わらん。防災計画こそあるが、正確かつ詳細な全体図はホームページにも載っていない。地上から地下街へ降りるルートは数知れない。効率的な消火のためには、人員配置が重要になる。お前たちが情報を収集、分析しろ。何もわからないままでは、おれも現場で指揮が執れない」

現場に出るつもりか、と茅野が目を丸くした。

「君は消防正監だぞ？　現場で指揮を執る立場じゃない」

もし新宿駅地下街火災が想像以上の規模になっていたら、と村田が暗い表情を浮かべた。

「現場の総指揮を執ることができるのは、おれしかいない。地下街火災は死地だ。どんなに危険か、言ってもわからんだろう。おれだって危険な現場に行きたくはないが、他に適任者がいない。貧乏くじとわかっていても、引くしかない」

馬鹿じゃないのかと呆《あき》れたように言った茅野に、そうらしい、と村田がため息をついた。

「部下に危険な任務を押し付けて、安全な場所から命令を出すだけの上が何より嫌いで、そんな自分の性格に腹が立つが、性分だから仕方ない……総員、出場準備を即時整え、速やかに新宿駅へ向かうように。以上だ」

夏美はその場でスマホを取り出した。火災現場に雅代と折原、そして秋絵がいる。顔も名前も知らない数万の人々がいる。

スマホで折原の番号を押したが、応答はなかった。必ず助けるとつぶやいて、夏美は他の消防司令補、消防士長と共に、配られた新宿地下街の略図に目をやった。

18：55

ロンドンナイトの前を走っている人たちの間に、雅代が立ち塞《ふさ》がった。恰幅《かっぷく》のいい中年男とぶつかり、その場に倒れたが、一瞬人々の足が止まった。

「折原くん！」

体を起こした雅代が叫んだ。折原は僅《わず》かに空いたスペースに秋絵を強引に押し込んだ。どけ、と叫ぶ声が背後から聞こえたが、秋絵の体を支えたまま、人の流れに沿って進んだ。

通路には数十メートルおきに階段がある。地下三階から地上、もしくは地下駐車場に繋がっているはずだが、どこも燃えていた。突破できない。

「西武新宿駅とフリーダムホテルを繋ぐ階段がある」速足で進みながら、雅代が前を指さした。「あそこまで行けば、地上に出ることができる」

了解、と折原は叫んだが、不安もあった。ロンドンナイトから見て左側にあったテナントから火が出ていた。おそらくだが、サンズロードの至るところで火災が起きているのだろう。

避難するために、JR新宿駅、そしてメトロプロムナードから人々が逃げてくるのはわかる。だが、西武新宿駅側からも、数多くの人たちが押し寄せていた。火災が発生しているためではないのか。

大丈夫、と雅代が折原の肩を強く叩いた。

「フリーダムホテルはリニューアルしたばかりで、防災設備は最新よ。あそこなら安全に避難できる」

その時、数メートル先の中華レストランから炎が真横に噴き出した。厨房《ちゅうぼう》でガス爆発が起きたのだろう。

数十人の男女が炎の直撃を受け、その場に倒れた。悲鳴に続き、炎と煙が前を塞いだ。

姿勢を低く、と雅代が折原と秋絵の頭を押さえた。

「このまま突っ切る!」

一瞬、炎の勢いが止まった。呼吸をしている、と雅代がつぶやいた。

一度、深く吐いた。そして、今は吸っている。次はまた炎を吐き出すつもりだろう。

強烈な殺意を感じた。その前に中華レストランの前を通過しないと、炎の息に吹き飛ばされ、焼け死ぬしかない。

秋絵を背負った雅代に続き、折原は通路を走った。爆発音と共に、ガラスの破片が飛んできた。

後頭部にそのいくつかが当たり、追いかけるように炎が押し寄せてくる。髪の焦げる臭いを、折原は確かに嗅《か》いだ。

振り向くと、全身に炎を浴びた数人の男女が、死のダンスを始めていた。よろめくように歩き、崩れ落ちていく。折原の背中を冷や汗が伝っていった。

雅代が速足で進んだ。書店と洋食店の間を抜けると、目の前に呉服店があった。轟々《ごうごう》と凄まじい音を立てて、店全体が燃えている。

右へ、と雅代が指示した。床に溜まったスプリンクラーの水で靴が滑《すべ》り、折原はその場に倒れ込んだ。

床に手をついて立ち上がったが、頭を強く打ったため、何もかもが歪んで見えた。方向もわからない。

あそこがホテルの地下入口、と雅代が前を指さした。

「折原くん、走って！」

地下の輸入食品売り場に近づくと、人々が次々に飛び出してきた。どこからか、ガソリン臭が漂っている。

「止まって！」

雅代が叫んだ。フリーダムホテルの地下は輸入食料品売り場だが、その中に一人の女が立っていた。

黒いフードのついたレインコートを着ている。ノーメイクの顔が紙のように白かった。どこにでもいそうな、三十代の女だ。両手にペットボトルを摑んでいる。

「逃げろ！」飛び出してきた若い男が叫んだ。「あの女が持っているのはガソリンだ！」

二本のペットボトルの中身を周囲に撒いた女が、背中のリュックサックからもう一本取り出し、そのまま自分の体にガソリンをかけ始めた。

止めなさい、と雅代が叫んだが、その声は届かなかった。虚《うつ》ろな目のまま、女がポケットから百円ライターを出して火をつけた。

次の瞬間、女の体が爆発したように見えた。凄まじい勢いで炎が上がった。

輸入食料品売り場のガラスがすべて割れ、爆風がその場にいたすべての人を襲った。雅代が折原と秋絵の腕を摑んで、その場に伏せた。

爆風をまともに浴びた数人が、五メートル離れた壁に叩きつけられた。骨の折れる音、そして悲鳴が長く続いた。

「下がって！」二人の腕を摑んだまま、雅代が叫んだ。「ガス爆発が起きてる……折原くん、立って！」

秋絵を背負ったまま、雅代が後退した。折原は立ち上がることができないまま、体を回転させて、輸入食料品売り場から離れた。

フロアに気化したガソリンが充満しているのが、臭いでわかった。追いかけるように、炎が近づいてくる。

　雅代の腕に摑まって立ち上がると、目の前に炎の壁ができていた。凄まじい熱だ。

　彼女を頼む、と雅代が秋絵を折原に預けた。

「大丈夫、まだ逃げ道はある」

　どこです、と秋絵を背負った折原は左右を見回した。西武新宿駅へと繫がるガラスのドアには、防煙シャッターが降りている。百人ほどの人々が、叫び声を上げながらそれを叩いていたが、壊れるはずもなかった。

「防煙シャッターには、潜《くぐ》り戸があるはずですよね？」

　トータス社のＡＰ１０１にはない、と雅代が首を振った。

「完全密閉型のシャッターで、輸入食料品売り場と直結しているから、潜り戸の必要がない。防煙は万全だけど、輸入食品売り場全体が燃えている。炎の勢いが激し過ぎて、あそこからは逃げられない」

　気化したガソリンが空間に溢れた、と雅代が天井を見上げた。

「それに引火して、空間そのものが燃え上がった。消火も何もない。あの女は輸入食料品売り場に大量のガソリンを撒いた。店が密閉されていたために、爆発が起きた」

　折原は前髪に手をやった。焦げた頭髪が指に絡みついた。

「でも、地下街は密閉空間じゃありません。排気もしているはずです。あんな爆発が起きることはないと……」

　そう思いたい、と雅代が辺りを見回した。

「この地下街は広いし、消火設備も整っている。でも、閉鎖空間なのは間違いない。爆発が起きる可能性はある」

　天井のスプリンクラーから自動放水が始まっていたが、水圧が不足しているのか、霧雨程度の水量だった。これでは延焼を防ぐのが精一杯だろう。

「どこへ逃げる気ですか？」

　炎が噴き出している呉服店を雅代が指さした。

「あの店の前を通って、本屋の裏に回る。階段があったはず。狭いけど、あそこから地上へ出る」

　降ろしてください、と秋絵が言った。

「松葉杖を……これ以上、迷惑はかけられません」

　そんなこと思ってもいない、と折原は言った。移動距離は百メートルほどだ。

　秋絵を背負ったまま進むと、転倒するリスクもある。それよりも秋絵をガードしながら階段へ向かった方がいいだろう。

　燃え上がる呉服店の熱が押し寄せてくる中、雅代と二人で秋絵を挟む形で、書店の裏へ回った。目の前の階段に、大勢の人が群がっていた。

幅は二メートルほどで、途中にガラスのドアがある。そこは一人ずつしか通れない。順番に上がっていけば問題ないはずだが、誰もが焦り、恐怖に怯《おび》え、我を忘れていた。突き飛ばされた老人や女性が倒れ、それが人々の動きを妨げている。

わたしが背負う、と雅代が秋絵の手を摑んだ。

「折原くんは先に行って。ここにいる人たちは、自制心を失っている。突き飛ばされて階段の下まで落ちたら、どうにもならない。彼女はわたしが守る」

階段は三フロア分あった。距離は十メートルほどだ。

ガラスドアの前で、若い男同士が殴り合っている。順番を争っている彼らの顔は、獣そのものだった。

「馬鹿、止めろ！」階段のステップに足をかけて、折原は叫んだ。「譲り合えばそれで済む――」

いきなり足をすくわれ、背中から床に落ちた。ダメージはなかったが、自分の足を払ったのが七十代の女性だったことに、恐怖を感じた。人間はそこまでエゴを剝《む》き出しにできるものなのか。

あんな人ばかりじゃない、と折原に肩を貸して立ち上がらせた雅代が囁いた。

「焦らなくても、一段ずつ上がっていけばいい。必ず助かる」

逃げ場を失った者たちが、続々と押し寄せていた。折原と雅代だけなら、タイミングを見計らって階段を上がっていけばいいが、秋絵のことを考えると、安易に突っ込むわけにもいかない。列に並んで、順番を待つしかなかった。

多くの者が互いに声をかけ合い、落ち着け、と叫んでいた。人の心を取り戻したのか、それとも争いに疲れたのか、折原にはわからなかった。

五分ほど階段の下で待っていると、ようやく最初の一段に足をかけることができた。ついてきてくださいと振り向くと、雅代の背中で秋絵が後ろを指さしていた。銀行のＡＴＭがあった。

「どうした？　何か見えるのか？」

雅代が背負っている分、秋絵の方が折原より頭ひとつ高い。指さしていたのは、ＡＴＭの上に貼られていたタレントのポスターだ。下に紙袋があります、と秋絵が言った。

「紙袋？」

前にいた男が階段を一段上がった。続こうとした折原の肘を、雅代が摑んだ。

「階段から降りて……ここから離れる」

なぜです、と折原は思わず大声を上げた。避難しようとしていた者たちが落ち着きを取り戻し、一定の秩序が保たれている。ようやく自分たちの順番が回ってきたのに、どうして階段を降りなければならないのか。

だが、雅代は首を振るだけだった。階段を降りた数メートル先にある大きな柱の陰に回って、秋絵を背中から降ろし、姿勢を低くとだけ命じた。地上へ出るチャンスを自ら捨てる意味がわからなかった。

何をしてるんです、と折原は雅代の顔を見つめた。

「柳さん、今なら上がれるんですよ？」

こっちへ、と階段の下に並んでいた人たちの列に向かって、雅代が叫んだ。

「他の人も、階段を降りて！　早く隠れて！」

指示に従う者はいなかった。誰もが疲れきった表情を浮かべて、階段を上がる順番を待っている。

「こんなところに隠れて、どうしようって言うんです？」

フロアの天井に火が回っています、と折原は上を指さした。

「焼け落ちたら、下敷きになるだけです。そうなったら――」

背後で凄まじい爆発が起き、衝撃でその場に倒れた。柱の陰にいたため、怪我はなかったが、顔を上げると辺りは火の海となっていた。

階段にも火の手が及び、肉が焦げる臭いと共に、何十人もの人々が雪崩《なだれ》のように階段の上から落ちてくる。炎と煙が階段を襲っていた。

目を背けた雅代が、そばに転がっていた松葉杖を秋絵に渡した。

「この階段からは逃げられない。煙突化現象が起きている」

「煙突化現象?」

火災が発生すると炎と煙は上昇する、と雅代が言った。

「通路や階段は炎や煙の通り道になる。それが煙突化現象で、特に煙が危ない。少しでも吸い込めば、意識を失う」

別のルートを探す、とスプリンクラーの放水の中を雅代が歩きだした。炎が燃え移った書店で、火災が起きていた。

19:03

新宿地下街で火災発生、という第一報を警視庁が受けたのは、消防とほぼ同時だった。通報者が新宿駅東口交番に詰めていた警察官だったためだ。

火災発生時には、消火活動が最優先となる。火災現場で警察は避難誘導、人命検索、人命救助その他、基本的には消防の補助的な役割を担う。

だが、新宿地下街において同時多発火災が発生した報告が続けて入ったことで、事態は一変した。警視庁が危惧《きぐ》したのは、テロの可能性だった。

警視庁刑事部捜査一課には、七つの強行犯捜査係がある。第一強行犯捜査係は総務担当で、第二から第六までの係が殺人、強盗、傷害事件等の捜査を行なう。

最後の第七強行犯係は、他と違い火災犯捜査を担当する。第1、第2と二つの係があり、放火、失火事件を捜査するが、続々と入ってくる情報を確認していた第七強行犯、通称ダイナナ第1係、第2係の合同会議で、最後に意見を上げたのは第1係副係長の小池洋《こいけよう》輔《すけ》警部補だった。

今年五十二歳、二十七歳の時に所轄警察署から本庁に上がり、二十五年間ダイナナに所属している。火災調査官としての経験はダイナナの中で最も長く、第1係長の榊《さかき》、第2係長の片桐《かたぎり》、その他の刑事たちからも一目置かれる存在だ。

「現在入っている情報によれば、新宿地下街の火災は広範囲にわたっており、放火によるものというのは、私も同意見です」

立ち上がった小池は手元の資料に目をやった。

「避難者の証言によれば、ガソリンを被って自ら火をつけ、焼身自殺した者がいたということです」

犯人が複数名いるのは確かです、と小池は会議室のホワイトボードに貼られていた新宿駅地下街の略図を指した。

「現時点で出火場所は五十カ所以上、今後も増え続けると考えられます。犯人はガソリンを詰めたペットボトルと、簡単な時限着火装置を紙袋などに入れ、地下街の各所に置いたと推測されます。新宿駅地下街はＪＲ新宿駅を中心に、東口、西口、南口、更にその周辺までが範囲に含まれます。地下街における移動手段はエレベーター、エスカレーターを除けば徒歩以外ありません。一周するだけで数時間かかりますから、単独犯では不可能です。複数名と言いましたが、数人ではなく数十人と考えるべきでしょう。少なくとも二十人以上いなければ、火点の多さが説明できません」

「時限着火装置を使ったとすれば、単独犯でも可能では？」

片桐が射るような視線を向けた。小池はデスクに置いていたミネラルウォーターの二リットル入りペットボトルを取り上げた。

「二リットルはイコール二キログラムです。十本で二十キロ、一人の人間が持ち運ぶ量としては、それが限界でしょう。一カ所で数本、あるいは十本以上のペットボトルが爆発、炎上したという情報もあります。昨夜の段階で、不審物は発見されていません。新宿駅そのものが年末特別警戒の対象区域で、それには地下街も含まれます。警察官、警備員も巡回していました。不審物があれば、間違いなく発見されていたでしょう。つまり、犯人たちは今日になって行動を開始したんです。複数犯による放火と断定する理由はそれです」

テロか、と榊が汗の浮いた額を手のひらで拭った。

「テロリストなら、人数は準備できただろう」

そうは思いません、と小池は天然パーマの頭を掻いた。

「なぜだ？」

主な火点ですが、と小池はレーザーポインターでホワイトボードの略図を指した。

「最も多いのがトイレ、そしてコインロッカー、各テナント、銀行及びカード会社の無人ATM等ですが、場所に偏りがあります」

面積比で言うと東口のサンズロードが六〇パーセント、西口と南口の地下がそれぞれ二〇パーセントずつです、と小池は言った。

「テロリストなら、事前に綿密な計画を立て、放火場所を分散させたでしょう。被害を拡大するためには、その方が有効だからです。表現としてどうかと思いますが、まともなテロリストなら、こんな杜撰《ずさん》な計画は立てません。アマチュアグループによるテロと考えた方がいいぐらいですが、正直なところよくわかりません。行動が矛盾していますし、違和感もあります。これほど場当たり的な放火を仕掛けてくる者を、テロリストとは呼べないというのが私の意見です」

テロリストでなければ、いったい何者だ、と片桐は首を捻った。

「愉快犯にしては悪質過ぎる。数人ならともかく、数十人単位の愉快犯グループなんて、聞いたこともないぞ」

問題はそこです、と小池はうなずいた。

「今回の地下街火災は数十人単位のグループによる放火と考えられますが、組織的な放火ではありません。構造としてはテロと同じですが、犯人グループにテロの意図はないのでしょう。効率を無視して、放火を繰り返しているんです。テロリストなら、絶対にそんなことはしません」

　君にしては歯切れが悪いな、と榊が苦笑した。

「偶然、クリスマスイブに数十人の愉快犯が集まって、ガソリンの入ったペットボトルと着火装置を置き、新宿地下街に放火したと？　そんな馬鹿な話はないだろう」

　私もそう思います、と小池は肩をすくめた。

「放火の手口が同じですから、犯人たちの間に通底する意志があったのは確かです。ここではリーダーと呼びますが、身元を特定されることがないガソリンの入手法、着火装置の作り方、それを仕掛ける時間や場所について指示した者がいたのかもしれません。狙《ねら》いはクリスマスイブの夜、新宿地下街に放火することです。リーダーに賛同する数十人が、今回の放火に加わった……そう考えると流れは説明できますが、そもそもの動機、どうやってメンバーを集めたのか、具体的な手口をどこで学んだのか、不明なことだらけです」

　小池は腰を下ろした。入れ替わるように榊が立ち上がり、犯人逮捕はダイナナの義務だと言った。

「現状では犯人の数さえわかっていない。正体不明のグループということになる。だが、炎が地下街全体に広がることもあり得る。その時は新宿駅そのものが炎上し、周辺のビルなども含め、壊滅的な打撃を受けることになる」

何としても犯人を逮捕し、爆発物をセットした場所の情報を得る必要がある、と片桐がデスクを太い腕で叩いた。

「新宿駅が灰燼《かいじん》と化したら、都内の鉄道の半分以上が機能を喪失する。人的被害に至っては、想像もしたくない。大袈裟《おおげさ》ではなく、死傷者は一万人を遥かに超えるだろう。まだ起動していない爆発物もあるはずだ。場所さえわかれば、火災を防げる」

新宿駅周辺に第1と第2係の全捜査官を展開しよう、と榊がうなずいた。

「放火事件の常道だが、犯人は必ず現場付近にいる。やじ馬に紛《まぎ》れて、高みの見物を決め込んでいるはずだ。周辺にいる全員を撮影、不審者と判断したら参考人として引っ張れ。既に死傷者が数十人出ている。これ以上の被害拡大は絶対に阻止しなければならない。今から各班の分担を決める。担当が決まった順に、新宿駅へ向かえ」

全刑事が会議室を出て行ったのを確かめ、小池は背広の内ポケットから取り出した煙草《たばこ》に火をつけた。警視庁内は全館禁煙だが、知ったことか、とつぶやいた。

無人の会議室で煙草を吸ったところで、誰の迷惑にもならない。それが小池の論理で、火災調査官としての評価は高いが、協調性を他から疑問視されているのは自覚していた。組織人になれないのは小池の性分だ。

煙草をくわえたまま考えていたのは、十数年前に起きた秋葉原《あきはばら》歩行者天国での無差別殺人だった。あの事件と同じだ、という直感があった。

放火犯グループの目的はテロではない。強烈な不満、満たされない承認欲求、不遇感、劣等意識、あらゆるネガティブな心理が彼らの動機ではないか。

犯人グループの人数を、少なくとも二十人と言ったのは、火災の規模、火点の位置などからの推定だが、自分の想定より社会への不満を持つ者が多いとすれば、五十人、あるいはそれ以上が放火に加わっていることもあり得る。

そうであれば、と小池は携帯灰皿に煙草を押し付けた。確実に新宿駅は崩壊する。

19:05

ギンイチ大会議室で、消防司令補と消防士長たちがパソコンにキーワードを入力し、検索を始めていた。彼らが捜していたのは、新宿地下街の正確かつ詳細な地図だった。

迅速《じんそく》かつ効率的な消火活動を行なうためには、現場の地理を掌握《しょうあく》しておく必要がある。火元が広範囲にわたる場合は、避難路の確保、要救助者の誘導、救出、人命検索、更には消防士の安全まで考慮しなければならない。

新宿地下街、地図、略図、施設、いくつかのキーワードで、夏美は検索を続けた。東口のサンズロード、西口のエース、南口のスクエア、それぞれの施設案内こそすぐ見つかったが、互いの位置関係の相関図、あるいは避難路となる階段などの位置を示す地図は出てこなかった。

他の消防司令補、士長の顔にも、焦りの色が浮かんでいた。自分と同じで、必要な情報を捜すことができずにいるのだろう。

最も被害が大きいサンズロードについて、施設所有者であり管理者である株式会社新宿サンズロードの公式ホームページには、全体のフロアマップがある。一番街から四番街までの四つのエリア、それぞれの店舗名が載っていた。

マップによると、一番街には階段1から6、そして8があるが、7は二番街にあった。株式会社新宿サンズロードの側にも管理上の都合があるのだろうが、これでは消防士も混乱するだけだ。

その一方、店舗の広さを示す情報はマップにない。マップ上に略図イラストがあるが、それで比較する以外は、各店舗に問い合わせるか、別の方法で調べるしかなかった。

クリスマスイブ、時間は夜七時を過ぎている。連絡しても誰も出ない会社の方が多かった。

更に、一番街から四番街までの各通路及び階段の幅、利用客が最も多いシティストリートとミルキーウェイの長さも地図に記載されていない。店舗同士がどれだけ離れているか、その距離も不明だ。これでは消防士も消火活動を展開できない。

また、メトロプロムナードとの位置関係、JR新宿駅、東京メトロ丸ノ内線新宿駅、新宿三丁目駅、西武新宿駅、都営大江戸線新宿西口駅とどこで繋がっているのか、正確な距離が一目でわかる地図や資料もなかった。断片的な情報を繋ぎ合わせ、自分たちで消防用マップを作っていくしかないが、どこまで正確なものになるかはわからない。

並行して、事務方の職員がJR新宿駅、そして株式会社新宿サンズロードと連絡を取り、設計図の提出を要請していた。地下街は建造物だから、必ず設計図がある。それが最も正確な情報になる。

だが、JR新宿駅から、駅舎の設計図は持っていないと回答があった。

JR新宿駅は、JR東日本が建てたわけではない。建設会社が設計から施工《せこう》を請け負っている。

明治十八年に開業し、山手線の駅となったのは明治四十二年。京王線の新宿駅開業は大正四年、小田急線は昭和二年だ。

昭和二十年に空襲で被災したがすぐに復旧し、昭和二十七年には西武新宿駅が、同三十四年に丸ノ内線が開業している。

その後何度も改築、改装され、駅ビルをはじめ多くの施設が造られてきた。ホームの数も増え、乗り入れる路線もそれに伴って多くなった。そのたびに工事が行なわれ、建設会社が参入している。

当初からあった施設をそのまま残している部分もあるが、新設、あるいは増築された部分もある。重複している場合もあった。ＪＲ新宿駅が駅舎の全体設計図を所有していないのは、そのためだ。

それなら建設会社を徹底的に調べれば必ず見つかると言う者もいたが、簡単ではない、と夏美は思っていた。

新宿駅駅舎の設計図はあるだろうし、設計した者がいるのも確かだが、今日はクリスマスイブだ。設計者と連絡が取れるかどうかさえ怪しかった。

新宿駅地下街は日本でも有数の面積を誇っている。その建設にはゼネコン、建築会社、下請け、孫請けなど、多くの会社が関わっていた。設計事務所も複数あっただろう。すべてのデータが揃わなければ、新宿駅駅舎の全体像は把握できない。

しかも地下街は現在も拡張工事、改装、リニューアルが続いている。地下街そのものが拡大、巨大化しているのだ。成長を続ける新宿駅地下街の全貌を理解している者など、一人もいないのではないか。

調べた限り、ＪＲ、京王、小田急、都営地下鉄、東京メトロ、それに西武新宿線まで含めると、地下街の出口は二百以上あった。ビル等の出入り口と兼用されている箇所もあり、接続も複雑で、縦横無尽に繋がっていると言っていい。まさに迷路、ダンジョンだ。

情報管理の統轄は副消防正監の荒木が担当している。サンズロードのフロアマップをはじめ、どういう形であれ地下街と新宿駅の情報が載っている地図や略図、施設案内図などが次々に大会議室へ運び込まれたが、目を通すたびに荒木の表情が険《けわ》しくなった。

来てくれ、と荒木が村田に声をかけた。副消防正監はギンイチ独自の階級で、消防正監の補佐職だが、出張等で消防正監が不在時には代理として消火指揮を執ることが認められている。副、というのは便宜的な呼称で、同等の職級だ。

村田と荒木の間には、互いに強い信頼がある。常に冷静な荒木のバックアップがあるからこそ、村田も危険を顧みず火災現場に突入できる。性格は正反対だが、絆《きずな》は固い。

資料の山から、別のデスクに選《よ》り分けていた数枚の地図を荒木が指した。

「役に立つのは、この五枚だけだ。それだって、完全じゃない。はっきり言えば、今日現在の新宿地下街の正確な地図はないんだ」

新宿地下街の中で最も古いサンズロードが開業したのは昭和四十八年だ、と荒木が説明を始めた。

「施設所有者、管理者は共に株式会社新宿サンズロード。オープンから数えると、今年で四十六年、その間、何度も改築、改装している。四十六年経てば、新宿駅だって大きく姿を変える。昔は大江戸線も副都心線もなかった。おれたちが二十代の頃、路線の相互乗り入れは珍しかったが、今では常識だ。おまけに路線も増え続け、埼京線や湘南新宿ラインは埼玉県や神奈川県と直結している。拡張工事は今も進められているし、そのために地下街自体が広がっている」

そんなことはわかってる、と村田が地図を広げた。

「地図がなくても、地下街の構造さえわかれば――」

簡単な話じゃない、と荒木が椅子に座った。

「いいか、サンズロードに絞って説明しよう。店舗だけでも百近くある。その七割がアパレル関係だ。お前は知らないだろうが、想像以上のスピードでスクラップアンドビルドが起きている。昨日まであったテナントが、今日から違う店になることだってざらにあるんだ。リニューアルもするだろうし、服を売っていた店がドラッグストアに変わることもある。意味はわかるな?」

顔をしかめた村田がうなずいた。二人の話を聞いていた大会議室にいた全員が表情を曇らせた。それは夏美も同じだ。

デパート、ショッピングモールなど大規模施設における火災では、出店しているテナントが取り扱っている商品によって、延焼状況が変わる。サンズロードで最も多いアパレル関係の店舗で、主力商品となっているのは、言うまでもなく洋服だ。

それぞれ素材は違うが、流行のファストファッションショップでは、化学繊維《せんい》を原材料にしている服も少なくない。化学繊維は燃える際、有毒ガスを発する。消火活動における最大の敵、それは炎ではなく煙だ。

有毒ガスが発生すると想定される場合には、専用の装備が必要となる。ギンイチに限らず、どの消防署でも常備しているが、新宿駅地下街全体を有毒ガスが覆っているとすれば、全消防士が装備できるだけの数はない。そこまでの事態は、誰も想定していなかった。

「我々に必要なのは、新宿地下街のあらゆる情報だ」沈痛な表情を浮かべたまま、荒木が口を開いた。「だが、最新の情報は株式会社新宿サンズロードも把握していない。それは他の地下街も同じだ。この五枚の地図を元に、今から我々が正確かつ最新な地図を作成する。それがなければ、消防士の指揮はできない」

無言のまま顔を横に向けた村田に、まだ話は終わっていない、と荒木が声を低くした。

「今すぐにでも、地下街のスプリンクラーを強制停止する必要がある」

何を言ってる、と村田が荒木の顔を見つめた。夏美も含め、その場にいた全員が耳を疑った。地下街火災でスプリンクラーを稼働させるのは、消防士でなくてもわかるだろう。

スプリンクラーの放水によって延焼を防いでいる、と村田が荒木を睨みつけた。

「新宿区、渋谷区の消防士たちが地下に潜り、消火活動を展開できているのも、スプリンクラーがあるからだ。放水を停止したら、彼らを守る盾はなくなる」

そんなことは百も承知だ、と荒木が苦い表情になった。

「だが、大至急スプリンクラーを止めないと、本当に最悪の事態になる」

今だって最悪だとつぶやいた村田に、それどころじゃない、と荒木が深いため息をついた。

「放水を停止せざるを得ない理由がある」

音が鳴るほど、村田が奥歯を嚙《か》み締めた。

「どういうことだ？　新宿駅の地下に、どうしてあれがある？」

説明する、と荒木がデスクのノートパソコンを開いた。あれとは、何を指しているのか。

夏美は席を離れ、二人の後ろに回った。新宿家電フェスティバル、という派手な原色を使った広告が、パソコンの画面一杯に広がっていた。

Tragedy 3 突入

19:10

新宿通りアルタ前に停めた総合指揮車から、新宿中央本署永井署長は外に目をやった。現実とは思えない光景がそこにあった。

小雪がちらついていたが、地面に近づくにつれ、雪の色が白から黒に変わっていく。地下街から排出されている煙が雪を黒く染めていた。

新宿駅東口地下通路、アルタ口、電器量販店口から、真っ黒な煙が噴き出している。その奥で、炎の影が蠢《うごめ》いているのも見えた。

新宿区内の九つの消防署から二百五十人の消防士が地下へ続く階段に突入し、救助作業を始めていたが、煙、そして炎に阻《はば》まれ、思うように進めずにいる。自力で上がってきた避難者たちが、路上で体を震わせていた。

全身ずぶ濡れなのは、スプリンクラーの放水を浴びたためだ。救急隊員が毛布をかけていたが、数が足りないという連絡が数多く入っていた。

消防車やパトカーのサイレンが響き渡る中、やじ馬の排除命令を出したが、人員不足のため、順調に進んでいない。新宿駅周辺の全道路で車両の通行規制を始めているが、火災が発生した時点で、どこも渋滞していたため、車の流れがスムーズになるまで、どれぐらいの時間がかかるか予想出来なかった。

最大の問題は消防車両の到着が遅れていることだが、その理由は新宿通りにあった。新宿通りは千代田区麴町《こうじまち》から新宿区歌舞伎町一丁目まで繫がっているが、新宿三丁目交差点から新宿駅東口までは片側一車線で、道幅が狭い。新宿駅東口から大ガード下までも、二車線しかない。

クリスマスイブのため、その新宿通りは渋滞が続いていた。消防及び救急車両がどれほどサイレンを鳴らし、路肩《ろかた》に車を停めるよう命じても、運転している者たちは指示に従わなかった。

不法駐車も含め、路肩に車を停めている者が多いため、従うつもりがあっても、それができないのが実情だ。

更に、新宿駅地下街から煙が上がっているため、事故渋滞と酷似した状態になっていた。煙を見た運転者が、何が起きたのかと無意識のうちにブレーキをかけている。車を降り、スマートフォンで撮影を始める者もいた。

十分前に新宿三丁目交差点を閉鎖し、車両の侵入を禁止していたが、それだけでは無意味だと永井は唇を強く噛んだ。新宿通り全体から、一般車両を一斉排除する必要がある。

現在、新宿区内の消防署から、四台の消防タンク車が東口正面に展開し、消火作業を開始していたが、応援要請をした区の各消防車両は、靖国通りで待機せざるを得なかった。前にも後ろにも進めない状態が続いていた。

靖国通りと新宿駅東口は、最も近接した場所でも、直線距離で約三百メートル離れている。消防タンク車の多くは消火用水槽を持っていないため、地上の水利と消火ホースを接続して放水用の水を確保しなければならない。

新宿駅東口周辺の消火栓の数は少なくないが、ほとんどが地下街に続く階段から離れていた。ホースを延長すると、強い水圧が必要となる。その確保は困難だった。

状況は悪い、と永井の口からつぶやきが漏れた。火災が発生したのは新宿駅地下街で、しかも広範囲にわたっている。

地下へ通じている階段は多いが、狭くて数人単位でしか突入できない。階段そのものが煙突と化し、炎と煙が集中しているため、突入不能という報告が続いていた。

大規模火災に際し、少数の消防士を投入しても意味はない。一気に大人数を展開して、火点を叩くのが大原則だが、現状ではどうにもならなかった。

ここまで新宿区の各消防署から小隊を現場に送り込み、消火と人命救助に当たってきた。火点は多いが、延焼範囲が限定されていたため、炎が回っていない階段もあり、そこから逃げた者も少なくなかった。

だが、最新の報告によれば、ほぼすべての階段から炎と煙が溢れ、突入はおろか救助活動も困難になっていた。永井とその幕僚は、現在新宿駅東口地下街に三万人から五万人がいると計算していたが、このままでは半数が死亡してもおかしくなかった。

しかも、ＪＲ、私鉄、地下鉄、いずれも運行を停止していない。新宿駅新南口及び東南口改札は地上にあり、火災の被害を免れている。

乗降客はそのいずれかを使えば、外へ出ることが可能だ。国土交通省鉄道局が運行停止命令を出さない理由はそれだった。

再三にわたり、永井は新宿駅を通過する全線の運行停止を要請していたが、国交省は回答を引き伸ばしている。クリスマスイブに新宿駅がその機能を停止すれば、乗降客からの不満やクレームが殺到し、パニックになりかねないという危惧は理解出来るが、それで済む状況ではないだろう。

そして、出場している新宿区及び渋谷区の消防士たちの疲労の色が濃くなっていた。応援に来ている他の区の消防署は新宿、渋谷と比較して規模が小さく、交替するだけの消防士を確保できない。

永井の中で結論は決まっていた。この状況下で消火総指揮を執ることができるのは、銀座第一消防署、ギンイチしかない。

総務省消防庁が反対しても、ギンイチに出場要請を出すしかないと伝えるため、永井は東京消防庁との専用無線のスイッチを入れた。

19：12

サンズロード地下街では、パニックが起きていた。数千人の群衆が右往左往し、悲鳴を上げ、助けを求めている。

絶え間なくフルボリュームで鳴り響いている火災報知機の音が、かえって恐怖心を煽《あお》っていた。熱で照明のほとんどが故障したのか、明かりは非常灯だけだ。

群衆が目指したのは階段だった。サンズロードには地上へ続く階段が数多くあり、そこから地上に出ることができる。

逆に言えば、他に逃げ道はない。誰もが階段へ殺到したのはそのためだ。

サンズロードのすべての通路には、換気口、通風孔が設置されている。だが、現実には階段こそが最大の空気の通り道だった。

煙、そして気化したガソリンが煙突効果によって階段に集中し、爆発と炎上が連続して起きている。爆風で吹き飛ばされた者、煙を吸い込んで倒れる者、炎の直撃を受けて焼け死んだ者が階段を塞ぎ、消防士による消火と人命救助活動を妨げていた。

どうすればいいんです、と折原は秋絵の肩を支えたまま叫んだ。落ち着いて、と雅代がレストランが軒を連ねている一角で足を止めた。

「姿勢を低く、煙を吸わないように。ハンカチはある？」

持ってます、と秋絵がポーチからハンカチを取り出した。鼻と口を覆って、と雅代が指示した。

「まず顔を守ること。視覚を失ったら、逃げられない。それと、出来る限り水を浴びて。もうひとつ、絶対に煙を吸い込まないこと。気道火傷は命にかかわる」

スプリンクラーの水を浴びるんですか、と折原は天井《てんじょう》を見上げた。他にない、と雅代が首を振った。

「煙の流れを見て。西武新宿駅からJR新宿駅方向に向かってる。西武新宿駅の方が地上に近い。外の空気が煙を押し返している」

「それなら、もう一度西武新宿駅に向かった方がいいのでは？　そっちの方が煙が薄いんですよね？」

フリーダムホテルの地下火災だけど、と雅代が眉間に皺を寄せた。

「火勢が激しくなっている。そうでなければ、これほど大量の煙が通路に溢れるはずがない。装備もないのに突っ込んだら、一酸化炭素中毒で死ぬことになる」

階段も使えません、と折原は通路を見渡した。悲鳴や叫び声を上げながら、何百、何千もの人々が逃げ惑っている。

　下手に近づくと危ない、と雅代が天井を指した。三人が立っていたのは、ガス爆発を起こした中華レストランの壁の前だ。真上に巨大な換気口があった。

「換気扇の回転音が聞こえる？　まだ電気が通じてるから、あれが煙を吸い込んでいる。店の中にも何台かは設置されてるはずだし、スプリンクラーの放水も続いている。壁があるから、ここは安全よ」

　そうは言いますけど、と折原は姿勢を低くした。スプリンクラー、換気扇、そして店の壁が自分たちを守っていても、恐怖心は消えない。

「また爆発が起きたら？　レストランにはガス管が繋がってますよね？　漏れたガスに火がついたら、大爆発が……」

　この状況でガスの供給をストップしないガス会社はない、と雅代が苦笑した。

「落ち着いて。炎と煙の真ん中にいれば、誰だって怖い。でも、ここは他の場所より危険度が低い」

「でも、いずれはこの店にも火の手が回るでしょう。そうなったら――」

　ここにいれば通路も見える、と雅代が左右を指した。

「炎が近づいてきたら、逆側へ逃げればいい。今一番危険なのは、パニックに巻き込まれること。あたしだって怖い。でも、必ず救助が来る」

どうやってです、と折原が斜め前の階段を指さした。壁が燃え上がり、真っ黒な煙が溜まっているため、誰も近づけないでいる。

「階段はどこも同じでしょう。炎と煙を突破して、救助に来る人がいると？」

消防士がいる、と雅代が笑みを浮かべた。

「どんな手を使ってでも、必ず助けに来る。信じていい。もうひとつ、ここはレストランが並んでいるエリアで、ファッションテナントから離れている。店舗で火災が起きても、衣類が燃える時の有毒ガスが発生する可能性は低い。炎は目に見えるし、避けることもできる。そして、スプリンクラーが稼働している限り、これ以上炎が大きくなることはない」

プロを信じなさい、と雅代がうなずいた。かすかに声が震えていたが、折原は気づかないふりをした。

決して安全ではないとわかっていたし、それは雅代も同じだろう。

だが、強い意志で恐怖心を抑えている。動揺してはならない、と折原は自分に言い聞かせた。

19・13

どうしてあれがある、ともう一度村田が言った。しかめ面《つら》の荒木がモニターの広告を指した。

「新宿駅地下街で、家電量販店と携帯電話販売会社、そしてゲーム機メーカー共催のクリスマスセールが開かれている。正月に発売予定の新商品を、一週間前倒しで販売しているんだ」

特設ブースと書いてある、と村田が鼻を鳴らした。一カ所じゃない、と荒木が肩をすくめた。

「この広告では東、西、南口に七カ所の特設ブースを設け、先着順に販売するとあるが、問い合わせたところ、予想以上に人気があったため、昨日から地下街各所で二十三のブースを増設したと回答があった。トータル三十カ所、販売しているのはパソコン、スマートフォン、ゲーム機だ。商品こそ違うが、共通点がある」

何です、と一歩前に出た夏美を村田が手で制した。

「マグネシウムだな？」

そうだ、と荒木がこれ以上ないほど渋い顔でうなずいた。

「新住《しんじゅう》物産とスミヤマ金属が共同開発したマグネシウム素材が、商品の筐体《きょうたい》や主要部品として使われている。今までもマグネシウムは部分的に使われていたが、新商品は違う。特にパソコンは全体の一〇パーセントがマグネシウムで、強度と軽量が売りだ」

マグネシウムは便利な素材だ、と村田がデスクを規則的に拳《こぶし》で叩いた。

「形状も自在に変えられるし、取り扱いも容易と言っていい。だが、価格が高いという問題がある。一〇パーセントのマグネシウムを使ったパソコンなんて、作れるはずがない」

新住物産は新住グループ最大の会社だ、と荒木が言った。

「新住すみれ銀行がそのバックにいる。四年前から家電、携帯電話、ゲーム機の各メーカーと合同でマグネシウム素材を使った新商品開発を進め、大量生産と規格統一によって、安価なマグネシウム板の製造に成功したんだ。特設ブースには、それぞれ数百台ずつが展示、販売され、欠品補充のための倉庫も地下街内にある。全ブースでパソコンは五千台、スマートフォン、ゲーム機はそれぞれ一万台以上の在庫があると各メーカーから報告があった」

「パソコンの重量は?」

十五インチで約一・五キロだ、と荒木が答えた。

「千台で百五十キログラム、五千台で七百五十キロのマグネシウムが使われていることになる。スマホ、ゲーム機を合わせれば、全体で一トンを遥かに超える。すぐにでもスプリンクラーの放水を止めなければならない理由がわかったか？」

一トン、と村田が声を詰まらせた。マグネシウム火災の危険性は、消防士なら誰もが知っている。

消火における最強最大の武器は水で、それは今も昔も変わらない。ＡＢＣ粉末消火器に代表される化学消火薬剤は多数あるが、確保できる絶対量が比較にならないほど大きいため、消防では放水消火をメインにする。

例えば二酸化炭素消火器、あるいはハロゲン化物消火器のように、火点及び周辺設備を汚染しないタイプの消火剤もあり、電気設備、コンピュータールームなどの火災に用いられるが、あくまでも初期消火用のためで、大規模火災に抗する力はない。

圧倒的な量の水だけが、大規模火災に対抗できる。例えば森林火災において、その延焼を阻止できないのは、水利が遠く、大量の水を確保することが困難なためだ。

これは世界共通で、どの国でも消火体制は水による消火を中心に整備されている。火災の初期段階では、消火器でも対応可能だが、延焼が広がれば、水以外に消火手段はない。

今回の新宿駅地下街火災でも、最終的には大量放水によって火を消すしかない、と夏美は考えていたし、それは全消防士が同じだろう。

だが、水では消せない、そして水を使ってはならない炎がある。それがマグネシウム火災だ。

マグネシウムは元素記号Mg、原子番号12、卑金属に分類され、融点は六五〇度、イオン化傾向は金属群の中でリチウム、カリウム、カルシウム、ナトリウムに次いで高い。燃えているマグネシウムに水をかけると、反応性が大きくなるのがその特徴だ。

マグネシウム金属は常温では固体だが、融点を超えると溶解する。この状態で水を浴びると、熱水となった水と溶解したマグネシウムが化学反応を起こし、激しい爆発を繰り返すことで、延焼規模が一気に拡がる。水量が多ければ多いほど、延焼時間も長くなる。

この特性のため、マグネシウム火災に対する放水消火は厳重に禁止されていた。グラファイト（炭素系）もしくはフラックス（塩素系）マグネシウム専用消火剤を使用し、延焼部分を酸素から遮断することで、鎮火を待つのが一般的な消火法だ。消防にとって最も危険な火災と言っていい。

二〇一四年、東京都町田《まちだ》市の金属加工工場で火災が発生した時、管理責任者がマグネシウムの取り扱いを届け出ていなかったため、出火通報を受けて出場した消防士が火点に放水したところ、マグネシウムと水が化学反応を起こして爆発、炎上した事例がある。

このため工場は全焼し、八名の死傷者が出ていたが、鎮火までに約三十八時間が費やされた。その間、消防は何もできなかった。

どのような形で、いつ爆発が起きるかわからない。周辺建物への延焼を防ぐこと以外、水を使った消火許可は下りなかった。

この火災の際、工場内にあったマグネシウムの総量は約八十キロだったことが後に判明している。僅か八十キロのマグネシウムのために、約一千三百平方メートルの工場が全焼したことになる。

新宿駅地下街全体に約一トン、千キロのマグネシウムが三十カ所に分散して置かれている。単純計算で、一カ所三十三キロ以上だ。

すべてのブースでマグネシウム火災が起き、爆発が続けば、新宿駅そのものが焼失する。そして、消火の手段はない。

グラファイト、フラックス、いずれの消火剤も、酸素遮断によって炎を消すが、一トンのマグネシウム火災に対応するためには、その百倍以上の量が必要となる。ギンイチどころか、都内の全消防署の在庫を集めても、その半分にも達しないだろう。

用途が限定されているため、使用する機会は少ない。不要在庫を保管する余裕は、どの消防署にもなかった。

神奈川、埼玉、千葉等近隣各県に要請し、マグネシウム専用消火剤をかき集めたとしても、十分な量が確保できるかどうか不明だし、火災現場の新宿駅へ運び込む時間、輸送ルートの問題もある。現実的に困難なのは、夏美にもわかっていた。

マグネシウム火災が起きている報告はない、と村田が口を開いた。

「荒木、特設ブースと保管庫の位置を大至急調べろ。パソコンやスマホのマグネシウム筐体に火がつく前に全商品を運び出せば、マグネシウム火災を未然に防げる」

ブースの位置は五分以内に回答が入る、と荒木が腕時計に目をやった。

「今わかっているのは、メトロプロムナードに三カ所のブースがあることだけだ。場所によっては、火災による熱でマグネシウム溶解が始まっているかもしれない。そうなったら、運び出すことは不可能だ」

どうするんです、と夏美は思わず叫んだ。溶解したマグネシウムが燃え始めたら終わりだ、と荒木が低い声で言った。

「延焼を防ぐ手立てはない。村田、スプリンクラーの放水を中止しないとまずい。ブース周辺で火災が起き、マグネシウムに熱が伝わっているのは確かだ。六百五十度を超えれば溶解現象が始まる。そうなったら、いつ発火してもおかしくない。スプリンクラーの水を少しでも浴びれば、それだけで爆発、炎上するぞ」

マグネシウム火災の実験映像を見たことがあります、と夏美は言った。

「その時は大量の砂をかけて消火していました。酸素さえ遮断すれば――」

実験と一緒にするな、と荒木が鋭い視線を向けた。

「マグネシウムの量が圧倒的に違う。千キロのマグネシウムだぞ？　それがパソコンやスマホ、ゲーム機の筐体になっている。形状が複雑過ぎて、すべてを砂で覆うことなどできないし、砂が湿気を帯びているだけでも反応する。マグネシウム火災は、消防にとって最悪の敵なんだ」

溶解する前に運び出す、と村田が立ち上がった。

「現場に向かっているギンイチの全消防士に命令。マグネシウム火災が発生する恐れがある。その前に全ブースの商品を搬出せよ」

駄目だ、と荒木が首を振った。

「総務省消防庁は、まだギンイチの臨場を許可していない。現時点で、我々には指揮権がない。消火の総指揮を執っている新宿中央本署の永井署長を通じて、他の消防署に情報を伝えることはできるが――」

俺が行く、と村田が周りを見渡した。

「何を突っ立ってる。全消防司令補、消防士長はそれぞれの小隊を率い、十五分以内に新宿駅へ現着しろ。おれたちが突入し、マグネシウム製のパソコンその他を外に運び出す。総務省消防庁に忖度する必要はない。今回の地下街火災は日本、いや世界の消防史上最悪の火災になるだろう。消防ポンプ車に乗り込んだ瞬間から、全員が要救助者と思え。この現場で一人でも犠牲が出たら、俺は消防を辞《や》める。それだけの覚悟がある。全員、無事に戻ること。命令は以上」

行きます、と夏美は大会議室を飛び出した。数十名の消防司令補、消防士長がその後に続いた。

19:20

新宿駅地下街で火災が発生した、という情報は地下街と連結している全ビルも把握していた。

消防や警察からの連絡より先に、それを伝えたのは一般客だった。ビルを通じて、地下鉄の駅や地下街内の店、テナント等に向かっていた者たちの目の前で火災が起きたため、多くの者がビルへ戻り、避難していたが、彼らの通報により、フロアの防火管理者たちも状況を知ることができた。

新宿駅構内及び地下街で火災が発生した際、避難してくる者を収容することは防災マニュアルにあったが、想定より火の回りは早く、それ以上に誰もが脅威に感じたのは、ビル内に流れ込んでくる煙だった。

各ビルの防災設備には、はっきりと差がある。単純に言えば、古いビルほど設備も古い。防煙シャッター、防火扉以外、ほとんど火災対策を講じていないビルもあった。

最も古いビルのひとつ、太平洋ショッピングビルが建造されたのは一九五五年、昭和三十年だ。六十五年に及ぶ歴史の中で、何度も改装、改修工事を重ねていたが、火災に対する備えは万全と言えなかった。

過去、サンズロード地下街では、小火レベルの火災しか起きていない。地下街を管理する株式会社新宿サンズロード自体が十分な火災対策をしているため、周辺のビルはかえって危機意識が低くなっていたのだろう。

小規模ビルが優先したのはビル内にいる客、そして従業員の安全を守ることだった。サンズロードには地上へ続く階段が五十カ所以上あり、JR新宿駅、西武新宿駅、新宿区役所、歌舞伎町方向に逃げることも可能だ。

その判断に基づき、多くの小規模ビルが、防煙シャッターと防火扉を同時に閉めた。どちらにも避難用の潜り戸がついている。

ビル自体を守るには、それが最善の策だった。潜り戸を抜ければビル内に避難できるから、問題ないと多くの者が考えた。

だが、一般客のほとんどが、潜り戸があるのを知らなかった。彼らは防煙シャッター、あるいは防火扉を叩き続けたが、それがパニックを呼び、潜り戸に気づくことができずにいた。

午後七時二十分、各ビルに入った警察の指導で、防煙シャッター及び防火扉の潜り戸に警察官が付き、避難誘導を開始したが、この時点で火勢が激しくなっていたビルは防火扉の閉鎖を余儀なくされた。結果として逃げ場を失った者が続出、現場は更に混乱し、警察も事態が収拾できなくなっていた。

19:22

警視庁刑事部捜査一課第七強行犯係、通称ダイナナの火災調査官、小池洋輔がパトカーで新宿駅西口地下ロータリーに到着したのは、火災発生から五十二分後の午後七時二十二分だった。

通報を受けてから一時間足らずの間に、小池は消火の指揮を執っていた新宿中央本署の永井署長と連絡を取り、新宿区内の消防署が担当している新宿東口地下街と西口地下街の被害規模について、必要な情報を得ていた。

西口へ向かったのは、東口より被害が比較的軽微だったためだ。火災調査官の役割は、火災の原因を調べ、放火であれば犯人を逮捕することで、炎の中に飛び込む必要はない。情報管理及び捜査指揮のため、自らの安全確保は義務でもあった。

パトカーを降りると、ロータリーに十台の消防ポンプ車が停まっていた。周辺のビルから、続々と人が出てきている。避難してきた人々の列を、消防士たちが甲州街道方向に誘導していた。

耳に差していたブルートゥースイヤホンから、現在位置は、という永井の声が聞こえた。西口ロータリーですと答えると、大久保《おおくぼ》消防署の喜多川《きたがわ》署長から詳しい状況を聞いてほしいとだけ言って、永井が無線を切った。同行していた部下の内山《うちやま》巡査長に、喜多川署長を探せ、と小池は命じた。

パトカーのドアに寄りかかって待っていると、駆け寄ってきた初老の男が、大久保消防署の喜多川ですと名乗った。制帽の下から白髪が覗いている。

「西口地下街火災に関しては、私が全権を任されています」

状況を詳しく教えてくださいと言った小池に、良くありません、と喜多川が制帽を取って汗を拭った。

「あえて説明する必要もないかと思いますが、西口地下街はＪＲだけではありません。丸ノ内線、京王線、小田急線、そして大江戸線までがその範囲となります」

無言のまま、小池は先を促した。ＪＲ側の火災はそれほど酷くありません、と喜多川が言った。

「西口交番に詰めていた警察官の協力もあり、小田急エース、京王ビルから順次避難を始めています。ですが、五分ほど前、京王線及び小田急線改札近くで火災が発生したと連絡がありました。避難者の数が多いため、警察、消防の避難誘導がうまく進んでいません。消防小隊八隊、四十名を現場に向かわせましたが、消火できる状況ではないと……」

「駅はどうです？」

西口と東口を結ぶメトロプロムナードの各所で火災が起きています、と喜多川が手にしていた地図を広げた。

「現在、地上は風力2、微風が東から西へ吹いています」

喜多川が空を指した。細かい雪が、やや斜めに降り注いでいる。

「この風が東口側から西口へ向かって流れ込んでいるため、火勢が衰えません。何度か突入を試みましたが、炎と煙が激しく、やむなく消防士を撤退させました。今のところ、メトロプロムナードには手がつけられません」

「駅舎の被害は？」

駅構内で火災は発生していません、と喜多川が答えた。

「東口改札及びその周辺の店舗で火災が起きていますが、中央東口改札は無事です。我々も西口改札内に入り、出火に備えています。遅延こそありますが、ＪＲ新宿駅は全線運行中で、東口と西口は入場を禁止していますが、各電車は新宿駅で停車後、駅員の誘導で降りた乗客を新南口に回しています」

警視庁から警察庁を通じ、国土交通省による全線の運行停止命令を要請しています、と小池は顔をしかめた。

「国交省が了解しないというなら、虚偽報告をしても構わないでしょう。現場を見てもいないのに、見当外れの指示を出すのは役人の悪い癖です。人命が懸かっているのに、何を考えてるんだか……駅構内で大火災が発生していると言えば、嫌でも電車を止めざるを得ません」

「……後で問題になりませんか？」

構いません、と小池は靴で地面を蹴った。

「数名ないし数十名がガソリンを使って放火した、と我々は想定しています」

左右に目をやった小池に、おそらくそうでしょう、と喜多川がうなずいた。

「地下街に入った消防士から、ガソリン臭を嗅いだと報告がありました。男女一名ずつが地下街通路でガソリンを被り、自ら火をつけたという情報も入っています」

そのようです、と小池は下唇を突き出した。不機嫌な時の癖だ。

「六時三十一分の段階で、地下街のトイレその他数カ所で炎が上がったことは確認済みです」その後も出火が続いています、と小池は言った。「情報の錯綜、重複もありますが、犯人は複数名、自分でガソリン入りのペットボトルを仕掛けたか、宅配便その他で地下街各施設に送り付けたと思われます」

「今も各所から、出火の報告が続々と入っています。いつ次の出火が起きるのか、予想もつきません。西口はともかく、このままだと東口地下街は全焼するでしょう」

最も火勢が激しいのは東口のサンズロード地下街です、と喜多川が地図を指した。

「五分前、火点が八十カ所を超えたという連絡がありました。新宿中央本署の機能では、全体の消火指揮を執ること自体無理なんです」

「どうするべきだと？」

「現在第三出場ですが、一刻も早く第四……いや、増強特命出場に切り替えるしかありません」

増強特命出場、とつぶやいた小池に、そうするしかない状況です、と喜多川が大きく息を吐いた。

「東京消防庁の了解は取れましたが、総務省消防庁が首を縦に振りません。責任を取りたくないんでしょう。増強特命出場となれば、総務省消防庁が矢面《やおもて》に立たざるを得ません。既に死傷者も出ています。初動のミスを認めたくない、ということなのか……」

小池は肩に下げていた無線機に手をやった。

「榊係長ですか？　現場に到着しました。状況は最悪です。警視庁や警察庁が口を出せば、越権だとか馬鹿なことを言う奴もいるでしょうが、大至急、増強特命出場に切り替え、ギンイチに全指揮権を与えるべきです。面子《メンツ》だ責任だ、そんなこと言ってる場合じゃありません。断言しますが、このままでは万単位で死人が出ますよ。現時点で報告は以上です」

無線を切り、パトカーの屋根を叩くと、待機していた二人の私服刑事が出てきた。今から東口へ向かう、と内山を加えた三人に小池は命じた。

「火勢が最も激しいのは東口地下街のサンズロードだ。放火犯は東口地上で火事場見物を決め込んでいるだろう。腐るほどいるやじ馬の中に、必ず犯人がいる。絶対に逃すな」

ついてこいとだけ言って、小池は西口地上に続く階段を上がった。大ガード下から迂回《うかい》して東口に向かう以外、ルートはなかった。

19:24

消防は各自治体、具体的には区、あるいは市町村単位で編成、統轄されている。日本の場合、消防機関は消防本部と消防団の二つがあり、いわゆる消防署は消防本部の下部組織だ。

東京における消防本部は東京消防庁で、ギンイチは大沢署長以下、約六百人の消防士、四百人の事務職を擁する中央《ちゅうおう》区の消防署だ。巨大災害対策を目的として国と東京都が合同で設置し、その規模は日本最大だった。

夏美の階級は消防士長で、その位置付けは初級幹部となる。消防士長には小隊を率い、指揮する権限が与えられていた。

自治体によって多少異なるが、小隊の人数は五人から六人が基本で、ギンイチでは五人編成だった。指揮を執る夏美の下に、消防士が四人つく形だ。

小隊とはイコール消防ポンプ車とも言える。消防ポンプ車の乗員は五人ないし六人が定員で、通常ポンプ車が二台組み、中隊として消火活動を行なう。

防火服に身を包んだ夏美は、ポンプ車助手席のドアを開けた。無言でうなずいたのは機関長の吉井幸輔《よしいこうすけ》だった。三十七歳、階級は消防副士長。

夏美は今年の四月に昇進していたが、ギンイチでは最も経験の浅い士長だ。実績があり、優秀な機関長の吉井と組ませたのは、村田の配慮だった。

ポンプ車を扱わせれば右に出る者はいないが、職人気質《かたぎ》で頑固な男だと聞かされ、組んだ当初こそどう接していいのかわからなかったが、今では全幅の信頼を置いている。夏美にとって、誰にも代え難《がた》いバディだ。

後部座席に、三人の消防士が座っていた。全員男性だ。

夏美の真後ろで緊張した表情を浮かべているのは葛木政人《かつらぎまさと》、二十五歳の消防隊員だった。まだ新人の域を出ないが、いきなりエリート揃いのギンイチに配属されたのは、消防学校首席卒業という成績が評価されたためだ。

その右隣で腕を組んでいるのは、同じく消防隊員の西郷良春《さいごうよしはる》、今年二十九歳、高校を卒業してすぐ東京消防庁に入庁しているので、キャリアは約十年だ。一昨年、世田谷消防署からギンイチに異動してきたが、出場経験は豊富で、大規模火災に臨場したこともあった。

西郷の横でまばたきを繰り返しながら面体《めんたい》をチェックしているのは、副士長の溝川征治《みぞかわせいじ》だった。不安そうにポンプ車の窓から外を見ている。

溝川は正式な意味でギンイチ所属ではない。総務省消防庁からの出向組だ。年齢は三十二歳、出向に当たり、訓練こそ受けていたが、現場への出場は今日が初めてだった。

総務省消防庁と東京消防庁の間では、定期的な人事交流がある。三十年以内に八〇パーセントの確率で発生すると予測されている南海トラフ地震、その他関東大震災クラスの地震あるいは巨大台風その他天災が首都東京を直撃した場合、その被害は計り知れない。人的、あるいは経済的な損失を最小限に留めるのが総務省の役割だが、そのためには東京消防庁との連携が密でなければならなかった。人事交流はそのための制度だ。

基本的に事務職がその対象だが、二年前、総務省消防庁の担当者も火災現場を知っておくべきだという意見が上がり、その半年後に一期生の一人として溝川が出向してきた。

総務省では主任職だったため、そのまま副士長という肩書を与えられたが、溝川にとってギンイチは単なる通過点に過ぎない。来年の四月には、総務省へ戻ることが決まっていた。

訓練の一環として、実際の火災現場を見学したことはあるが、その際も消火活動には加わっていない。ギンイチの側にも、総務省消防庁からの出向組に現場での負傷、その他事故があってはならないという配慮があった。

肩書だけの副士長だが、今回の地下街火災に際しては、一人でも人数が多い方がいい。

速成であっても訓練や研修を受けているから、ホース担ぎくらいはできるはずだ。

溝川の顔色は真《ま》っ青《さお》だった。ギンイチに出向してきたのは人事の都合と、総務省に戻った際自動的に職級が上がるからで、簡単に言えば自分の昇進のため、ということになる。

本人が火災現場への出場を拒んでいたのは、大沢署長以下ギンイチの誰もが知っていた。小隊長を務める士長としても、経験のない溝川が入ってくれば、かえって足手まといになるため、あえて出場を命じる者はいなかった。

ただ、今回の新宿地下街火災において、村田の命令は総員出場だ。消防士はもちろん、事務職も含め、ギンイチの全職員がそれぞれの任務に就いていた。

事態の深刻さは溝川もわかっている。拒否できなかったのはそのためだ。

無線が鳴り、夏美はマイクを摑んだ。すぐ隣に停まっていた消防ポンプ車の消防士長、野々村《ののむら》からの連絡だった。

野々村は四十歳で、消防士長としてはベテランと言っていい。二隊の小隊が組み、中隊編成となるが、キャリアの長い者が中隊長となるのは、どんな組織でも同じだろう。

「準備は？」

完了していますと答えると、注意しろ、と野々村が言った。いつもは飄々《ひょうひょう》とした物言いをする男だが、声が緊張していた。

「わかっているだろうが、地下街火災は厄介だ。新宿地下街は規模も大きい。危険度は最も高い。いいか、遠足は家に帰るまでが遠足だ。それだけは覚えておけ」

常に野々村が口にする冗談だ。遠足、と笑いながら言ったが、声は真剣だった。

了解ですとうなずくと、警鐘とサイレン音が同時に鳴った。出場の合図だ。

野々村のポンプ車が動き出した。間を置かず、吉井がアクセルを踏み込んだ。二台のポンプ車がギンイチ正門へ向かった。

19：25

頭を下げて、と雅代が叫んだ。折原は通路を見回した。

八軒並んでいるレストランの天井から、炎が降り注いでいる。スプリンクラーからの放水では、火勢を抑え切れないのだろう。炎の一部が天井を焦がしていた。

鼻と口をハンカチで覆って、と雅代が命じた。

「このままだと、炎を吸い込んで気道を火傷する。頭を低く、顔を守って」

時間の問題です、と折原はじわじわと近づいてくる炎と煙に視線を向けた。すぐ横で秋絵がハンカチで鼻と口を覆っている。

ここまで無事だったのは、雅代の指示に従ってきたからだ。換気口の真下という安全な場所を見つけ、救助を待ち、迫ってくる恐怖心と戦いながら、決して動かなかった。

正しい判断だ、と折原もわかっていた。今も大勢の人たちが逃げ場を求めて地下街を走り回っているが、テナントからの出火に巻き込まれ、焼け死んだ者もいる。煙を吸い込んで倒れた者は、数え切れない。

通路内には各所に地上へ続く階段があり、多くの者がそこへ向かっていた。無事に避難できた者もいたはずだが、何十人もの人たちが階段から転落し、戦場のようだった。もう階段には近づけない。

西武新宿駅側の通路の奥で火災が発生しているのは、音でわかった。轟々という凄まじい音が続いている。

フリーダムホテル地下の輸入食料品売り場、そして周辺の店舗が燃えているからだ。百メートル以上離れていても、熱が伝わってくるほどだ。

ただ、折原たちが今いる場所との間には、広い空間があった。火災を自動感知したため、防火扉も降りている。

火の手が及ぶことはないが、フリーダムホテルの火勢が収まらなければ、西武新宿駅方向へ逃げることは不可能だ。

今いるレストランからシティストリートをＪＲ新宿駅方向に避難するルートがあるが、途中に数多くのアパレルショップが並んでいたのは、折原も覚えていたし、店舗から出火しているのも見えた。

救助を待つという雅代の判断は間違っていない。ただ、それにも限度がある。既に天井の一部が焼け落ちていたが、いつ炎がレストランに燃え移ってもおかしくない。その時になって、JR新宿駅へ向かっても遅い。

ガソリン臭が濃くなっていますと折原は上を向いた。

「気化したガソリンが空気中に漂っているんでしょう。いつ引火するか……一か八か、シティストリートを走って、JR新宿駅へ逃げるべきでは？」

消防士はギャンブルをしない、と雅代が首を振った。

「わたしたちは誰の命も賭《か》けない。最後の最後まで、生き延びるために最善の道を探す。消防士が炎の中に飛び込んでいけるのは、勝算があるからで、一ミリでも生還の可能性が高い方を選ぶ」

ここにいること自体がギャンブルです、と折原は手で床を叩いた。それは認める、と雅代が苦笑した。

「でも、ぎりぎりまで粘る。今、東京中の消防士が新宿駅に向かっている。彼らは絶対に諦めない。完全装備の消防士なら、炎と煙の壁を突き破って、救助に来ることができる。簡易呼吸器さえあれば、脱出も可能になる」

「本当に助けが来ると？　いや、来るのはわかっています。全消防士が諦めても、神谷夏美がいますからね。彼女が絶対に諦めないのは、ぼくが一番よく知ってるつもりです。でも、時間には限りがあります。間に合わなかったら……」

その時は逃げる、と雅代がうなずいた。どこへです、と折原は左右に目を向けた。

「東口じゃないんですよね？　一体どうするつもりですか？」

雅代が床を指さした。折原と秋絵は顔を見合わせた。

19：27

ギンイチ全消防士に通達、という村田の声が無線から響いた。

「たった今、総務省消防庁及び東京消防庁から、ギンイチに増強特命出場命令が下りた。最高責任者は東京消防庁羽山《はやま》消防総監、総指揮官は自分が任命された。荒木副正監以下幕僚が情報収集と分析に当たる」

新宿区、渋谷区を中心に、中野区、文京区、豊島区、杉並《すぎなみ》区、世田谷区、港区等、十一区の全消防士が出場する大火災だ。救急救命士まで含めれば、二千人以上になる。

ギンイチの六百人を加えれば三千人近い。それだけの大規模火災消火を指揮できるのは、村田以外いない。

大丈夫なのか、と後部座席で溝川がつぶやいた。

「村田消防正監が総指揮を執るのは、実績を考えれば当然かもしれないが、あの人には問題が多い。総務省消防庁が厳重注意処分を下したのは知ってるだろ？」

ファルコンタワー火災の後だった、と夏美はバックミラー越しに溝川を見た。

「あの時、村田消防正監がタワー内に残ったのは、指揮本部は現場に最も近い場所に置くべきだという原則に基づいた行動で――」

あの時だけじゃない、と溝川が顔をしかめた。夏美と同じ歳だが、どこか子供っぽいところがある男だ。

「村田正監は必要以上に消防士を危険に晒《さら》す、と総務省消防庁の上司が言っていた。実際、そうだろう？　ぼくが知っているだけでも、指揮車を火災現場に横付けしたり、二カ月前に銀座のマンションで火災が起きた時は、安全確認さえしないまま、消防士を建物内に突入させた。誰も死ななかったのは、運が良かっただけだ」

それは違う、と夏美は顔を後ろに向けた。

「無茶で危険な行為に見えたかもしれないけど、あの時村田正監が強行突入を命じ、非常階段の扉を破壊しなかったら、マンション内の住人は全員死亡していた。村田正監は直接自分の目で現場の状況を見て、安全を確保できると確信したから、突入を命じた。だから全員が無事に避難できた」

消防士が犠牲になる可能性はあった、と溝川が横を向いた。

「能力が高いのは認める。優秀な消防士であることもだ。でも、人命救助を優先して消防士を犠牲にしたんじゃ、本末転倒だろう。火災現場に入った時から、消防士は要救助者となる。あの人自身、いつもそう言ってるじゃないか。でも、実際には消防士の命を軽視している。ぼくにはそうとしか思えない」

自分もギンイチを出た、と村田の声がスピーカーから流れた。

「現在、新宿中央本署永井署長がアルタ前に総合指揮車を停め、指揮本部としているが、自分もそこに入る。十分以内に現着するが、まず警視庁と連携し、新宿通りの車をすべて排除する。駐停車禁止道路だ。不法駐車している馬鹿が悪い。邪魔な車両は叩き潰してでもどかせ。新宿通りに消防、救急、警察車両以外入れるな」

できるはずがないとつぶやいた溝川に、四年前にもやってる、と吉井が右にハンドルを切った。道路が混雑しているため、先行している野々村小隊のポンプ車と距離が離れていた。

銀座一丁目の雑居ビル火災の時は、パーキングメーターに停めていたすべての車をレッカー移動させ、最後に残った数台の車両を消防の特務車両でスクラップにしたそうです、と西郷が言った。

「村田さんは、東京消防庁から厳重戒告、謹慎三カ月、減俸半年の処分を受けたと聞きました。消火のために必要と判断すれば、何でもする人だとわかってます」

報告書を読んだ、と溝川がため息をついた。

「どうかしてるとしか思えない。車両の弁償だけでも、二千万円以上かかっている。免職にならなかったのが不思議なくらいだ。現場の総指揮官という立場にもかかわらず、自ら火災現場に入り、消火活動に加わっている。それじゃ指揮官の意味がないだろう」

火災の全体像を客観的に把握し、的確な指示をするのが総指揮官のあるべき姿だと思う、と夏美は言った。

「でも、現場に入らなければわからないこともある。批判が多いのは事実だけど、村田正監がどれだけ多くの人々を救ってきたか、それを考えないとフェアじゃない。溝川副士長としては、認めたくないだろうけど――」

そんなつもりはない、と溝川が横を向いた。あなたが悪いなんて言ってない、と夏美は防火服の襟《えり》を直した。

「ギンイチにも事務方がいる。消防士だけが消防に携わっているわけじゃない。総務省の役人も必要よ。でも、現場を経験すれば、それが役に立つ時もあるはず」

そうは思わないと腕を組んだ溝川に、炎と煙の恐ろしさを知らない者が安全な場所から命令を下すと、誤った判断をする可能性が高くなる、と夏美は前を向いた。

「過ちを認めないまま、次の命令を出すと最悪の事態を招く。溝川副士長に現場への出場を命じたのは、能力を認めているからで――」

ぼくは消防士じゃない、と溝川が唇を噛んだ。現場のトップである総指揮官が先頭に立って炎を消さなければならないこともある、と夏美は言った。

「村田正監が自ら前に出るのは、部下を護《まも》るためで、無茶に見えても危険な命令は出さない。消防はチームで動く。トップが退《しりぞ》けば、下の者は進めない。現場に出たら、お互いを助け合い、支え合い、信じ合う。だから、わたしたちは炎と戦える。それが消防士で……」

ぼくの仕事じゃない、と溝川が顔を背けた時、現状報告をしておく、とスピーカーから村田の声が響いた。

「新宿区内の消防署は二手に分かれ、新宿中央本署他四署百五十名は東口地下街、五署の百名は西口地下街で消火を始めている。だが、避難者の収容に追われ、機能しているとは言い難い。南口地下街で消火に当たっている渋谷の百名も同じだ。初動が遅れたため、命令系統の確立が不十分になっている。中野区以下九つの区の消防署は、現段階で後方支援の役割しかできていない。現在、ギンイチを中心に新たな編成を組んでいる。現場にいる新宿、渋谷の消防士たちは疲弊している。現着した時点で、ギンイチの各員は各所の消防士と交替せよ。彼らに代わって炎を消し、分散して置かれている特設ブースからマグネシウム製品を搬出する。以上」

携帯電話が繋がりません、と自分のスマホを掲げた西郷に、連絡は消防無線で取ること、と夏美は言った。

「混線する可能性がある。確認を怠らないように。神谷小隊は野々村小隊と組み、中隊として消火作業に当たる。中隊指揮官は野々村士長、わたしたちはその指示に従う」

了解です、と葛木がうなずいた。わたしと西郷くん、溝川副士長と葛木くんが組む、と夏美は命じた。

「吉井機関長はポンプ車の運転と水利の確保。連絡担当も――」

無線が鳴り、聞こえるか、という野々村の声がした。緊張しているのがわかった。

「今、紀伊國屋《きのくにや》書店の前に着いた。警察が新宿通りの駐車車両強制排除を始めている。現在位置は？」

百メートル後方です、と夏美は答えた。紀伊國屋の地下にも火が回っている、と野々村が呻《うめ》き声を上げた。

「放火というが、新宿駅からは離れている。どういうつもりで、犯人はここに火をつけたんだ？」

「状況は？」

「発見が早かったため、紀伊國屋ビルからの避難は順調だが」このままじゃどうにもならん、と野々村が吐き捨てた。「五分……十分以内に地下への突入はできなくなるだろう。急げ、新宿中央本署の連中は避難誘導や負傷者の救出で手一杯だ。消防士も救急救命士も不足している。一刻も早く火を消さないと――」

吉井がホーンを鳴らしたが、前を走っていた車両は路肩に寄ろうとしない。構わない、と夏美は前を指した。了解、とうなずいた吉井がアクセルを踏み込んだ。

一般車両の車体とポンプ車が擦《こす》れ合う音がしたが、吉井の足はアクセルを踏み付けたままだ。やり過ぎだとヘッドレストに手を掛けた溝川に、一秒現着が遅れたら一人死ぬ、と夏美は言った。

「車体は部品を交換できる。でも、人命は替えが利かない。消防車の警告を無視した運転者は、道路交通法に違反している。文句は言わせない」

どうかしてる、と溝川が座り直した。確かに、と夏美は小さく笑った。

19：30

東口ロータリー前に着き、小池は辺りを見回した。細かい雪が降る中、道路に千人以上の人々が座り込んでいた。

救急救命士、制服警官たちが毛布を配っていたが、寒さ、そして火傷やショックのため、誰もが激しく震えている。中には泣いている者、意識を失っている者もいた。

歩道に設置された仮設テントの中に負傷者が運ばれ、医師がトリアージを行なっていたが、その列が長く続いている。それを取り囲むように、数え切れないほど多くのやじ馬がスマホを構えていた。

「ガソリンを頭から被って、焼身自殺した者がいたと喜多川署長が話していた」小池は着ていたコートの襟を立てた。「目撃者もいる。だが、新宿地下街に放火したのは、そいつらだけじゃない」

そうでしょうね、と内山がうなずいた。三十代半ばだが、常に冷静な男だ。

路上にいるやじ馬の顔を、一人ずつゆっくりと見ている。同行していた二人の刑事が左右に分かれ、歩きだしていた。

「一人、二人でできることじゃない」出火点が多すぎる、と小池は舌打ちした。「地下街だけじゃないかもしれん。地下駐車場も火の海になっている可能性が高い」

根拠は、と尋ねた内山に、連絡が取れないからだ、と小池は答えた。

「新宿地下街の防災センターは地下駐車場フロアにある。東、西、南、いずれも同じだ。六時三十一分の火災発生通報以降、非常電話が不通になっている。新宿地下街の火災対策は万全で、都内でもトップクラスの水準と言っていい。どこで火災が起きても、初期消火は防災センターで対応可能だ」

内山がコートの襟を払って、雪を飛ばした。計画的な放火だ、と小池は下唇を突き出した。

「犯人は……犯人グループと呼んだ方がいいかもしれんが、奴らは六時半という時間を狙って、地下街各所に火を放った。それは最初の一撃で、その後も断続的に各所で火災が発生している。六時半の意味はわかるな？」

新宿駅とその周辺に人が集まり始める時間です、と内山が言った。

「退勤時間のピークで、乗降客、乗り換え客も多かったでしょう。クリスマスイブというのも、大きな要素です。新宿は都内有数の繁華街で、クリスマスイブの今日が一年で最も流入人口の多い日かもしれません。犯人はそれを狙ったんでしょう」

百点満点の解答だ、と小池は苦笑した。

「新宿駅に乗降客、乗り換え客が集中する時間帯だから、犯人は六時半という時間を選んだ。俺には犯人の顔がうっすら見える。何人いるかもわからんが、共通するのは強い不満だ。奴らの胸には、社会への強烈な憎悪がある。怒り、嫉妬《しっと》と言ってもいい。幸せそうな者を妬《ねた》んでいる。その結果がこれだ」

新宿駅東口の前は、戦場のようだった。爆撃を受けた被災者の避難所、というべきかもしれない。

水を、と叫ぶ声、子供の泣く声、痛い痛いという喚《わめ》き声、言葉にならない呻き声を上げている者。地下街から避難してきた者の多くが負傷していた。

路上で救命措置を行なっている医師も、それを助ける一般の市民もいた。両親を探している子供、虚ろな表情の高齢者、友人、あるいは恋人や妻子の名前を叫び続けている男、頭や腕に傷を負い、血を流しながら当てもなくさまよい歩く者。

地獄だな、と小池は吐き捨てた。

「火災調査官になって二十五年経つが、怖いと思ったのは初めてだ。この仕事をやっていると、燃えている家屋に足を踏み入れる時もある。炎の中に飛び込み、人を救ったこともあった。火災調査官の仕事じゃないと上に怒られたが、その場にいたら誰だって同じことをする。自慢じゃないが、怖いと思ったことはない。無我夢中だから、何も考える余裕がないんだ。そんな俺でも、この現場は怖い」

足の震えが止まらんほどだと言った小池に、なぜです、と内山が尋ねた。犯人の心が怖い、と小池は大きく息を吐いた。

「放火した奴らは、テロリストじゃない。愉快犯でもない。奴らの中にあるのは、純粋な不満、社会への憎悪だ。俺の筋読みでは、犯人グループに繋がりはない。お互いの名前すら知らないだろう。奴らの心には、長い間不満と憎悪というガスが溜まっていた。自分でも持て余すほど大量のガスだ。誰かが、それに火をつけた。怖いのは、その誰か……今回の放火のリーダーが何かをしたわけじゃないってことだ」

「何かとは？」

命令、強要、誘導、説得、示唆《しさ》、と小池は指を折った。

「リーダーはグループに具体的な指示をしていないんだろう。だから放火場所が重複したり、偏っている。圧倒的な負のエネルギーをひとつの方向に向けるには、僅かな言葉だけで十分だ。俺が怖いのは、軽く背中を押されただけで数十人が新宿地下街に放火したことだ。やり方次第では、百人単位の人間が動いただろう。これは氷山の一角で、きっかけがあれば、いずれもっと酷いことが起きる」

無言のまま、内山がうなずいた。もうひとつ怖いものがある、と小池は辺りを見回した。

「見ろ、撮影している奴らの顔を……笑ってるのがわかるか？　奴らは楽しんでいる。安全圏にいると思っているから、あんな顔になるんだ。どうかしている。撮影なんかしてる場合じゃないだろう」

抑えてください、と内山が言った。大丈夫だ、と小池は鼻の下を親指でこすった。

「犯人グループは事前に打ち合わせもしていなかったはずだ。計画も何もないまま、それぞれの判断で放火した。だが、なぜ、地下駐車場の防災センターを狙ったのか、それがわからん」

「消火を妨害するつもりだったのでは？」

もちろんそうだ、と小池は頰に落ちた雪を拭った。

「しかし、地下駐車場フロアに防災センター本部、あるいは支部があると知っている一般人は多くない。防災センターに火をつけたのがリーダーだとすれば、辻褄《つじつま》は合う。初期対応を妨害し、連絡系統を分断できると知っていたから、何よりも先に防災センターの機能を潰そうと考えた。そこまで頭が回るのは……」

「主犯は消防士だと？」

違う、と小池は強く首を振った。

「警察官でも犯罪を犯す者はいる。消防士だってそうだろう。不平不満を持つ人間は、どんな組織にもいる。だがな、消防士は火災のプロだ。プロならこんな稚拙《ちせつ》な放火はしない。焼身自殺した一人は、二リットル入りのペットボトルを五本持っていたようだが、消防士ならその倍は運べただろうし、効率的に地下街を燃やすこともできた。リーダーは消防士じゃないが、消防の知識を持っている。矛盾しているが、そうとしか考えられん」

マニアでしょうか、と内山が首を傾げた。何かが違う、とつぶやいた小池の耳のブルートゥースイヤホンから、鳩村《はとむら》です、と低い声がした。小池の部下の一人だ。

「二時の方向に不審者発見。二十代後半の男性、ジーンズに黒のパーカー、ニット帽」

小池は顔を右に向けた。大勢のやじ馬の中、大きなリュックサックを背負っている若い男の姿が見えた。

リュックサックがへこんでいます、と鳩村が言った。行け、と小池は内山の肩を叩いた。

「任意で話を聞くんだ。拒否するようなら、その場で確保しろ。責任は俺が取る」

「しかし、現段階では証拠も何もありません。確保と言っても……」

表情を硬くした内山に、小池は顔を寄せた。

「鳩村、早瀬《はやせ》も聞け。警察の仕事は犯罪者の逮捕だが、暴力や脅しで自白させたり、ありもしない証拠をでっちあげたり、そんなことはしないし、あってはならない。だが、今は緊急事態だ。犯人は一人じゃない。おそらくは数十人だ。奴らはやじ馬の群れに紛れ込んでいる。一人でも多く確保して、情報を吐かせろ。ただし、お前たちの姿を見て、他の犯人が逃げる可能性もある。注意して動け」

内山がリュックサックの男に目だけを向けた。間違いない、と小池はブルートゥースイヤホンに手をやった。

「あんなでかいリュックを背負っているのに、中は空《から》だ。何を入れていたのか、聞いてみろ。それだけでボロを出すだろう。重要なのは、一人でも多く犯人を確保することだ。今のままでは情報が足りない。わかったら行け」

了解です、と内山が素早い足取りで右方向に向かった。早瀬、と小池はもう一人の刑事を呼んだ。手が汗で濡れていた。

19：31

地下へ降りる、と雅代がパンプスの踵《かかと》で床を踏み付けた。どうかしてます、と折原は額を指で押さえた。

「地下に降りてどうしろと？　どうせ無茶をするなら、シティストリートを抜けて、地上を目指すべきです」

　地下へ降りるのは無茶かもしれない、と雅代が言った。

「でも、地上に出るのは無理よ。地下二階と繋がっている階段に、炎と煙が集中している。あそこを抜けることはできない」

「だけど、地下は――」

　雅代が斜め右前にある階段を指した。サンズロードには数十の階段があり、半分は地上階へ、半分は地下駐車場に繋がっている。

　地下へ降りる階段へ向かう者は、一人もいなかった。地下へ下りても危険が増すだけだ、と誰もが考えているのだろう。

「あそこの階段から地下へ降りる」煙は出ていない、と雅代が斜め前を指した。「この下はサンズロード駐車場で、ＪＲ新宿駅、西武新宿駅、新宿三丁目駅、そして新宿西口駅、四方向と接続しているから、安全なルートを選んで地上へ出る」

彼女はどうするんです、と顔を向けた折原に、何とか歩けます、と秋絵が松葉杖をついて立ち上がった。

「今日、折原さんたちに会うと決めたのは、報告したいことがあったからです。就職が決まったって言いましたよね？　消防士の採用試験に合格したんです。来年の四月、あたしは消防士になります」

厳しい仕事よ、と雅代が唇を真一文字に結んだ。わかっています、と秋絵がうなずいた。

折原は通路の左右を見た。数十人の男女が倒れている。そして、非常灯の灯りだけでも煙の色が濃くなっているのがわかった。

通路を突っ切る、と雅代が秋絵を背負った。

「距離は三メートルもない。スプリンクラーの放水があるから、炎は怖くない。注意しなければならないのは煙よ。一分、息を止めて。五秒で通路を渡り、地下駐車場に降りる」

今よ、と雅代が飛び出し、折原は二本の松葉杖を抱えてその後に続いた。真っ黒な煙が全身を覆ったが、呼吸を止めていたので吸い込むことはなかった。

姿勢を低く、と先に階段を降りていた雅代が言った。

「下にガラスの扉がある。見える範囲に炎はない」

折原は階段を一歩ずつ下りた。秋絵を階段に座らせた雅代が、ガラスのドア越しに中を覗き込み、ノブに熱はないとうなずいた。

大丈夫ですか、と折原は雅代に声をかけた。

「昔の映画で観ましたけど、ドアを開けると空気が流れ込んで、バックドラフトが起きると……」

静かに、と手で制した雅代がドアノブを押し下げ、ゆっくりと引いた。何も起こらなかった。

駐車場の様子を見て、音を聞き、ドアノブに熱がないことから、バックドラフトは起きないと雅代は判断したのだろう。

「駐車場に入る。二人ともついてきて」

雅代が開いたドアを押さえ、松葉杖の秋絵が通るのを待ってから、折原も駐車場に入った。ドアを閉めようと手を伸ばした時、違和感があった。振り向いて階段に目をやると、その正体がわかった。

「柳さん……スプリンクラーの水が止まっています」

眉間に皺を寄せた雅代が階段を上がり、すぐに戻ってきた。表情が暗かった。

「どうして……スプリンクラーは地下街火災消火の命綱なのに、放水を止めるなんて――」

「止める？　誰かが意図的に止めたってことですか？　故障とか、水がなくなったとか、そういうことじゃ……」

火災発生時にはスプリンクラーへの給水が最優先となる、と雅代がドアを閉めた。

「サンズロードに限らず、スプリンクラーは二系統から給水がある。片方が故障しても、バックアップできる構造になっている。新宿地下街は日本でも最大規模だし、メンテナンスも定期的に行なわれている。故障の可能性は低い。誰かが強制的に給水をストップしたとしか考えられない」

「放火犯ですか？　テロ目的だとすればわかりますが……」

違う、と雅代が大きく首を振った。

「警察も消防も、地下街火災の危険性を重視している。失火であれ放火であれ、地下街での消火活動がどれだけ困難か、説明しなくても折原くんならわかるはず。テロリスト対策も万全にしている。テロリストがスプリンクラーを止めたとしても、すぐに復旧できる。放水を止めたのは、消防以外あり得ない」

どうしてそんなことをと言った秋絵に、わからない、と雅代がもう一度首を振った。

「止めなければならない理由があった。今はそれしか言えない。わたしたちにとって重要なのは、避難ルートを見つけること。駐車場の照明は消えてるけど、非常灯は生きてるから方向はわかる」

「これは……煙ですか?」

秋絵が顔の前で手を払うようにした。ぼんやりとだが、影が揺らいで見えた。

駐車場のどこかで火事が起きた、と雅代が小鼻に触れた。

「それは臭いでわかる。でも、スプリンクラーの放水で火は消し止められた。三十分……もっと前かもしれない。煙が残っているけど、この程度なら問題ない」

折原は足元に目をやった。コンクリートの床が濡れているのは、スプリンクラーの水のせいだろう。

薄暗い通路に立っていると、目が慣れて辺りが見えるようになった。見渡す限り、すべてのスペースに車が停《と》められている。

あれは、と秋絵が百メートルほど先を指さした。そこにあったのは、黒焦げになった数本の金属の柱、割れた大量のガラス、燃え残ったデスクだった。

駐車場の管理事務室ね、と雅代がドアの横にあった駐車場案内図に手を置いた。

「燃え方が酷い……瞬間的に爆発、炎上したようだけど、大量のガソリンを撒いて、そこに火をつけた可能性が高い」

中にいた人は、と尋ねた秋絵に、いなかったことを祈るしかない、と雅代が口元を曲げた。

「注意して進むこと。駐車場管理事務室の炎はスプリンクラーが消し止めたけど、今後は放水がストップする。他にも火災が起きたはず。鎮火したわけじゃないから、いつ、どこから火が出てもおかしくない」

「もし、また火災が起きたら？」

折原の問いに、数歩進んだ雅代が赤いプレートのある機械に触れた。泡消火設備手動起動装置、と表面に記載があった。

「車両火災は危険度が高い。特に、これだけ数多くの車が駐車されていると、一台の車が燃えただけで、すぐ周囲の車に炎が燃え移る。車の燃料はほとんどがガソリンで、火がついたら爆発する。だから、駐車場には泡消火設備が設置されている。スプリンクラーの放水が止まっても、消火は可能よ。このまままっすぐ進めば、新宿大ガード下まで通路が続いている。その間に、地上へ繋がっている階段があるはず」

前を行く雅代の後に松葉杖をついた秋絵が続いた。折原は左右を見回した。奇妙なほど静かだった。

Tragedy 4 地下街

19：34

何台壊した、と溝川が不安そうに窓の外に目を向けた。運転席の吉井が小さく肩をすくめた時、両手を振っている消防士の姿が見えた。

停止、と叫んで夏美は消防ポンプ車から飛び降りた。

「野々村士長、どうしました？」

これ以上進めない、と先に到着していた野々村が前を指さした。新宿通りに停まっている車両は消防車、救急車、パトカーだけだが、道路全体を群衆が埋め尽くしていた。

「紀伊國屋書店の地下は消火中だ」野々村が背後のビルに目をやった。「新宿本署の連中はたいしたもんだ。あの狭い階段を降りて、ホースで放水するなんて、俺だって二の足を踏む……それはいいが、他の地下へ降りる階段は突入不能と連絡があった。唯一、可能性があるのはあそこだ」

野々村が顔を向けたのは、新宿通りを挟んだビルの真下だった。丸ノ内線新宿駅A６出入り口の階段から、黒煙が上がっている。

「他の階段より、火勢が小さい。しかし……戸塚《とつか》出張所の小隊が突入を試みたが、幅が狭い。突入というより、特攻だな。数人が地下に降りたが、何も見えないと無線で連絡があった。小隊長が負傷したため、今は撤退している。それでも、あそこから降りるしかない」

「放水は？」

したくてもできない、と野々村が持っていたタブレットを開いた。

「これが丸ノ内線新宿駅地下の拡大図だ。例のパソコンやらゲーム機の新商品販売特設ブースが、階段降り口の正面にある。炎の勢いから考えると、ブースが燃えているとは思えないが、放射熱を浴びているのは確かだ。一部でも溶解していたら、僅かな水にも反応して爆発を起こす。炎上、延焼し、下手をすれば周辺ビルが崩落しかねない」

確認しましょうと言った夏美に、難しい、と野々村が顔をしかめた。

「戸塚の消防士が撤退したのは、それだけ危険だからだ。一時間近く、連中は炎と戦ってきた。疲労もあるだろう。負傷者も出ている。彼らには無理だ」

「そのためにわたしたちが来たのでは？」

焦るな、と野々村が夏美の面体を軽く叩いた。

「もうひとつ、厄介なことがある。見ろ、新宿通りに人が溢れている。豊島、中野、世田谷各区の消防士が、消火活動の妨げになると退去命令を出したが、誰も動こうとしない。我々の任務は、特設ブース及び仮倉庫に保管されているマグネシウム使用商品の撤去だが、あの人混みの中、どうやって運び出せと？　溶解していなくても、高熱を帯びた金属だ。簡単には動かせない」

　ギンイチの消防士全員が新宿駅に向かっているが、と野々村が先を続けた。

「マグネシウム使用商品の特設ブースは、地下街各所に分散されている。村田消防正監は、ギンイチ六百人の消防士を東口、西口、南口担当の三班に分けるだろう。ざっくり言えば、半分の三百人が最も火勢の激しい東口を担当することになる。だが、今いるのはお前たちを含めた野々村中隊の十人と、小倉《おぐら》中隊の十人、トータル二十人だけだ。人数が足りない。あの階段を降りていくためには、援護も含め最低でも五十人は必要だが、やじ馬のためにポンプ車が入れない。どうすればいいのか……」

　通りの反対側に目をやると、ギンイチの小倉士長が数人の消防士とA6階段の内部を窺《うかが》っていた。やじ馬を強制排除するしかありません、と夏美は言った。

「消火活動の妨害になっている以上、強引であっても――」

　数が多すぎる、と野々村が唾《つば》を吐いた。

「しかも、奴らは全員カメラを持ってる。警察官でも消防士でも、乱暴な態度を取れば、喜んでSNSにアップするだろう。奴らにとって、これは祭りなんだ」

愚痴を言ってる場合じゃないが、と野々村がポンプ車のボンネットを拳で叩いた。

「日本人の危機管理意識は低すぎる。もし特設ブースのマグネシウムすべてが溶解し、引火したら連鎖的に大爆発が起きる。その破壊力は計算すらできない。炎と爆風は横、そして上下に向かう。地下街全体が崩落し、地上も被害を免れない。立っている地面が裂け、そこに呑み込まれてもおかしくない」

「退避勧告は？」

とっくに新宿本署の連中がアナウンスしている、と制帽を脱いだ野々村が額の汗を拭った。

「もう一時間近く経っているが、やじ馬たちは下がろうとしない。爆発の危険性も勧告しているが、自分だけは大丈夫だ、と思っているんだろう」

今回の火災だけではありません、と夏美はうなずいた。

「すべての災害に対してそうです。すぐに避難していれば助かったはずなのに、油断してその場に留まっているから命を落とすことに……」

野々村が耳に手を当てた。同時に、夏美にも声が聞こえた。ギンイチの消防士長、笹岡《ささおか》だった。

「笹岡小隊、現在位置、靖国通りドンキホーテ前。後続に滝田《たきた》小隊、トータル十名、今後笹岡中隊として展開が可能」

「こちら野々村。防火服着用の上、新宿通り紀伊國屋書店前に大至急来てくれ。野々村、神谷小隊がポンプ車を停めている。消火対応も可能。現在、丸ノ内線新宿駅A6階段への突入を検討中。ただし、駅階段下に特設ブースあり。マグネシウムが溶解しているか、確認が必要。溶解していなければ、外に運び出す」

すぐ向かいますとだけ言って、笹岡が無線を切った。我々が二十人、と野々村が苦笑を浮かべた。

「笹岡たちと合流しても三十人、あと二十人は欲しい……あの階段を降りたら、その瞬間から我々も要救助者となる。全員の安全が確保されない限り、突入命令は出せない」

やじ馬もいます、と夏美は辺りを見回した。

「ロープを張っても、あの人たちには関係ないでしょう。人止めのための人数も必要です」

無理だ、と野々村が舌打ちした。

「時間がない。こうしている間にも、刻々とマグネシウムが熱を蓄えている。人数が揃うまで待っていたら、手遅れになるぞ」

紀伊國屋ビルの横手の細い路地から、笹岡を先頭に十人の消防士が駆け込んできた。

笹岡と滝田以外は待機、と野々村が命じた。キャリアが最も長い野々村が、今後は大隊長として指揮を執ることになる。

「神谷、お前の小隊を全員ポンプ車から降ろせ。総務省から来ている溝川に人止めを任せよう。素人《しろうと》を突入させるわけにもいかんだろう」

溝川副士長一人では無理です、と夏美は眉をひそめた。

「総務省でも防衛省でも、一人でやじ馬の制止はできません」

そんなことはわかってる、と野々村が唸った。警察に協力要請をしましょう、と笹岡が前方に目を向けた。数台のパトカーが停まっていたが、いずれも無人だった。

「警察は中央東口で、避難者の誘導をしている」どこも手が足りない、と野々村がため息をついた。「負傷者の数が多すぎるんだ。一人で歩けない者もいる。高齢者、子供も少なくない。概算だが、地下街全体には約五万人の人間がいただろう。半分以上は避難しているが、警察はその対応に追われて余力がない。我々が何とかするしかないんだ」

背後に気配を感じて、夏美は振り向いた。煤《すす》で真っ黒になった防火服を着ている男が立っていた。

「戸塚出張所の馬場《ばば》です」

男が敬礼した。階級章に金線が一本、その上に消防章が二つある。消防副士長だ。

「小隊長の若林《わかばやし》士長が負傷したため、自分が小隊長代理を務めています。突入するつもりですか？」

状況の確認が先だ、と野々村が答えた。この人数でですか、と馬場がしかめ面になった。

「ポンプ車に銀座第一消防署とありますが、今後、全権指揮をギンイチが執ると通達がありました。馬場小隊四名、東原《ひがしはら》小隊五名が待機しています。突入するなら、自分たちも加わります」

馬場の姿を見つめていた野々村が、無理するな、と慰めるように軽く肩を叩いた。

「防火服を見ればわかる。炎の直撃を食らったな？　酷い顔だぞ……ここは我々に任せて、少し休め。新宿及び渋谷の全消防士には、一時待機命令が出ているはずだ」

炎を浴びてから耳の調子が悪くて、と馬場が耳の穴に指を突っ込んだ。

「待機命令は聞いていません。自分たちは新宿地下街について、よく知っています。ここは自分たちの街です。道案内が必要でしょう」

悔しいのはわかる、と笹岡が前に出た。

「負傷した小隊長の命令で、やむを得ず撤退したんだな？　だが、命令系統に支障があれば、小隊そのものが全滅しかねない。リスクを考えれば、小隊長の判断は正しい」

若林小隊長は落下物で頭を打ち、意識不明ですと馬場が唇を噛んだ。

「自分を守るために、小隊長が……悔しいんじゃありません。怒ってるんです。仇《かたき》を取らないと気が済みません」

頭に血が上ってる、と野々村が馬場の腕を押さえた。

「冷静になれ。おれたちの仕事は、炎と戦うことだ。だが、そのために犠牲を出すわけにはいかない。馬場副士長、今は――」

止めても無駄です、と馬場が口を開いた。

「ぼくたちも突入に加わります。消防士なら、誰でもそうでしょう」

気づくと、周りに八人の消防士が立っていた。その顔を順に見つめていた野々村が、肩で息をしていた二人の男に、死にたいのかと低い声で言った。

「だったら、死ぬ気でその辺にいるやじ馬を排除しろ。溝川、来い。お前は副士長だ。この二人を率いて、階段周辺にロープを張れ。一人でもロープを潜ってくる奴がいたら、迷わず緊急逮捕しろ」

緊急逮捕、と溝川が失笑した。

「ぼくたちは警察官じゃないんですよ。そんな権利はありません」

私人逮捕だ、と野々村が首を振った。

「覚えておけ。現行犯に限り、私人逮捕が法律で認められている。刑事訴訟法212、213、217条だ。消火活動の妨害は過失傷害罪に該当する。意図がなくても、妨害行為によって死傷者が出る可能性があると判断されるからだ」

「しかし……」

お前は総務省からの出向者で、自分は消防士じゃないと考えているんだろうが、と野々村が正面から溝川を見据《みす》えた。

「俺はお前が消防士だと信じている。防火服を着用し、副士長の階級章をつけて現場に立っている。それが消防士でなくて何なんだ？　消防士なら、自分の仕事をしろ。いいか、やじ馬を近づけるな。数百、数千のやじ馬が押し寄せてきても、一歩も通すな。ここはお前に任せる」

　命令、と夏美は大声で言った。

「溝川副士長は戸塚出張所の消防士二名を率い、やじ馬の排除に努めよ。絶対に誰も通してはならない。復唱せよ」

　無言でポンプ車に戻った溝川が、百メートルロープを下ろした。馬場中隊は自分の指揮下に入れ、と野々村が指示した。

「一分後、A6階段に突入する。馬場副士長が先導しろ。目標、商品販売特設ブース。目的はマグネシウム火災の確認及び商品の搬出。インパルスの携行を許可するが、放水は命令があるまで厳禁。各員、準備せよ」

　その場にいた全員が敬礼した。風が強くなっていた。

19：37

　空のリュックサックを背負ったニット帽の男の背後に鳩村が立った。それを確認した小池は、耳に装着しているブルートゥースイヤホンのマイクを通して、行け、とだけ言った。

　男に近づいた内山が、失礼ですが、と声をかけている。小池はブルートゥースイヤホンに全神経を集中させた。

　男の前後左右を、やじ馬が埋め尽くしている。全員がカメラを構え、地下通路から噴き出してくる黒煙を撮影しているのが、腹立たしかった。中には笑みを浮かべている者もいた。

　不快になって思わず目を逸《そ》らしたが、今はリュック男の職質が優先される、と顔の向きを戻した。失礼ですが、と内山が繰り返している。

「警視庁の内山といいます。少しだけよろしいですか？」

　何だよ、とリュック男が開き直ったように怒鳴ったが、内山の態度は変わらなかった。警察手帳を提示すると、男の顔色が青ざめたのが小池にもわかった。

「自分は火災調査官です。ご存じかどうか、放火犯逮捕が自分の仕事です」

身を翻《ひるがえ》して逃げようとしたリュック男の前に、鳩村が立ち塞がった。背こそ高くないが、横幅があり、まるで壁のようだ。

ふざけんな、とリュック男が喚いた。

「警察？　火災調査官？　関係ねえだろ、何の権利があって――」

任意の職務質問です、と内山が低い声で言った。

「名前を教えてください。免許証その他、身分を証明できるものをお持ちですか？」

通常の職務質問で、身分証明書の提示を求めることはない。職質は任意であって、強制ではない。

確保しろ、と小池は言った。確信があった。リュック男は間違いなく放火犯の一人だ。

自分の判断が間違っていたら、後々大問題になるだろう。先入観だけで一般人を逮捕するのは、権力の濫用《らんよう》に当たり、許されることではない。その時は辞職する、と決めていた。

すべての火災を小池は憎んでいた。失火、放火、原因が何であれ、炎は人命を奪い、被害に遭った者、その家族の財産から思い出に至るまで、あらゆるものを奪い尽くす。

特に、放火は最悪だ。今回の地下街火災は、過去に類を見ないほど巨大な災厄となる。

出火後一時間が経過していたが、既に死者五十人以上、負傷者に至っては数え切れない。このままでは数千人、一万人以上の犠牲者が出てもおかしくなかった。

警察官に炎を消すことはできない。それは消防士の仕事だ。火災調査官でさえ、消火活動に加わることは認められていない。

だが、情報提供という形で、消防に協力することは可能だ。現時点で八十カ所以上の火点が確認されている。時間の経過と共に、それは増え続けていくだろう。

どこにガソリン入りのペットボトルを置いたか、知っているのは放火犯だけだ。どんな障害があっても、必ず犯人を見つけだし、情報を聞き出すという決意が胸にあった。

リュック男が内山を突き飛ばし、群衆の輪の外に出ようとしたが、鳩村が足を引っかけ、その場に男を倒した。目立たないように連れてこい、と小池は命じた。

内山と鳩村がリュック男の両腕を摑み、アルタ前に停められていたパトカーまで連れてきた。名前を言え、と小池は正面から男を見据えた。

「甘く見るな、こっちは自分の首を賭けてる」

暴力刑事、とリュック男が吐き捨てた。

「何の証拠がある？　警察だからって、何をしてもいいと思ってるのかよ！　もっと真面目に仕事したらどうなんだ？　上級国民にもこんなことするのか？　賭けマージャンをしたって、お前らは逮捕もしないんだろ？　法の下の平等ってのは嘘《うそ》か？」

一言《いちごん》もない、と小池は頭を下げた。

「警察も検察も身内に甘い。情けない話だが、それは認める。詫《わ》びろというなら、土下座でも何でもする。だが、その前にひとつだけ聞かせてくれ。ずいぶんでかいリュックサックだが、何を入れていた？」

「何も入れてねえよ！」

　飛び下がろうとした男の腕を小池は摑み、科学検査すればガソリンの痕跡《こんせき》が発見されるぞと言った。

「その時の言い訳はあるのか？　既に数十人が死亡しているんだぞ！」

　リュック男の顔が、血の気を失っていった。パトカーに乗せろ、と小池は命じた。

「名前、年齢、住所、その他身元を確認した上で、事情聴取しろ。時間がない、急げ」

　リュック男の腕を取った内山が、警部補は、と尋ねた。まだ他にも放火犯がいる、と小池は顎をしゃくった。

「この群衆の中にな。一人でも多く見つけて、情報を取る。まずはその男を調べろ」

　内山がリュック男をパトカーに押し込んだ。小池は左右に顔を向けた。興奮した表情を浮かべて、黒煙を凝視している女の姿が目に入った。

19：40

　声が聞こえます、と折原は言った。サンズロード地下駐車場は、数え切れないほど多くのブロックに分かれている。話し声、そして靴音が前方から聞こえていた。

非常灯以外の照明が消え、煙が漂っているため、視界は悪かったが、目が慣れてくると、次第に辺りの様子がわかってきた。駐車場内の広い通路を、大勢の人間が歩いている。

「……ゾンビの群れみたいですね」

囁いた秋絵に、確かに、と折原はうなずいた。大声を上げている者はいない。ただ歩いているだけだ。

どこへ向かってるんですと尋ねた折原に、西口だと思う、と雅代が答えた。

「サンズロード駐車場は、新宿駅周辺のビルと繋がっている。あの人たちは他のビルからサンズロードへ向かっていたけど、火災が起きたことを知って、ここへ戻ってきた。サンズロードは東口の地下街だから、反対側にある西口なら安全だと考えた。でも……」

「でも?」

西口が安全とは限らない、と雅代が不安そうに言った。

「サンズロードの火災は、あり得ないことだらけよ。放火としか考えられないけど、犯人は一人じゃない。ガソリンを被って焼身自殺した男以外にもいる。地下駐車場管理事務室にも、犯人は火をつけていた。ターゲットがすべての地下街だとすれば、十人以上のグループが放火したことになる。当然、西口でも火災が起きている可能性がある。ただ……今はわたしたちも西口に向かうしかない。途中に地下街と直結しているビル、地上へ続く階段があるはず。安全な階段から地上へ出る」

了解です、と秋絵がうなずいた。後方に目をやった雅代が、わからない、と首を振った。

「何がです？」

折原の問いに、犯人は防災センターに放火した、と雅代が言った。

「目的はわかってる。サンズロードほど巨大な規模の商業施設では、統括防火管理者を置く法的義務がある。火災が起きた場合、各エリアの担当者は、防火センター本部の統括防火管理者に状況を伝える。一元化した情報を消防、警察その他関係機関に報告しないと混乱するから、そうするしかない」

防災センター本部はすべての中心になる、と雅代が腕を組んだ。男のような仕草だった。

「だから犯人は防災センターを狙った。テロだとすれば、その判断は正しい。だけど……」

「だけど？　何ですか、そんな怖い顔して……」

「折原くんは防災センターについて何か知っている？」

何も、と折原は手を振った。

「防災センターがあるのも知らなかったぐらいです。いや、名称はともかく、防犯、防災のための部署があるのはわかりますよ。大学にも同じような部署がありますからね。ただ、何をしてるのか、そこはさっぱりです」

放火犯は知っていた、と雅代がつぶやいた。

「防災センターについて詳しい知識を持ち、正確な情報が消防に伝わるのを妨害する意図があった。愉快犯による放火じゃない。犯人はなぜ——」

背後で大きな破裂音がした。振り向いた三人の目の前で、一台の車が炎を上げていた。凄まじい熱とガソリン臭が、一瞬で辺りを覆い尽くした。

「前へ！」雅代が叫んだ。「急いで逃げて！」

燃え上がった炎が天井に達し、コンクリートの塗装が溶け出している。向きを変えた炎が、折原の背後に迫っていた。

19：42

東口アルタ前の総合指揮車に村田が到着したのは、午後七時四十二分だった。野々村が丸ノ内線新宿駅A6階段への突入を要請している。

夏美たち野々村大隊の全員が、防火服をカーキ色の特殊防護服に替えていた。重量約二十キロと重いが、通常の防火服の三倍以上の耐火性がある。マグネシウム火災等、爆発の危険が予想される現場への突入には、着用が義務付けられていた。

「何人いる?」

　無線から村田の声が聞こえ、三十九名ですと野々村が答えた。新宿、渋谷、その他各消防から連絡が入っている、と村田が重い声で言った。

「現状はこうだ。新宿駅東口、西口、南口、すべての地下街で火災が起きている。タブレットに現時点で判明している火点を送った。見ればわかるが、百カ所を超えている」

　夏美はタブレットをスワイプした。新宿駅を中心に、半径五百メートル圏内の詳細な地図が画面に浮かんでいる。あらゆる箇所に炎のマークがあった。

「ギンイチから六百名の消防士が各現場に向かっている。ここまで東口と西口は新宿、南口は渋谷の消防署が担当していたが、彼らは避難者救助を優先した。その間に階段に炎と煙が集中し、突入が不可能になった」

　わかっています、と野々村がうなずいた。当初は火点を叩く人的余裕もあったようだ、と村田が言った。

「だが、地下街の面積が広く、火点の数が多かったため、撤退を余儀なくされた。東口には約百五十名、西口と南口はそれぞれ百名の消防士が小隊、中隊を編成し、マップ上にある全階段を調べ、地下へ降りる通路を探したが、火勢が激しくなるばかりで、負傷者も出ている。十九時以降、現場を指揮していた新宿本署の永井署長は他区からの応援部隊を再編成し、何度もアタックを試みたが、すべて失敗した。迂回ルートも調べているが、望みは薄い。地下二階通路に作業員出入り口があり、地下三階に入れるが、サンズロードの火勢が強いため、消防士を降ろせない。現在、各中隊が放水ホースを延長し、地下街内部に水を注ぎ込む形で消火に当たっているが、どれだけ効果があるのか、それすらわからない状況だ」

「……最悪ですね」

状況を整理する、と村田が言った。

「今回の新宿地下街火災は、東口、西口、南口すべてで起きている。いずれも下層階が中心で、最も火勢が激しいのが東口地下三階のサンズロードだ。地下一階、二階の火災を消しても、サンズロードを消火できなければ意味はない。炎も煙も上へ向かう。サンズロードが燃えている限り、延焼が続く」

「はい」

地上から地下へ降りる階段は五十本以上あるが、と村田が舌打ちした。

「直接サンズロードと接続している階段は十四本、だが、シティストリートの階段は、炎と煙が集中していること、避難者の数が多いこと、その他の理由で使用不能だ。そもそも、ほとんどの階段の幅が狭い。突入自体に無理がある」

すべての階段を調べた、と村田が大きく息を吐く音がした。

「地上からビル、施設その他の換気口を通じ、ファイバースコープで地下一階及び二階を撮影している。その映像も送ったが、通路内で起きている火災は規模に大小があり、燃えていない場所もある。結論から言えば、今お前たちの目の前にあるA6階段を降り、その後B10階段からミルキーウェイと呼ばれる通路に入る以外ない」

夏美は階段に目を向けた。煙が凄まじい勢いで噴出している。村田はここへ突入しろと言うのか。

新宿本署がA6に放水消火していないのは、と村田の声が続いた。

「階段を降りると、約十メートル先にパソコン、ゲーム機などの特設販売ブースがあるからだ。その後方にもパソコンの保管庫がある。下手に放水すれば、爆発火災が起きてもおかしくない。だから手をつけられなかった」

メーカーに確認して正確なブースの位置がわかった、と村田が言った。

「また、新宿本署の消防士がファイバースコープで撮影した映像が届いた。A6階段下で火災が起きているが、火勢は比較的弱い。スペースが広いため、火の手はブースに及んでいない。他に選択肢はない。野々村大隊はA6階段を降り、金属消火剤を使用、同時に、インパルスによる放水でブース周辺の炎を消せ。その後、別動隊を送り込み、ブースと保管庫の商品を外に運び出す。A6を起点とし、そこから消防士を地下へ送り込む」

ですが、と野々村が首を傾げた。

「他に地下三階のサンズロードへ降りるルートがないのはわかります。強引にでも、ここから突入するしかないのも……しかし、A6下にあるブースのパソコンその他商品が溶解していたらどうします？　その場合、搬出は不可能ですし、炎上した場合、通路内にいる消防士が犠牲になる恐れも――」

そのためにも確認が必要だ、と村田が言った。

「照明機材を準備、防護服着用の上、野々村大隊は小隊単位でA6出入り口階段を下り、特設ブースの状態を調べろ。正確な情報が欲しい。安全が確保できるのであれば、放水消火を許可する。慎重に対応すること。パソコンやゲーム機その他に火が燃え移っていたら、即時撤退。いいな」

大至急、他区の消防士を応援に回してください、と野々村が言った。

「商品の搬出作業には、人手がいります。我々が突入した後、ブースが炎上した際のバックアップも必要です」

応援は出す、と村田が鼻を鳴らした。

「新宿とギンイチから二十人を向かわせたが、到着まで五分ほどかかる。待っている暇はない。今すぐA6を降りろ」野々村、神谷、他の小隊長は安全確認を怠るな、と村田が命じた。「危険を察知したら、全装備を捨てて逃げろ。A6階段への突入が可能になれば、そこが突破口となる」

　ライトの準備が完了しました、と西郷が駆け寄ってきた。馬場副士長、と野々村が声をかけた。

「もう一人、戸塚から出してくれ。自分たちは地図上でしか地下通路のことをわかっていない。道案内がいる。まず野々村小隊、神谷小隊が現場に入る。他の者は後方で待機、突発事態が起きた時は援護を頼む」

　支倉《はせくら》、と馬場が名前を呼んだ。二十代後半の背の高い男が、前に出て敬礼した。

「階段を降りて左側、九時の方向に特設ブースがあります」自分と支倉が先導します、と馬場が言った。「距離、約十メートル。仮倉庫はその三十メートル後方ということです。ただ、自分たちが突入した際は視界ゼロでした。伸ばした指の先も見えなかったほどで、ブースを見つけられるかどうか……」

　見つけるんだ、と野々村が馬場の肩を叩いた。

「各員、聞け。二人ずつ組んで、階段を降りる。幅は狭い。マグネシウムが爆発したら、爆風の直撃を受けることになる。階段内に逃げ場はない。特殊防護服を着用していても、負傷は免れない。命を落とすことも有り得る。それでも――」

　行きます、と夏美は三十リットル入りの空気ボンベを背負った。

「炎を消し、人命を救う。それが消防士です。わたしは自分の仕事に誇りを持っています。それはここにいる全員が同じです」

　野々村が大きくうなずいた。馬場が支倉と階段を降り始め、夏美は西郷と共にその後に続いた。

　後方から吉井が巨大ライトで階段を照らしているが、ほとんど何も見えない。奥から黒煙が噴き出し続け、視界を遮っている。

「足元に注意」面体の無線から、野々村の声が聞こえた。「慎重に、だが急いで降りろ。階段内が最も危険だ。地下フロアまで降りれば、スペースがある。爆発が起きても、直撃を避けられる」

　何も見えません、と西郷が答える声がした。

「予想より遥かに暗く、ヘッドライトの光も届きません。階段の非常灯も消えています」

　夏美は前を行く馬場の腰に巻いてあるロープを摑んでいたが、自分の手さえ見えなかった。何かが爆《は》ぜる音、そして面体の空気呼吸器から漏れる自分の呼吸音しか聞こえない。不気味なくらい静かだった。

　踊り場に到着、と馬場が足を止めた。了解と答えた時、背後から光が射した。自給式呼吸器を装着した吉井が、巨大ライトを担いで降りてきていた。

「吉井機関長、危険です！　下がってください！」

　巨大ライトは延長ケーブルを含めて、約五十キロの重量がある。特殊防護服は約二十キロ、背負っている空気ボンベは三十リットル、トータル百キロだ。
　七基の大型電球を連結させているため、発している熱も高い。両手で抱えている吉井の腕が、大きく震えていた。

　場所を空けろ、と吉井が低い声で言った。

「明かりがなけりゃ、話にならない。下まで運ぶ」

　踊り場の隅にいた夏美たちの横を通って、吉井が階段を降りていった。総員続け、と夏美は無線に向かって叫んだ。

19：43

　国土交通省鉄道局が新宿駅を通過するすべての電車の運行停止を決定したのは、夜七時三十三分だった。

　新宿駅は東京駅と並ぶハブステーションで、全線運行停止は都内全路線にも大きな影響を及ぼす。そのため、全線共通で車内アナウンスにより新宿地下街の火災発生を伝え、危険が予想されるため同駅には停車しない、と周知徹底させることが決まった。また、スマホの非常災害用回線を通じ、火災に関する情報を共有できるようにした。

　新宿駅を走る電車はＪＲ東日本だけではない。私鉄、都営地下鉄、東京メトロがある。

南口にあるバスタ新宿も運行停止の対象となり、同様に一般車両、バス、タクシーも新宿駅周辺の走行が禁じられた。

この措置により、新宿へ行くために電車に乗っていた客は、例えば山手線であれば隣の新大久保《しんおおくぼ》駅、あるいは代々木《よよぎ》駅で降りざるを得なくなった。安全を考えればそうするしかないが、鉄道局が予想していた通り、クレームの電話が殺到した。

そのため、対応策の検討も同時に始まっていた。具体的には近隣駅で降りた乗客を新宿区内へ運ぶため、循環バスを増便し、あるいは火災の被害が少ない路線は、新宿地下街火災が収束した時点で、可及的速《かきゅうてきすみ》やかに運行を再開することになった。

消防の報告により、大江戸線新宿駅、新宿西口駅に火災が発生していないとわかっていたため、大江戸線の運行が比較的早く再開されることは決定事項だった。そのため、スマホの乗換案内アプリにより、大江戸線新宿駅への迂回路線の表示が開始された。

一例として、山手線あるいは中央・総武線代々木駅で電車が運行を停止しても、そのまま大江戸線に乗り換えることで、新宿駅へ向かえる。警察官の誘導によって、降りた乗客は安全な通路を使って地上へ出ることが可能になっていた。

繁雑であり、不便だったが、それ以外新宿駅に出る方法はないとわかり、乗客たちもそれぞれ自分が向かっている目的地へのルートを検索し、最も近い駅を探すこととなった。

帰宅する者も同じで、大江戸線は山手線のような循環型ではないが、いわゆる6の字型運行のため、大江戸線の各駅の近くに他の路線の駅があることが多い。全線停止は新宿駅に限定されていたので、うまく乗り換えれば帰宅難民にならずに済む。

国土交通省鉄道局としては、どういう形であれ、帰宅難民を出したくないという思惑があった。クリスマスイブ、雪が降っている中、百万人単位で帰宅難民が出たら、どれだけ批判されるかわからない。

その責任を取りたくないと鉄道局上層部は考え、他の路線の運行停止は受け入れざるを得ないが、大江戸線の運行再開を急ぐよう関係各省庁に働きかけた。安全が確認されれば即時運行を再開すると総務省消防庁が認めたのは、七時四十三分だった。

19：44

見えるか、と吉井が怒鳴った。何とか、と無線を通じて夏美は答えた。

目の前を黒煙が覆っている。だが、吉井が肩に担いでいる巨大ライトの光によって、ぼんやりとだが階段下のスペースが視認できた。床に落ちていた大きなプラスチックの看板に、新商品販売特設ブース、という文字が読めた。

馬場と文倉が手持ちのライトを下に向けた。パソコン、ゲーム機、スマートフォンが辺りに散乱している。

野々村士長、と夏美はマイクに向かって叫んだ。

「特設ブースの商品は無事です。搬出後の消火も可能。至急、応援を寄越してください」

まだだ、と野々村の声がした。

「火点を探せ。商品の保管用倉庫もだ。そこが燃えていたら、消火はできない」

商品は搬出できます、と夏美はもう一度叫んだ。

「周辺で火災が起きていますが、マグネシウム素材は燃えていません。今のうちに商品を地上に運ぶべきです」

左側にライトを向けていた馬場が、あれです、と指さした。煙の間からプレハブの仮倉庫の影が見えた。二、三十メートルほど奥だ。

「馬場さん、支倉さん、仮倉庫を調べてください」西郷くんはわたしと一緒に、と夏美はライトを振った。「火点を探し、消火が可能であれば放水隊を降ろす。インパルスはまだ使えない。マグネシウム素材が燃えていたら、爆燃現象が起きる。そうなったら……」

終わりですね、と西郷が肩をすくめた。吉井が巨大ライトで照らしているので、床が見えた。火災の痕跡はない。

馬場と支倉が仮倉庫へ向かった。周囲に注意、と夏美は一歩前に出た。

「煙はどこから流れてきているのか……吉井機関長、そこから照らすことはできますか？わたしと西郷くんで調べます」

場所が悪い、と吉井が舌打ちした。

「延長ケーブルが届くのは踊り場までだ。無理をするな。ヘッドライトの光では前しか見えないだろう。どこから火が出るかわからんぞ」

気をつけて、と夏美は西郷の肩を叩いた。

「この通路はJR新宿駅にも繋がっている。放火犯の狙いはわかる。地下街が全焼すれば、炎が新宿駅を燃やし尽くす。地下へ降りる階段付近に火を放ったのは、消防士の突入を防ぐためで、消火を妨害しようと考えたからよ。でも、どうして……何のために？」

神谷士長、と馬場が呼ぶ声が面体の中で響いた。

「保管庫周辺の炎は、ABC粉末消火器で消し止めました。マグネシウム火災は起きていません。このまま放水隊を降ろし、通路内の炎を消せば、ミルキーウェイへの道が開けます」

ガソリン臭が残っています、と夏美は言った。

「気化したガソリンが空気中に漂っているようです。付近の火点を発見し、消さなければ安全が確保できません。まず火点の消火を終えてから放水隊を降ろすべきだと……」

煙は東口方向から流れ込んでいます、と馬場が言った。

「火点を探しますが、暗いのが難です。来てください、四人で調べた方が早いでしょう」

馬場のヘッドライトが左右に動いた。すぐ行きます、と夏美は西郷と共に通路を進んだ。

照明はヘッドライトだけで、足元を照らすと濡れているのがわかった。スプリンクラーの水とガソリンが混ざっているため、滑って歩きにくい。

慎重に、と言いかけた夏美の足が止まった。意志とは関係なく、ストップ、という声が漏れていた。

「馬場さん……音が聞こえませんか？　何かが爆《は》ぜるような……」

音ですか、と馬場の声が面体の中で響いた。

「いや、聞こえません……火点を調べます。我々はここです」

二十メートルほど先で、二つのヘッドライトが揺れている。前後左右を照らしていたが、右で止まった。

炎を発見、と馬場が囁く声が聞こえた。壁の上部が裂け、その奥で赤い炎が蠢《うごめ》いているのが夏美にも見えた。

「火点は広範囲にわたっています。自分たちの装備では消火できません。A６階段から放水隊を降ろし、集中放水すれば火勢を抑えることが……」

何かが割れる音がした。反射的に顔を上げた夏美の目に、激しく揺れている天井の蛍光灯が映った。

駆け戻ってきた馬場が、退避、と叫ぶのと同時に、落下した蛍光灯が支倉の面体を直撃した。頭上の天井が割れ、そこから炎が噴き出していた。

19:45

背中を熱が襲っている。叫ぶこともできないまま、折原は前に進んだ。一瞬だけ振り向くと、巨大な炎の壁がそそり立っていた。

炎が腕を伸ばし、折原たちを捕らえようとしている。呑み込まれたら終わりだ。

数十メートルを一気に駆け抜けると、息が切れ、胸が苦しくなった。周囲の空気の温度が一気に上がったためだ。

秋絵を背負っていた雅代が、止まって、と右手を上げた。

「二人とも怪我はない？　火傷は？」

ぼくは平気です、と折原は松葉杖を掴んだまま荒い息を吐いた。怯えた表情を浮かべた秋絵が、大丈夫です、と小さくうなずいた。

「今のは……何だったんです？」

背後に目を向けると、一台のワゴン車から炎が上がっていた。車体が真っ黒に焦げている。まだ燃えているが、火勢は少し衰えていた。

眉間に皺を寄せた雅代が、辺りを見回した。見える範囲だけでも、数十台の車が停まっている。

「サンズロード駐車場管理事務室と防災センターが放火された。でも、その炎はスプリンクラーが消し止めている。延焼の可能性は低い。どうしてあの車が炎上したのか……」

火の粉が飛んで来たんでしょうか、と言った折原に、あり得ないと雅代が首を振った。

「そんな形で車両火災が起きることはない。それに、爆発音が聞こえた。おそらく……ガソリンを積み込んだ車を犯人がパーキングに停め、時限発火装置で爆発させた。最低でも十リットル以上のガソリンがあったはず。タンクがフルになっていたら、車体そのものが爆弾になる。もし、他の車にも爆破装置がセットされていたら……」

柳さん、と秋絵が前を指さした。駐車場内の通路を歩いていた人々が、一斉に車両出入り口に向かって駆け出している。

ぼくたちも逃げましょうと言った折原の腕を押さえた雅代が、パニックに巻き込まれる、と言った。

「延焼を防ぐ方が先よ。まず、あの車両の炎を消す」

「でも、スプリンクラーの放水は止まっているんですよね？」

消火設備がある、と雅代が壁の小さな扉を指した。

「泡消火設備を手動で操作すれば、炎は消せる。その前に煙を何とかしないと……折原くん、排煙口操作装置を探して。操作法は表面に書いてある。レバーを引けば排煙が始まるから……何をしてるの？」

扉が開きません、と折原は排煙口操作装置に手をやった。

「これは……どうなってるんだ？」

歩み寄った雅代が、プラスチック板に触れた。怯えに似たため息が、唇から漏れた。

「瞬間接着剤を塗って、扉が開かないようにしている……他の装置も調べて。泡消火設備もよ。秋絵ちゃんも手伝って」

排煙口操作装置、泡消火設備は約五メートル間隔で設置されている。折原と雅代は二手に分かれ、四、五台の装置を調べたが、どれも同じだった。

駄目です、と松葉杖をついて十メートルほど先に進んでいた秋絵が消火栓の前で叫んだ。

「扉が開きません。透明な樹脂みたいなものが塗られていて……」

こっちもだ、と折原は叫び返した。雅代が通路を見つめている。

「どういうことです？」

折原の問いに、雅代が右手を向けた。人差し指の爪が剝がれていた。

「サンズロード駐車場には、百カ所以上の排煙口、換気口と、泡消火設備、消火栓も数十台はある。犯人はそのすべてを使えないようにした……どうしてそんなことを？」

延焼範囲を広げるためでしょうと答えた折原に、何のために、と雅代が唇を嚙んだ。

「炎に性的興奮を感じる者はいる。巨大な炎には、そういう力がある。だけど、これは違う。地下駐車場が全焼しても、その炎は見えない。放火魔でもない。目的は別にある」

「やはり……テロですか？」

囁いた折原に、それも違う、と雅代が顔をしかめた。

「テロリストなら、こんな面倒な真似《まね》はしない。犯人は何らかの強い恨みを抱いている。復讐《ふくしゅう》のために放火したとすれば——」

「復讐？　誰に対してです？　何のために？」

意味がわかりません、と折原は首を傾げた。

その時、駐車場の出入り口に向かっていた人々の間から、悲鳴と怒号が上がった。左右の車が同時に爆発、炎上していた。

19：50

夏美は西郷と共に、意識を失った支倉を引きずり、Ａ６階段の踊り場まで戻った。面体を外すと、呼吸をしているのがわかった。

「救急隊に連絡。負傷者一名、戸塚出張所の支倉消防士」夏美は無線に向かって叫んだ。

「天井からの落下物で頭を強打、意識不明、自発呼吸あり。脈拍、正常。丸ノ内線新宿駅

Ａ６階段から上へ運びます。搬出用担架と救急車を大至急手配願います」

了解という声と同時に、数人の消防士を引き連れた野々村が降りてきた。支倉の顔色を確認し、首筋に触れてから、上へ運べと命じた。

「大丈夫だ。頭を打って気を失っているが、大怪我ってわけじゃない。安心しろ……何があった？」

壁の上部が破れて、そこから炎が噴き出してきました、と夏美は状況を説明した。

「そのため、蛍光灯が支倉さんの上に……三十メートルほど先で、壁と天井の一部が燃えていました」

濃い煙の中から、人影が飛び出してきた。酷いです、と面体を外した馬場が真っ黒になった額をグローブでこすった。

「煙が猛烈な勢いで溢れ出ています。ヘッドライトの光も届きません」

「ブースの商品は？　火は回っていたか？」

それはありません、と馬場が答えた。

「火点はここから三十メートル以上離れています。今のところ、ブースや保管庫の商品は無事です。ただ、これ以上炎が大きくなると、どうなるかわかりません」

吉井、と野々村が踊り場に顔だけを向けた。

「そのでかいライトを下まで降ろせるか？」

吉井が面体に触れ、無線交信を始めた。電源用のケーブルを延長するように指示していたが、もう一基のライトを下まで降ろしますと野々村に言って、階段を駆け上がっていった。手伝いますと叫んだ馬場がそれに続いた。

ブースのパソコン、ゲーム機、その他商品をすべて搬出する、と野々村が無線に手をやった。

「野々村大隊全員に命令。各員、ヘッドライトと呼吸器を装着、空気ボンベはフル。それで三十分は保《も》つ。今からA６地下のブースにあるパソコンその他商品をすべて上へ運ぶ。全員、階段に並べ。バケツリレーの要領だ。通路内で火災が起きている。時間がない。神谷小隊と戸塚出張所は消火に当たれ。消火指揮は神谷士長が執る」

野々村、と声が割り込んだ。村田正監、と夏美は面体のマイクに口を当てた。

「野々村大隊長は指揮中です。伝えることがあれば――」

現在の状況はこうだ、と村田が言った。

「国土交通省、総務省が新宿駅を通過する全鉄道会社の運行停止を許可した。南口地下街の消火は順調で、渋谷区の全消防署と港区、ギンイチから百名ずつが入っている。比較的火点が少なく、安全な突入口を見つけたことで、消防士の大量動員が可能になった。数時間以内に消火できるだろう」

「はい」

「だが、炎を消しても、爆発物、ガソリン等の捜索が残っている。そのため、渋谷署は南口から離れることができない。西口では新宿本署を中心に数区の展開が始まっているが、消火の見通しは立っていない。それでも、東口よりはましだがな」

「応援の増員はまだですか？　人数が足りません。負傷者も出ています」

難しい、と村田が舌打ちする音がした。

「現在、新宿本署を中心に、新宿区内四つの消防署が東口周辺に集結している。近隣五区から応援も来た。だが、道路が混雑しているため、消防車が通れない。人数だけ揃えても、装備や機材を運ぶことができない。後方支援は可能だが、ホース一本も持っていない連中に炎を消せると思うか？」

「ですが……」

品川《しながわ》、杉並、世田谷、文京、中央、五区の消防署の消防士を東口からA6へ向かわせる、と村田が低い声で言った。

「ただし、時間がかかる。ここまで最前線で戦っていた新宿の各消防署の消防士たちは疲れ切っている。A6からミルキーウェイに向かって突入できるのはギンイチだけだ」

「……了解です」

最も危険な場所へギンイチを向かわせる、と最初から村田が決めていたのは、夏美もわかっていた。村田は消防士の能力を重視する。火災現場ではそれしか考えない男だ。

ギンイチ六百人の消防士は、その能力の高さで知られている。特に、二隊あるハイパーレスキュー隊の実力は、抜きん出ていると言っていい。ファルコンタワー火災の被害を最小限に抑えたのも、ハイパーレスキュー隊の力が大きかった。

ただし、消防はチームで動く。個々の能力がどれほど高くても、その力を発揮するためには、優秀な現場指揮官が必要となる。

「配置の手配は終わっている」俺はハイパーレスキュー隊を率い、A６に向かうと村田が言った。「十分以内に荒木がこっちへ来る。今後、総指揮は荒木が担当する。この現場を任せられるのは、奴しかいない」

消防士、職員、トータル千人を擁するギンイチにおいて、村田はナンバー3の消防正監だが、同時に二隊のハイパーレスキュー隊隊長でもあった。五十歳になる今も、ギンイチで最も能力の高い消防士であり、経験、実績、体力、判断力、統率力、すべての面で他の消防幹部より上だ。

それは誰もが認めているが、今回の新宿地下街火災で、自らハイパーレスキュー隊を率い消火に当たるという判断は正しいのか。冷静さを欠いてはいないだろうか。

「方針と配置が決定した以上、荒木の方が適任だ」村田が苦笑する声がした。「奴は一歩引いて全体を客観視することができる。大沢署長も了解している」

「わかりました」

野々村に伝えろ、と村田が言った。

「何としてもA6階段、そして通路の火を消し、そこから消防小隊が突入できるようにするんだ。B10階段まで五十メートルほどだ。そこからサンズロード地下街に降りる。他にルートはない」

伝えます、と夏美は叫んだ。

「ですが、サンズロード内のミルキーウェイとシティストリートが交差するイーストスクエアには最大の商品特設ブースがあり、そこでマグネシウム火災が起きれば、爆発するのは時間の問題です。その炎はサンズロード全体を焼き尽くし、更に他のブースにも延焼、爆発すると新宿駅、その周辺のビルも炎上、崩落します」

だから俺たちが行くんだ、と村田が無線を切った。吉井と馬場が巨大ライトに延長ケーブルを繋ぎ、もう一基のライトを下へ降ろす準備を始めていた。

19:45

小池は女の横に立ち、表情を観察した。勘だけを頼りにすることはできない。

集中しろ、と自分に言い聞かせた。この女は放火犯の一人か、単なるやじ馬なのか。

三十代後半、と小池は女の顔を見つめた。どこにでもいる、目立たない女。地味と言ってもいい。

だが、目の奥に暗い悦《よろこ》びの色があった。堪《こら》えきれない笑みが、頰の辺りに浮かんでいる。

辺りを見回すと、数千人のやじ馬が新宿駅東口を埋め尽くしていた。多くの者がスマホを構えて撮影している。吐き気がするほど不快だった。

彼らは楽しんでいる。階段を這《は》い上がり、地上に逃げてきた者たちを見る目に、好奇の影が混じっていた。

だが、横にいる女には、得体の知れない不気味さがあった。やじ馬根性で楽しんでいるのではない。悦んでいる。興奮している。性的な臭いさえした。

何らかの不満を溜め込み、それが解消された時、人間の顔は一変すると小池は知っていた。間違いない。この女は放火犯の一人だ。

声をかけようと一歩踏み出した時、ブルートゥースイヤホンから内山の声が聞こえた。

「小池さん、来てください。直接、こいつの話を聞いておいた方がよさそうです」

すぐ行くと答えて、マイクで鳩村を呼んだ。

「おれの位置はわかるな？　横に立っているベージュのコートの女を押さえろ。任意の職質と言って、パトカーまで連れてくるんだ」

通話を切り、パトカーに向かうと、後部座席で内山が男の免許証を確認しているのが窓越しに見えた。ドアを開け、内山との間に男を挟む形で座席に座った。

柴田孝生《しばたたかお》、二十八歳ですと内山が免許証を渡した。現住所、東京都杉並区。

「仕事は？」

顔を背けた柴田が、ユーチューバーと答えた。声に力はなかった。

「もう一度、さっきの話をするんだ」内山が柴田の腕を押さえた。「放火したのは認めるんだな？」

放火じゃない、と柴田が内山の手を払った。

「そうじゃねえって言っただろ？　頼まれたんだよ」

「誰に頼まれた？」こっちを見ろ、と小池は柴田の顎を摑んだ。「何人仲間がいるか知らんが、単なる放火じゃ済まない。大勢の死傷者が出ている。時間がない、知っていることを全部話せ」

俺は何もしてない、と柴田が怒鳴った。

「頼まれたっていうか……そそのかされたんだ。仕方なかったんだよ。俺のせいじゃない」

内山がスマホの画面を小池に向けた。

「柴田のスマホです。画像ファイルにＬＩＮＥのスクリーンショットが残っていました。指示が書いてあります」

小池はスマホの画面に目をやった。ガソリン調達について、と最初の一文にあった。現在、石油販売店でガソリンを購入する場合、身分証明書の提示が義務づけられている。店舗も購入記録を残さなければならない。

スクリーンショットには車でスタンドに行き、タンクを満タンにすること、その後ゴムホースを使って吸引し、ペットボトルに移し替えること、と具体的な指示があった。

無人のガソリンスタンドでも、防犯カメラが設置されているので、車のナンバーは自動的に撮影される。だが、ナンバーから身元を確認するにはある程度時間がかかる。指示した者はそれを知っていたのだろう。

「ネットで知り合ったんです」柴田の口調が変わっていた。「ユーチューバーって言ったけど、本当はニートっていうか、バイトで食いつないでいるだけで、今もそうですけど、警備会社で臨時のガードマンをやってるんです。夜十時から朝六時まで、エレベーターの故障に備えて待機してるだけの仕事で、すごい暇なんですよ。それでスマホをいじってたら、たまたま……」

「何かのサイトに行き着いたのか？」

〝ノー・スーサイド〟ってホームページです、と柴田がうつむいた。

「俺、自傷癖があって、心療内科にも通ってるんですけど、気分の浮き沈みが激しくて、二、三カ月サイクルで死にたくなるんですよ。何ていうか、すごくイライラして、何もかも腹が立って、ニートだって馬鹿にされてるし……」

「それで？」

「薬を処方されても全然よくならなくて、さすがに自分でもヤバいって思って、そういう話ができる奴を探してたら、〝ノー・スーサイド〟を見つけたっていうか……」

続けろ、と小池は手を離した。最初は薬の相談だったんです、と柴田が言った。

「掲示板があって、こういう症状でこんな薬を飲んでるって書き込むと、他の参加者が心療内科の名医とか、いろいろ教えてくれて……」

「その後は？」

柴田が額を押さえた。

「そこに不平不満とか恨み言とか、愚痴を書いておくと、後でコメントが返ってくる……そんな感じです。医者とか親に何か言われても全然ピンと来なかったけど、エンジェルの言葉はすごい心に響いて……」

「エンジェル？」

ホームページ運営者のハンドルネームです、と柴田が説明した。

「自殺を止めるためにホームページを立ち上げたとか、そんなことがトップページに書いてありました。何百人とか、もっと多いかもしれないですけど、全員匿名《とくめい》で参加していたんです。エンジェルは自分のことを何も話しませんでしたけど、誰の話も親身になって聞いてくれて……」

小池は腕を組んだ。最初から犯人グループについて、違和感があった。組織化されていないのは、爆発物を仕掛けた場所に偏りがあることから予測できたが、ガソリンと発火装置による放火、という手口は同じだ。

メンバー同士がどうやって知り合い、グループを作ったのか、それが不明だったが、柴田の話を聞いていると、エンジェルというハンドルネームを持つ者が長時間かけて準備し、メンバーを集めていたのがわかった。

「気晴らしのつもりで見ていただけなんです」数秒黙っていた柴田が口を開いた。「でも、六月か七月ぐらいに、エンジェルの方からメッセージがあって……LINEグループを作ったから、参加しないかって誘われました」

〝ノー・スーサイド〟というホームページは閉鎖されています、と内山がタブレットの画面を向けた。ウェブページにアクセスできません、という文字がそこにあった。

「八月の終わりに、エンジェルは〝ノー・スーサイド〟を止《や》めたんです」柴田が自分のスマホを指さした。「代わりにLINEグループを作って、そこでやり取りするって……ホームページからLINEに場所が変わっただけで、やってることは同じでした。メンバーがお互いに辛かった体験を話したり、慰め合ったり、ただ世間話をすることも多かったんです。エンジェルとやり取りすることもありました。九月になって、エンジェルから個別にメッセージが入って……クリスマスイブに新宿地下街に放火する、と書いてあったんです」

いつだ、と小池はスマホを渡した。画面をスワイプした柴田が、九月十一日ですと答えた。

「エンジェルは〝計画〟って呼んでました。自分だけの計画で、誰も巻き込むつもりはないって……最初は冗談だと思ってたんですけど、具体的にどうするとか、そういうメッセージが送られてきたり……最終的に、ＬＩＮＥグループの中で計画に参加するっていう奴と、反対する連中が言い合いを始めて、たぶんですけど、その時に半分以上がグループから抜けたと思います」

「お前は残ったんだな？」

仕方ないだろ、と柴田が助手席のヘッドレストを叩いた。

「だって、あのグループから抜けたら、行き場がなくなっちまう。どうしろって言うんだよ！」

最後まで話せ、と小池が低い声で言った。四、五十人がエンジェルの計画に加わるって決めたんです、と柴田が怯えた目を向けた。

「俺らはお互いに顔も名前も知らないし、年齢も、男か女か、それも知りません。でも、仲間だって意識がありました。何をやってもうまくいかないし、友達もいないし、いつも一人だったんです。それは他のメンバーも同じで、だから抜けるに抜けられなくて……」

「それから？」

残ったメンバーで計画について相談を始めました、と柴田が肩を落とした。

「放火って言ってもどの程度なのか、それも俺たちにはわかってなかったんです。爆竹を鳴らすとか、そんなことを言ってる奴もいましたけど、だんだん……何ていうか、勢いがついて、それが怖くて逃げた奴もいたんです。最終的に残ったのは、三十人ぐらいだと思いますけど、十月の終わりには、ガソリンを使って放火することが決まりました」

「エンジェルの指示か？」

指示っていうか、と柴田が首を振った。

「流れみたいな……エンジェルがヒントを出してくれたこともあったし、簡単な着火装置の作り方をネットで調べた奴が、それをメンバーに教えたり、どこに放火すれば被害が大きくなるか、そんなことを言ってる奴もいました。ゲームの攻略法を話し合うみたいな感じで……」

このガソリンの入手法は何だ、と小池はスマホを指さした。エンジェルが送ってきたんです、と柴田が顔を背けた。

「俺たちが話し合っている間、強制するつもりはないとか、命令しているわけじゃないとか、そんなことをエンジェルは言ってました。具体的に何をどうしろとか、そんなことは全然……でも、大体の計画が決まった時、ガソリンの購入法とか、俺たちのプランの弱点を指摘したり、いろいろ教えてくれたんです」

「エンジェルの正体は？」

わからないって言ったじゃないですか、と柴田が吐き捨てた。

「一週間前、エンジェルは自分のＬＩＮＥアカウントを削除しました。俺がスクショの画像を残していたのは、何かあった時に見ようと思ったからで……」

ほとんどの者がアカウントを削除しているようです、と内山が柴田から取り上げたスマホをスワイプした。

「身元特定は可能だと思いますが、時間がかかるでしょうね……つまり、お前たち約三十人は、お互いのことをまったく知らないって言うんだな？　クリスマスイブの六時半以降、メンバーそれぞれが時限着火装置を取り付けたガソリン入りのペットボトルを新宿駅地下街のどこかに隠した。そういうことか？」

エンジェルが悪いんだ、と柴田が泣き顔になった。

「六時半っていうのも、エンジェルが決めた時間で、それより遅ければ何時でもいいけど、それまでは動かないようにって指示されました。俺は時限装置を七時にセットして、二リットル入りのペットボトル四本をシティストリートのトイレに置いてきただけで、こんなことになるなんて思ってなかったんです。俺はそれしかやってない。まさかあんな

「……」

俺はと言ったな、と小池は柴田の胸倉を掴んだ。

「他の連中はどうなんだ？　エンジェルは？　どこに爆発物を仕掛けた？」

わかりません、と顔を歪めた柴田の目から涙が溢れた。

「どこに爆発物を置くとか、細かいことは誰も話しませんでした。時間も八時とか九時とか、そんなふうに言ってた奴もいました。宅配便でテナントに送り付けてやるとか、そんな話も出てたと思います。メンバーの連絡先はわかりません。俺は……ちょっとした悪い冗談っていうか……クリスマスイブに一人でいるのが嫌だったんだ」

それが動機か、と内山が怒鳴った。あんたらにはわかんねえよ、と開き直ったように柴田が汚れた顔を手のひらで拭った。

「見ただろ？　周りにいた連中を……何しに来たのか知らねえけど、クリスマスデートってことか？　幸せそうにしやがって、むかつくんだよ！　俺たちがどんなに苦しんできたか、誰にもわかりゃしない。いいことなんて何もなかった。真面目にやってるのに、報われたこともない。いつだって踏み付けられてきた。俺はな、奴らに思い知らせてやりたかったんだよ！」

気が済んだか、と小池はもう一度スマホに目をやった。

「細かい話はしていないと言ったな。だが、まったくというわけじゃないだろう。同じ場所に爆発物をセットしても意味はない。誰がどこに置くか、大体のことは話し合ったはずだ。三分やる。全部思い出せ」

無理だよ、と柴田が頭を掻き毟《むし》った時、窓を叩く音がした。女の腕を掴んだ鳩村が立っていた。

「内山、後を頼む」小池はドアを開け、パトカーを降りた。「爆発物をどこにセットしたか、すべて吐かせろ。鳩村が連れてきた女も、柴田の仲間だ。詳しく事情を聞いて、場所を割り出せ。一カ所でもわかったら、すぐ知らせろ。ギンイチの村田に伝える」

内山がうなずいた。まだ放火犯はいるとだけ言って、小池は東口ロータリーに向かった。

20：00

二十名のハイパーレスキュー隊員を率いた村田が丸ノ内線新宿駅A6出入り口の階段から地下通路に降りたのは、午後八時ちょうどだった。

全員がフル装備だったが、息を切らしている者はいない。機材を運ぶため、十人の消防士が後に続いていたが、新宿駅東口から約百メートル移動しただけで、顔が汗にまみれている。

消防士たちの能力が劣っているのではない。ハイパーレスキュー隊の能力が尋常ではないほど高いだけだ。

夏美は神谷小隊と戸塚出張所の消防士を率い、通路内の火点検索、消火を担当し、他の消防士たちはブースからパソコンその他の商品を外に運び出していたが、報告のため野々村に続いて村田の前に立った。

「搬出作業は十分以内に終わります」前置き抜きで、野々村が口を開いた。「念のため、うちの連中と小倉中隊がブースと保管庫周辺の消火を始めていますが、問題ないでしょう。村田正監がハイパーレスキュー隊を率いてサンズロードへ向かうと神谷に聞きましたが、本当ですか?」

「要点だけ言う。今、おれたちがいるA6はここだ」村田が開いた地図の一点を押さえた。「サンズロードへ行くには、ミルキーウェイを経由しなければならん。直線距離で言えば、もっと近い階段もある。だが、ファイバースコープで撮影した映像、現場の消防士の報告などにより、火勢が激しいため危険だと判断した。残ったのはA6から地下へ潜り、B10階段へ出て、そこから地下三階のミルキーウェイに降り、サンズロードへ向かうルートだけだ」

持っていた赤のボールペンで村田が線を引いた。正確に言えば、ミルキーウェイもサンズロード地下街の一部だが、村田が目指しているのは火勢が最も激しいシティストリートで、更に言えばミルキーウェイとシティストリートが交差する地点、イーストスクエアにある巨大ブースだ。夏美も野々村も、村田の指示の意味は理解していた。

　メトロプロムナード内の火災は比較的軽微だ、と村田が言った。

「ミルキーウェイに降りるB10階段までは約五十メートル、どうにか突破できるだろう。もうひとつ、ダイナナの小池火災調査官から連絡があった。放火犯の総数は約三十人、インターネットを通じて知り合ったようだ。奴らはお互いの顔も名前も知らないが、爆発物を置いた場所についていくつかわかったことがある。放火犯はガソリンを使った爆発物を各所に置いたが、発見を恐れてトイレやコインロッカー、テナント等を選んだようだ。補足すると、丸ノ内線改札近く、A6から約百メートル地点にもパソコン等の特設販売ブースがある。そこの商品も撤去しておきたい。マグネシウム火災が起きたら、退路が絶たれる可能性がある」

　これがサンズロードへのルートだ、と村田が赤いボールペンで丸を書いた。

「B10階段を降りると、ミルキーウェイに出る。靖国通り方面に進み、シティストリートとぶつかるところが、イーストスクエアだ。そこに最大規模の商品販売特設ブースがある」

　地図にもその名称があった。縮尺でイーストスクエアの広さがわかったが、二十メートル四方の正方形だ。

「この中央に特設ブースが置かれている」地図を傍《かたわ》らに置いた村田がタブレットを開き、マップを拡大した。「ここに最前線指揮所を置く。B10階段下からイーストスクエアまでは約二百メートル。ここまで不明点は？」

ありません、と野々村が首を振った。以下、作戦を説明すると村田が言った。

「今からおれたちはA6を降り、サンズロードに降りる。野々村大隊は後に続き、A6からB10までの退路を確保しろ。ハイパーレスキュー隊は二つに分かれ、A隊が消火、B隊が装備運搬を担当、まずB10階段下に補給用装備、資材置き場を設置する。その後、ミルキーウェイを直進し、イーストスクエアに向かう。だが、ミルキーウェイ、シティストリートは共にテナントだらけだ。火勢も激しいだろう。十五分以内にイーストスクエアに到着する予定だが、四方から炎が特設ブースを襲っている。おれたちの任務はその炎を消し、マグネシウム火災を未然に防ぐことにある」

厳しいでしょう、と野々村が下唇を嚙んだ。それでもやるしかない、と村田が口元を歪めるようにして笑った。

「放水ホース、その他装備は準備済みだ。イーストスクエアには消火栓があり、特設ブースを背に放水すれば火勢を抑えられる。問題は空気ボンベの補充だ。おれたちのボンベは三十リットル、単純計算で三十分保つが、実際にはそれ以下だろう。B隊が予備ボンベを運ぶが、それだけでは足りない。A隊、B隊の配置を交互に替えて、ボンベが空になったらB10まで戻って交換するが、野々村大隊はおれたちが通ったルートを辿《たど》り、B10階段の資材置き場に予備の空気ボンベを運べ。同時に通路内の消火、爆発物の発見と撤去に努めよ。時限着火装置は粗雑な造りだ。目覚まし時計とマッチを使い、ガソリンを含んだ綿に着火するだけで、配線も何もない。取り外すだけで着火を防げる。後続の応援も要請済みだが、待っている時間がない。まず、ここにいる野々村大隊全員で、可能な限りA6階段下の火を消せ。露払いのようですまんが、おれたちも体力を温存しておきたい」

当然です、と野々村が大きくうなずいた。

「現在、五十二名がいます。自分が総員を率い、先発して通路内の消火を行ないます」

小池は東口ロータリー付近で二人の不審者に職質している、と村田が二人の顔を見つめた。

「どちらも、放火した事実を認めた。ただし、その二人はエンジェルというハンドルネームを持つ者が開いていたホームページ上で知り合っただけで、実際に会ったことはない。今日の新宿地下街放火はエンジェルの示唆によるものだ、と二人は供述している。三十人前後の人間が加わっているようだ」

三十人、と夏美は息を吞んだ。二人とも強制されたわけじゃない、と村田が口を歪めた。

「エンジェルは〝計画〟と呼んでいたそうだが、放火に加わるかどうかは個人の意思に任せる、とＬＩＮＥで伝えていた。計画自体は新宿地下街に放火するという単純なもので、エンジェルは最低限の説明、あるいは示唆をしたが、命令はしなかった。リーダーのエンジェルでさえ、計画の全貌を把握していない可能性が高い、と小池は言っていた」

そんな馬鹿な話がありますか、と野々村が不愉快そうに吐き捨てた。

「何らかのストレス、不平不満、その他の理由によって見知らぬ者同士が連帯し、何らかの違法行為をするのは、わからなくもありません。ＳＮＳを通じて、一緒に自殺しませんかと呼びかける馬鹿がいる時代です。しかし、新宿地下街に放火すれば、大量の死傷者が出ると予測できたでしょう。そそのかされただけで、そんなことに手を貸す者がいると思いますか？」

既に二人の放火犯が確保された、と村田が顔をしかめた。

「犯人たちには、エンジェルへの強い共感があった。あらゆる意味で社会に不満を持つ連中だ。奴らは自分が置かれている境遇に怒り、苛立っていた」

畜生、と野々村が壁を蹴った。落ち着け、と村田がその肩に手を掛けた。

「奴らが放火し、炎上、爆発させているのは、新宿地下街じゃない。自分の心だ。今のままでは生きていてもつまらない、燃やして灰にした方が楽になる……そんなところだろう」

しばらく沈黙が続いた。俺は炎が怖い、と村田が目をつぶった。

「炎がどれだけ危険か知っている。出場するたび、これで最後にすると思っていた……お前たちは強気で強引な指揮官だと思っているだろうが、俺はギンイチの中で一番臆病《おくびょう》な男だ」

　過去、村田は火災現場で消火を指揮し、多数の人命を救ってきた。それを夏美はよく知っている。

　その強さが羨《うらや》ましいと思ったこともあったし、強引さを腹立たしく思ったこともあった。だが、村田の口から弱気な言葉を聞くのは初めてだった。

　毎回命懸けで炎と戦ってきた、と村田が面体を叩いた。

「怖かったからだ。だが、今は人間の心の方が怖い。社会への不満、不遇感、劣等意識、ネガティブな感情を溜め込んでいる者の数は、おれの想像以上に多いようだ。今回は三十人が放火に加わったが、次は三百人かもしれない。意図的な誘導によって、数万、数十万人が暴徒と化してもおかしくない。これは始まりに過ぎない。いつか、信じられないほど恐ろしいことが起きるだろう」

　沈痛な表情を浮かべた村田に、夏美は何も言えなかった。つまらんことを言ったな、と村田が面体を抱え直した。

「今は目の前にある炎を消すのが最優先だ。イーストスクエアに現着後、最前線指揮所を設営、特設ブース周囲の火災を消す。だが、まだミルキーウェイ、シティストリートに爆発物が残っている可能性がある。火災が起きれば退路を失う。マグネシウム火災を防ぐためには、特設ブースの商品をすべて撤去するしかないが、退路はイコール商品の搬出路でもある。野々村大隊は応援部隊が到着するまで、退路の安全確保に全力を尽くせ」

夏美と野々村は同時に敬礼した。おれたちがブースを守る、と村田が時計を見た。

「西口、南口の火災がある程度収まれば、応援部隊の増員も可能になる。それまでは一歩も退《ひ》くな」

自分が先発する、と野々村が夏美の顔を見た。

「小倉中隊、馬場中隊と共に通路内の消火、爆発物捜索に当たる。神谷は他の小隊を率い、ハイパーレスキュー隊の後に続け」

了解しました、と夏美はうなずいた。野々村が十八人の消防士と共に通路を進んでいく。

面体を被り、防護服の点検を終えた村田がハイパーレスキュー隊二十名の隊員を率い、煙の中に消えていった。

夏美は無線で笹岡と滝田を呼び出した。待機していた消防士たちが、二列になって階段を降りてきた。

「こちら新大久保消防署、中原《なかはら》士長」夏美の無線機から声がした。「神谷士長、現在地は？　中原中隊八人、港区消防署の十人は紀伊國屋ビル前に到着した。二分以内に渋谷署から十人が合流する予定。ギンイチ村田消防正監の命令で、我々は神谷士長の指揮下に入り、爆発物捜索に加わる。指示を頼む」

今行きます、と夏美は一段飛ばしで階段を駆け上がった。通りの向かいに、重装備の消防士たちが集まっていた。

「ここです！」

大声で叫ぶと、男たちが通りを渡ってきた。全員の顔が緊張で強ばっていた。

20：02

爆発した車の炎を避けようと、大勢の人達が走っている。気をつけて、と雅代が叫んだ。

「他の車が爆発するかもしれない。炎より、爆発した際に飛んでくる車両のパーツの方が怖い。頭を下げて、できるだけ姿勢を低くして進むこと」

「放火犯が車にガソリンを積んでいたんですか？　それが爆発した？」

折原の問いに、間違いないと雅代が深くうなずいた。

「最悪の状況と言っていい。この駐車場内にあるすべての車両に爆発物を仕掛けたとは思えないけど、数台爆発が続けば、延焼して駐車場全体が火の海になる」

逃げましょう、と折原は前を見た。駐車場の数カ所で人だかりができている。誰もが叫び、喚き声を上げていた。

「ビルへの出入り口よ」体を屈《かが》めたまま、雅代が前へ進んだ。「あの人たちは駐車場からビルへ避難しようと考えている。でも……」

シャッターが降りていますす、と秋絵が顔だけを向けた。

「怒鳴っても、シャッターを叩いても、中にいる人は気づかないでしょう。あれは防煙シャッターですね？」

ビルの側も、地下駐車場で火災が発生しているのはわかってるはず、と雅代が言った。

「防災の観点から言えば、防火扉、防煙シャッターを降ろして延焼を防ぐのは当然で、駅ビル内にも客や従業員がいるから、彼らを守る責任もある。ただし、災害、火災その他非常事態が発生した時は、避難者を受け入れる義務もある」

防煙シャッターを開放できないのはわかります、と秋絵が言った。

「ビルそのものを炎から守らなければならないし、煙が入ってくれば死傷者も出るでしょう。でも……」

防煙シャッター、防火扉、いずれにも潜り戸がある、と雅代が暗い顔になった。

「本来なら、ビルの防火管理者が潜り戸を開け、避難誘導をしなければならない。それはわかってるはず。だけど、ビル内の人間の避難を優先した。自分が逃げることで精一杯で、駐車場の火災について考える余裕がないのかも……わたしは消防士だから、防煙シャッターや防火扉の構造を知ってる。潜り戸がついているのは消防士にとって常識だけど、あの人たちは火災に遭ったこともないし、目の前で防煙シャッターが閉まったら、どうしていいのかわからなくなる。折原くんも秋絵ちゃんも、そんな経験はないでしょう？」

確かにそうです、と折原は顔をしかめた。大学の病院、そして商業ビルなどに防火扉が設置されているのは知っていたが、開閉するのを見たことはない。構造に詳しい市民など、めったにいないだろう。

大勢の人がシャッターを叩いている。喚き声、悲鳴、泣き声。開けろ、という怒号が辺りを埋め尽くしていた。

落ち着いてください、と前に出た雅代が両手をメガホンにして叫んだ。

「防火扉には潜り戸があります。順番に並んで、一人ずつビル内に入って——」

無駄です、と折原は雅代の肩を押さえた。防煙シャッターの前にいた百人以上の人々の顔は、人間のそれではなくなっていた。

死への恐怖から、パニックに陥っている。雅代の声など、聞こえるはずもなかった。

諦めたように首を振った雅代が、奥へ進むと言った。

「別のビルに繋がっている通路が必ずある。人の数が少なければ、冷静な行動を呼びかけ、指示に従うように伝えられる。急いで地上に出て、他のビルに連絡する。中から潜り

「戸を開けさせて、避難を誘導すれば、多くの命を救える」

行きましょう、と折原は前に出た。秋絵が松葉杖をつく音が、背後で聞こえた。

Tragedy 5 攻防

20：07

こちら村田、という声がした。同時に、衛星通信を通じ、夏美が手にしていたタブレットに映像が映った。

「現在位置、メトロプロムナード内、B10階段手前。売店、ショップ、飲食店その他至るところで火災が起きている。見えるか？」

見えます、と夏美は大声で答えた。映像の奥で、断続的に炎が上がっている。爆発音も聞こえた。

「こちら、指揮車の荒木」無線に野太い声が割り込んだ。「現在地、新宿アルタ前。全消防署、消防士に状況を伝える。新宿駅南口及び駅ビルの消火は渋谷区、港区、中央区の消防署が担当している。山手線をはじめ、新宿駅に停車する電車は運行を停止した。詳細は個別に伝えるが、中野区の消防署はJR、私鉄、地下鉄の利用者を南口に誘導、避難させろ。負傷者の収容も準備あり」

次に西口だが、と荒木が報告を続けた。

「メトロプロムナードで火災が発生し、通行は不能。西口Ａ２階段は追加応援部隊の練馬《ねりま》署が、集中放水による消火を開始している。メトロプロムナードを通っていた市民のほとんどは火災発生時に地上へ避難している。ただし、逃げ遅れた者がいる可能性がある。現在、消火と並行して人命検索中」

最もまずいのは東口だ、と荒木が何かを叩く音がした。

「使えるのはＡ６階段だけで、他は煙が酷く、近づくこともできない。現在、Ａ６から村田消防正監がハイパーレスキュー隊二十名及び野々村大隊を率い、地下三階のサンズロードへ突入を試みている。以下、命令。新宿区管内の消防署全署はＡ６に急行、村田隊の支援に回れ。余力があれば、他区の消防署も向かえ」

厳しいでしょう、と夏美は首を振った。顔をしかめた中原がうなずいた。

Ａ６階段と通路の炎は押さえ込んでいるが、先発した野々村隊から火点発見の連絡が続いていた。十八名の消防士が消火に当たっているが、消しても消してもきりがない状態が続いている。

また、Ａ６階段からＢ10までの通路は距離こそ短いものの幅が狭く、多数の消防士が展開できるスペースがない。応援が百人来ても、実働部隊は先頭の十数名だけにならざるを得ない。

更に、装備の問題があった。村田率いるハイパーレスキュー隊、そして野々村隊は、耐火性に特化した特殊防護服を着用している。

そのため、燃え上がっている現場に突入できたが、応援部隊のほとんどが特殊防護服を所持していない。耐火性こそ優れているが、重量が重く、機動性に欠ける、と考える者が多いからだ。

「新宿区管内の消防署は、A6階段で現場指揮を執っている野々村隊の指揮下に入れ」荒木の声が大きくなった。「他区の消防署もそれに準ずる。村田隊はB10から地下三階のサンズロードへ突入、消火活動を展開、全地下街内で最大の商品特設ブースを炎から守れ。退路確保のため、野々村隊はA6階段からB10へ進み、その間の通路の消火に務めよ」

了解、と野々村が答えた。荒木、と村田が呼びかける声がした。

「今、我々はB10からミルキーウェイに続く階段の上にいるが、メトロプロムナードの各所で火災が起きている。通路内にもブースがあるはずだが、煙で何も見えない」

夏美はタブレットに目をやった。モニター全面を煙と炎が埋め尽くしている。村田隊が前進を続けていること自体、信じられなかった。

「こちら村田、繰り返す。ブースはどこだ?」

そこから約三十メートル奥だ、と荒木が言った。

「メトロプロムナード内に太い柱が並んでいるが、その中央にブースが置かれている。村田、どうする気だ？　お前たちの任務はサンズロードに降り消火することで――」

言われなくてもわかってる、と村田が苦笑する声がした。

「野々村、急いでB10まで来い。神谷もだ。メトロプロムナード内のブースを確認しろ。マグネシウム火災が起きていると、まずいことになる。A6からB10までの退路確保は応援部隊に任せろ」

野々村隊は村田に従え、と荒木が怒鳴った。

「応援の新宿その他の消防署には、こちらから状況を伝える。村田、現在地から動くな。メトロプロムナードのブースにもマグネシウム素材の商品が並んでいる。爆発したらどうなると？　退路を失うぞ。お前たちは既に要救助者なんだ！」

了解した、と村田が大きく息を吐いた。

「メトロプロムナードのブースの安全が確認されるまで、B10で待機する。だが、一刻でも早くメトロプロムナードの炎を消さないとまずい。ここから見ていても、火勢は激しい。おれたちがサンズロードのイーストスクエアまで行けたとしても、今以上にメトロプロムナードの火勢が強くなれば、戻るのは無理だ。退路の安全を確保しないと、ブースの商品を搬出できない。大隊規模を動かして、メトロプロムナードの消火に当たらせろ」

手配する、と荒木が答えた。野々村、と村田が名前を呼んだ。

すぐに向かいます、と野々村が叫んだ。夏美は手にしていたタブレットを見つめ、マイクに口を近づけた。

「状況は非常に厳しいと思います。メトロプロムナードのブースは商品数も少なく、燃えていなければ、搬出も可能でしょう。ですが、イーストスクエアの特設ブースは……」

わかってる、と村田が苦笑する声がした。

「そこは考えても始まらない。ひとつずつ片付けていくしかない。お前たちはまずメトロプロムナードのブースを調べろ。今、そこにいるのは何人だ？」

中原中隊を含め、四十一人ですと夏美は答えた。

「ですが、応援部隊が来るまで、時間がかかるでしょう。わたしたちがここを離れれば、A6からB10までの通路で、火点を叩く者がいなくなります。他の消防士は通常の防火服を着用しているだけで、火災が発生したら——」

ひとつだけ教えてやる、と村田が言った。

「お前たちは四十一人じゃない。この新宿駅地下街火災は、都内どころか全国の消防士が知っている。プロの消防士なら、どれだけ危険な状況か想像がつく。東京都内、近県の消防士だけじゃない。全国の消防士が新宿に向かっている。顔も名前も知らなくても、同じ消防士の危機を黙って見ているはずがない。公休、非番、勤務中の者でも駆けつける。いいか、お前の後ろには千人、万人の消防士が続いているんだ」

「村田正監……」

正面から炎と戦え、と村田が命じた。

「お前たちが倒れても、必ず次の者が支える。後のことは考えなくていい。おれたちは必ず勝つ。おれの保証じゃ足りないか？」

十分です、と夏美は言った。頼んだぞ、と最後に言った村田が無線を切った。タブレットの中で、炎と黒煙が蠢いている。

笹岡隊は神谷隊に続いてください、と夏美は指示した。

「滝田隊は後続が来るまでここで待機。わたしたちはB10に向かい、その後メトロプロムナードのブースを調べます。その後野々村隊と合流、サンズロードに降ります。滝田隊は空気ボンベの補給を担当してください」

了解です、と笹岡と滝田がうなずいた。背後に目をやると、A6階段に消防士の列が二つできていた。一列はブースから商品を外に出し、もう一列は空気ボンベを下へ降ろしている。

「溝川副士長、応援は？」

まだだ、とボンベを両手に提げ、背中に一本背負った溝川が不満げに首を振った。

「無線で聞いたけど、本気でサンズロードへ行くつもりか？　どうかしてるぞ。ボンベを運べと命令されたが、今になってこんなことをしても間に合うはずがない。一本三十キロだぞ？　何本地下三階まで降ろせと？　人数だって不足している。ぼくは総務省消防庁から出向しているだけで、他の消防士とは立場が違う。訓練だって、最低限のことしかしてないし……」

後方で人事や予算、連絡を担当するのが、溝川の本来の仕事だ。そのために、さまざまな資格を取得している。事務方として必要な簿記やコンピューターはもちろん、最難関と言われる甲種危険物取扱者の資格まで持っていた。

総務省に限らず、官僚には資格マニアと呼ぶべき者がいるが、溝川もその一人だ。力仕事をするためにここにいるわけではない、と言いたいのだろう。

「列の後ろに並んで」夏美は溝川からボンベを受け取った。「商品搬出を手伝うように。人手が足りない。まだボンベも運び込まなければならない。あなたにサンズロードへ降りろとは言わない。ここなら安全なのはわかってるはず」

口を尖《とが》らせた溝川が、ブースに向かった。準備を、と夏美は号令をかけた。

20：08

JR新宿駅東口前を埋め尽くしていた群衆の中から男を見つけたのは、十分ほど前だった。近くにいた誰もが、不審な様子に気づき、距離を取っていたこともあり、その姿は目立った。

近づくと、ガソリン臭が鼻をついた。冬空の下、コートも着ていない。安物のスーツを着て、漂う煙を目で追っている。頬を涙が伝っていた。

警察ですと小池が声をかけると、そのまま頭《こうべ》を垂れた。名前を教えてもらえますかと言うと、水谷夏夫《みずたになつお》と名乗った。

四十代半ば、と小池は男の顔を見つめた。確認するまでもなく、本名だとわかった。

エンジェルの名前を出すと、僅かに顔を歪ませた。話を聞かせてくださいと肩に手を掛けた小池に、水谷が小さくうなずいた。

二年前、勤めていたスーパーマーケットが他社に買収され、リストラされたこと、その一年後に妻と離婚したことを、パトカーに向かいながら水谷が話した。すべてに絶望した人間の声だった。

柴田と同じように自殺を考え、自宅のパソコンで調べているうちに〝ノー・スーサイド〟に辿り着いた。そこでエンジェルと出会い、〝計画〟への参加を決めたという。

パトカーに乗せ、更に詳しく話を聞いた。後悔があるのだろう。一人で死ねばよかったとつぶやいたその顔が、蒼白《そうはく》になっていた。

「何があったのか、話してもらえますね」

これを、と水谷が背広の内ポケットからガラケーを取り出した。

「どう言えばいいのかわかりませんが……エンジェルの気持ちがわたしにはわかったんで

す。あの人は計画について、ほとんど説明しませんでした。誰にも理解できないと考えていたんでしょう。それはわたしも同じで、どれほど苦しんだか……他人にわかるはずがないんです」

続けてくださいと促した小池に、質問にはメールで答えてくれました、と水谷が言った。

「計画の目的や、その動機については話しませんでしたが、例えばガソリンの購入方法や、起爆装置の作り方、爆発物を設置する場所、時間、具体的なことは指示があったんです」

見せてくださいと言うと、水谷がガラケーのボタンを押した。メールがそのまま残っているのは、水谷が保存していたためだ。

スマホのLINEでは自分の発言を削除できるが、ガラケーでのメールのやり取りは、エンジェルにも消せなかったのだろう。

〈火事は簡単に起こせる／マッチ一本、小さな火種ひとつでも／だが、ほとんどの場合、延焼することはない／多くは小火レベルで収まる／延焼範囲を広げるためには、どこに爆発物を置くかが重要になる〉

放火マニュアル、という言葉が脳裏《のうり》を過った。そんなものは存在しないと小池は知っていたが、メールの内容はマニュアルそのものだった。

どのような状況でも、火災は起こり得る。放火であればなおさらだ。

だが、さまざまな条件を満たさなければ、延焼することはない。その前に消し止めることも、難しくはなかった。

エンジェルの指示は、現実的で、実用的ですらあった。柴田も含め、他のメンバーと水谷への感情が違っているのは明らかで、同じ感覚を共有しているのが窺われた。年齢が近いのだろう、と勘でわかった。

文は人なりか、と小池はつぶやいた。水谷が送ったメールに目を通すと、深い怒りと悲しみが伝わってきた。

エンジェルもそれを感じ取ったのだろう。水谷なら自分のことを理解できると思ったのではないか。

（妙だ）

エンジェルと水谷、それぞれ五通ずつのメールを読み終えて、小池は首を傾げた。エンジェルからの指示は、消火活動を妨げて延焼範囲を広げるというものだった。単なる放火犯の発想ではない。

放火、失火、その他あらゆる火災は科学的に説明できる。小さな火でも、条件が揃えば巨大な炎になり得る。それは消防士、あるいは火災調査官にとって常識だ。

新宿地下街のような巨大施設において、安全対策は万全でなければならない。危険だとわかっているから、火災発生に備え、何重にも防火、消火対策を講じている。

極端な例だが、新宿地下街にテロリストが百個の爆弾を仕掛け、爆破した場合、施設あるいは人的被害は免れないとしても、火災を封じ込めることは可能だ。爆破による火災が起きても、防火扉を降ろせば被害を最小限に留めることができる。

炎が燃え続けるには、酸素の供給が絶対条件となる。酸素を完全に遮断すれば、いずれ炎は消える。それが炎の特性だ。

だが、エンジェルが水谷に与えた指示を読んでいると、定期的な酸素の供給、更にはマグネシウムの存在についても触れていた。家電量販店やゲーム機メーカーが新商品を年末年始に発売すること、そのスペックが発表されたのは秋口だから、エンジェルがそれを知っていてもおかしくない。

ただ、マグネシウム火災がどれほど危険か、理解している者は少ない。水による消火が不可能だと知っている者は、ほとんどいないはずだ。

(なぜ、エンジェルは知っていた?)

真っ先に思い浮かんだのは、エンジェルが消防士である可能性だ。ただ、内山にも言ったように、考えにくいのも事実だった。

職業的な倫理観のためではない。犯罪を犯す警察官がいるように、放火する消防士もいる。それは過去に多くの例がある。

だが、消防士ならもっと効率的な放火が可能だ。もうひとつ、身元がわからない人間を仲間に引き入れたのも常識ではあり得ない。

プロの犯罪者なら、リスク回避を何よりも重視する。それは消防士も同じだろう。

自殺を考えている者からの相談を受け付けるという名目で、エンジェルは〝ノー・スーサイド〟というホームページを立ち上げた。柴田によれば、一時は数百人が参加していたようだ。

関係する者の数が多くなればなるほど、情報漏れの可能性は高くなる。子供にでもわかる理屈だ。

〝計画〟の目的は、放火による無差別大量殺人で、動機が何であれ、エンジェル一人で目的を完遂するのは難しい。大勢の仲間が必要だが、結束の固いグループで実行しなければ、成功の確率は下がる。

今回、計画が外部に漏れなかったのは、僥倖《ぎょうこう》であり、運が良かっただけだ。プロの犯罪者なら、あるいはテロリストなら、運に頼った計画を立てることはない。

やり口は素人だが、専門的な知識を持っている。妙だと思ったのは、そのためだ。すべてが矛盾している。

何かが違う、と小池はつぶやいた。驚いたように水谷が顔を上げたが、構わず考え続けた。

エンジェルの真の狙いは何だったのか。エンジェルの予想より多くの者が計画に参加し、新宿地下街は火の海となったが、それは想定外だったのではないか。

消防による消火を防ぐ意図を持っていたのは間違いないが、それには別の理由があったのかもしれない。何のためにこんなことをしたのか。

小池は自分のスマホを取り出し、番号に触れた。内山です、とすぐに返事があった。

「今、放火犯の一人と話した。彼はエンジェルとのメールを保存していたが、それを読む限り、エンジェルはまだ地下街にいる。最後まで見届けるつもりなんだろう……サイバー犯罪対策課と連絡を取って、エンジェルのメールの発信元を調べてくれ。それと、ダイナナの全捜査員を大至急集めろ。おれたちは何かを見逃している。まだエンジェルの計画は続いている。逮捕しない限り、この件は終わらない」

手配しますとだけ言って、内山が通話を切った。小池は水谷の両手首に手錠を掛け、小さくため息をついた。

20：09

夏美は面体の側面にあるスイッチに触れた。野々村だ、という声がした。

A6階段を降りてから、二分が経っている。B10までの距離は短いが、消火しながら進んでいるため、歩みは亀のように遅かった。

「煙が酷くて、前が見えない……壁の塗装が熱で溶け、有毒ガスが出ているようだ」おれたちはメトロプロムナードのB10正面にいる、と野々村が言った。「ハイパーレスキュー隊はB10からミルキーウェイへ続く階段で待機中だ」

「酸素の消費量はどうです？」

　思っていたより保つ、と野々村が答えた。

「二十分は動けそうだ。周辺の安全は確保した。神谷、後続部隊を率いてここまで来てくれ。空気ボンベを置くスペースを作った。ボンベを積んだら、メトロプロムナード内のブースへ向かえ。おれたちは先に行くが、そこで合流しよう。応援は来ているか？」

　連絡が入っています、と夏美はタブレットに目をやった。

「北《きた》区、江東《こうとう》区、荒川《あらかわ》区、武蔵野《むさしの》市、三鷹《みたか》市、小金井《こがねい》市……埼玉と神奈川の消防署もポンプ車の出場を決定しました。ただ、到着時刻は確定できないと……いずれにしても、荒木副正監の指揮下に入り、総勢二千人近い消防士が消火に当たります」

　後詰めは万全か、と野々村が苦笑した。

「急いでくれ。要所に空気ボンベを運んでおきたい。頼んだぞ」

　無線が切れた。合図をすると、防火服に身を包んだ男たちが面体を装着し、両手に二本の空気ボンベを提げて立ち上がった。

全員に命令、と夏美はヘッドライトの光を正面に向けた。

「B10階段近くに、野々村隊が設置したスペースがあります。そこに空気ボンベを置き、その後メトロプロムナードのブースへ向かいます。今いる通路の消火、退路確保は、後続の応援部隊に任せます」

了解、という声がいくつか重なった。夏美は空気ボンベを両手に提げ、先頭に立って歩きだした。

通路内に濃い煙が漂っている。視界はほとんどない。面体越しに、異臭が鼻をついた。塗装が溶けた臭いだ。

手で煙を払うと、前が見えた。LEDライトが数メートル間隔で光っている。目印として、野々村が配置した照明だ。

炎は見えない、と背後にいた中原士長が言った時、神谷、という声が響いた。

「野々村だ。現在位置は？」

B10が見えます、と夏美は答えた。至急来てくれ、と野々村が言った。

「メトロプロムナードで火災が起きた。火勢も激しい。消火栓があるが、近づけない。状況は悪い。急げ」

夏美は背後に目を向けた。西郷と葛木、そして中原中隊の八人がいた。その後ろに港区と渋谷区の消防士約二十人が続いている。

「西郷くんはここで水利を確保。港区と渋谷区の中隊はボンベを運ぶこと。葛木くんと中原中隊はわたしに続いてください」

西郷が消火栓の扉を開け、中のホースを引っ張り出した。長さは五メートルほどしかない。延長ホースを接続、と夏美は命じた。

「野々村中隊の応援に向かう。わたしたちの背後から放水のこと」

夏美を先頭に、中原とその部下が続いた。煙の壁の奥で、何かが爆ぜる音と、悪魔の舌のような赤い炎の影が見えた。

消火栓に繋いだホースから、西郷が放水を開始した。神谷、という野々村の声がした。

「上から異音がする。天井に火が回ったんだろう。前後左右、あらゆる場所から出火している。周りを炎に囲まれた」

向かっています、と夏美は周りを見た。壁や天井に亀裂が走り、そこから炎が噴き出していた。

放火犯が仕掛けた爆発物が起爆し、その炎が通路内の換気口や排気口を通じ、燻《くすぶ》っていたのだろう。消火できたのは、見えていた炎だけで、鎮火はしていなかった。火災現場ではよくあることだ。

あそこだ、と中原が肩を摑んだ。五メートルほど先で、数十人の消防士が炎と戦っていた。

「西郷くん、前へ！」夏美は叫んだ。「葛木くんと中原小隊は左右に展開、インパルス放水！」

夏美もインパルスを構え、霧状の水を発射した。十本のインパルス、そして西郷の持つホースから放たれた大量の水と炎がぶつかり、次第に炎が小さくなっていく。

周囲への放水を続行と西郷に命じ、夏美は炎が燻っている床を靴で踏み付けた。助かった、と伏せていた野々村が体を起こした。

「全員、無事か？　一時撤退し、態勢を整える。立て！」

漂っている煙の中で、一人、また一人と消防士が立ち上がった。面体越しでも、疲労の度合いがわかった。

全員、体力の限界なのだろう。荒い呼吸音が続いている。

「後方に搬送を！」膝《ひざ》をついた一人の消防士の肩を支え、夏美は叫んだ。「葛木くん、応援を至急要請！」

了解、という葛木の声が通路にこだました。しっかり、と夏美は消防士の肩を強く叩いた。

ボンベを担いで近づいた葛木が、すぐ応援が来ますと言った。葛木くんがトリアージ、優先順位をつけて、と夏美は命じた。

「疲労、負傷、酸欠などを考慮して、体力が保たないと判断した者からA６まで運ぶこと。自力で歩ける者はすぐに下がって。野々村士長もです」

神谷士長は、と葛木が腕を摑んだ。ここに留まる、と夏美は自分のインパルスを構えた。

「野々村隊は疲弊しきっている。ボンベを替える必要もある。それまではわたしがここで指揮を——」

何かが割れる大きな音がした。前を見ると、B10周辺の壁が裂け、亀裂が走っていた。なぜ視界が開け、前が見えたのか、頭ではなく、体が感じ取った。伏せてと叫んで、夏美は野々村と葛木を押し倒した。

次の瞬間、凄まじい爆発音が起き、B10付近に炎が渦《うず》を作った。壁、そして天井が割れ、破片が飛び散った。

「野々村士長！　葛木くん！」起き上がった夏美は、瓦礫《がれき》で埋まった通路に向かって叫んだ。「返事をしてください！　聞こえますか？」

呻き声がそこかしこから聞こえた。消防士たちが将棋倒しになっている。すぐ横で倒れていた葛木に肩を貸して立ち上がらせた。怪我はありません、と葛木が大声で言った。

「ただ、耳が……何も聞こえません」

下がって、と後方を指した時、後方にいた中原が駆け寄ってきた。

「爆発か？」

ガスです、と夏美はうなずいた。メトロプロムナードの壁、床下、天井には水道、電気、ガスなどの配管が埋まっている。火災で熱を帯びたガス管が壊れ、そこからガスが漏れていたのだろう。

炎によって脆《もろ》くなっていた壁が割れ、噴出していたガスに引火し、爆発した。あの瞬間、突然前が見えたのは、噴き出したガスが煙を吹き飛ばしたためだ。

「本山《もとやま》、阿野《あの》、近藤《こんどう》！」中原が自分の部下の名前を呼んだ。「誰でもいい、返事をしろ！どこにいる？　声を出せ！」

立ち上がった一人の消防士が、そのままうつ伏せに倒れた。本山、と中原がその背中に手を掛けた。

「無事か？　怪我は？」

腕が折れました、と本山が右腕で左の肘を押さえた。他に数人、立ち上がった者がいた。その姿は幽鬼のようだった。

よろめきながら、後ろへ下がってくる。彼らの背後に、渦を巻く赤い炎が見えた。

「斉木《さいき》、土原《つちはら》……大丈夫か？」

一人の消防士が、足に刺さっていた細い鉄骨を引き抜こうとしている。待って、と夏美はその腕を押さえた。

「そのままにした方がいい。鉄骨が栓の代わりになっている。抜いたら出血が酷くなる……西郷くん、大至急A6へ連絡、救急隊員を呼んで！　担架も必要よ。急いで！」

了解、という返事と靴音が重なった。野々村士長はどこに、と夏美は周囲を見渡した。爆風のため、煙が消えていた。空気の流れが止まったためか、炎は形を変えていない。耳を澄ませると、かすかな音が聞こえた。

近づくと、割れた面体の中で顔を朱に染めた野々村が倒れていた。額の傷から、白い骨が覗いている。

「誰か、救急キットを！」夏美は野々村の手を握った。「目を開けてください！　神谷です！　聞こえますか？」

野々村が小さくうなずいた。大量の血が口から溢れ、喉に逆流したのか、激しく咳《せ》き込んだ。

面体を外すと、肺だ、と野々村が唇だけで言った。

「折れた胸骨が肺に刺さった……」

野々村の手を強く握ったまま、夏美はマイクに向かって叫んだ。

「誰でもいい、聞こえますか？　重傷者一名、いえ、複数います。一人は肺に折れた骨が刺さり、大量に出血しています。大至急、ストレッチャーをB10へ。病院への搬送も準備を――」

　俺が行く、という吉井の声が聞こえた。その場に座り込んだ夏美に、見ただろう、と野々村の唇が動いた。

「炎には……意志がある……敵意、憎悪だ」

　わかっています、と夏美はうなずいた。救援に駆けつけた数十人の消防士が、インパルスを使って炎を消し、負傷者の収容を始めていた。

「奴らの……狙いは……」

　村田隊です、と夏美は野々村の手を摑んだ。救出に向かえ、と命じた野々村の口から数滴の血が飛んだ。

「今の爆発で……全員が倒れたわけじゃない……そうだな？　おれの部下、他の消防士で……新たに大隊を編成しろ。神谷大隊だ。お前が指揮しろ」

　野々村が目を閉じた。大量出血のため、意識を失ったのだろう。立ち上がると、担架を背負った吉井と西郷が走ってくるのが見えた。

「大至急、野々村士長を後方に搬送するように」夏美はずれていた面体の位置を直した。

「応援は？」

　たった今、新宿大原《おおはら》署の二十名がＡ６階段に到着した、と吉井が太い両腕で野々村を抱え、担架に載せた。

「五分以内に世田谷と杉並から三十人ほど来る。三十分後には、百人以上になるだろう。

だが、連中は通常の防火服だ」

「荒木副正監から指示は？」

Ａ６を死守しろと命じられました、と西郷が報告した。

「他の階段は延焼が酷く、まだ使用できません。サンズロードへ繋がるルートは、Ｂ10だけです。荒木副正監は特殊防護服を準備し、新たに中隊を編成すると言っています」

ここだって安全じゃない、と吉井が周りを指さした。

「ガスが爆発したんだ。野々村大隊は壊滅状態で、全員が負傷している。中原中隊も数人が離脱した。残ったのは自分たちと新宿大原署の二十人、世田谷と杉並の三十人だけだ。後続の連中は素手も同然で、後方支援はできない」

まだ戦える、と夏美は言った。

「荒木副正監に神谷大隊の編成を要請する。まず、負傷者の後方搬送、その後、わたしが大隊を率い、村田隊の支援に向かう。このままでは村田隊が孤立する」

酸素が保たない、と吉井が首を振った。

「村田さんとハイパーレスキュー隊員は、空気ボンベを背負い、もう一本予備を携行しているが、どれだけ節約しても一時間で酸素は尽きる。焼死どころか、酸欠で死ぬかもしれん」

夏美は低い天井を見上げた。かすかな風が、奥から流れている。

風は炎を集め、大きくする。炎は炎を呼び、更に勢いを増す。

燃焼物、酸素を食らい尽くせば、最後に襲うのは村田隊だ。村田を倒せば、すべてを支配できると考えている。

そうはいかない、と夏美は無線のスイッチを入れた。

「こちら、ギンイチの神谷士長。以下、命令。野々村士長以下、十人を後方搬送、A6から病院へ運ぶ。通路の安全確保は中原士長が担当、大原署の全消防士は中原士長の指示に従うこと。溝川副士長は待機している消防士全員を率い、三分以内にB10へ降りること。全員フル装備、機関員も装備補給に協力せよ。復唱を——」

無茶だ、と溝川が呻く声がした。

「三分以内って、そんなことできるわけがないだろう。大体、ぼくに他の消防士への命令権はない」

わたしが命令している、と夏美は静かな声で言った。

「この現場は、野々村士長が指揮していた。たった今、負傷により前線を離脱、わたしが代理指揮官を命じられた。不満なら、今すぐ制服を脱いで総務省に戻ればいい。だけど、その時点であなたのキャリアは終わる」

「脅迫するのか？」

そんな必要はない、と夏美はマイクに口を近づけた。

「自分の勝手な判断で現場放棄した者を許す省庁は、どこにもない。下から信頼されない者はトップに立てない。いいからさっさと復唱せよ！」

「ここにいる消防士全員をフル装備させ、B10へ向かう」機関員にも協力させる、と溝川が舌打ちした。「三分以内に着けばいいんだな？」

二分半を切ったぞ、と吉井がつぶやいた。唐突に無線が切れ、何も聞こえなくなった。

20：16

負傷者の収容、メトロプロムナード内の消火が続く中、フル装備の消防士三十名が到着したのは、その四分後だった。

その間、夏美は荒木に状況を伝え、神谷大隊の編成許可を取っていた。大隊の目的は大きく分けて二つ、メトロプロムナードの消火、そして村田隊の支援だ。

村田隊支援の中心になるのは神谷小隊で、新宿、世田谷、杉並から出場していた消防士二十人がそれに加わる。溝川はその補佐として各小隊の消防士と共に空気ボンベの運搬に当たる。そして中原が六人の部下を率い、退路の確保と通路内の消火、爆発物捜索を担当する。

手にしていたタブレットに、乱れた映像が映った。村田正監、と夏美は呼びかけた。

「神谷です。ノイズが酷く、映像がはっきり見えません。聞こえていますか？」

待ちくたびれた、と村田が疲れた声で言った。

「今、ミルキーウェイへ続く階段にいるが、もう時間がない。下へ降り、サンズロードのイーストスクエアに向かう」

現在、B10付近に応援部隊が集結、編成変更の指示中です、と夏美は言った。

「空気ボンベ、その他必要な装備、機材の準備も進めています。少しだけ、時間をください。今、サンズロードに降りるのは――」

危険なのはわかってる、と村田が重い声で言った。

「メトロプロムナード各所で火災が起きているんだな？　例のブースだが、溶解していなければ搬出は可能だし、丸ノ内線のホームに運べば後はどうにかなる。それは任せるが、サンズロード全体の火災、特にイーストスクエアの特設ブース周辺の炎を抑えないと、確実にマグネシウム火災、そして爆発が起きる。一秒でも早く行かないと、手遅れになる」

わたしたちが支援しますと言った夏美に、大隊長になると言うことが違う、と村田が小さく笑った。

「荒木から連絡があった。この新宿地下街火災は、現場総指揮をギンイチが担っている。他の消防署、消防士も臨時にギンイチの指揮下に入った。命令系統で言えば、ギンイチ所属のお前が大隊を率いるしかない」

ここにいるギンイチの士長はわたしだけです、と夏美は言った。これが終わったら、おれはデスクワークに専念する、と村田が鼻をすすった。

「そろそろ潮時らしい。だが……今はお前の力が必要だ」ボンベの酸素残量が五〇パーセントを切った、と村田が言った。「撤退するべきだろうが、おれたちにその選択肢はない」

ボンベを運びます、と夏美はタブレットを摑んだ。サンズロードに向かう、と村田が大きく息を吐いた。

「おれたちが退けば、マグネシウム爆発が起きる。それは新宿駅の全焼を意味する。JR、私鉄、地下鉄、全線の復旧には一年以上かかるだろう。周辺のビルも燃える。新宿駅が死ねば、東京も死ぬ。それでいいのか？」

「いえ」

行くも地獄、戻るも地獄だ、と村田が苦笑した。

「それなら、前に進むしかない。生きて帰るには、お前たちの支援が絶対条件となる。神谷、おれたちの特殊防護服と、他の消防士の防火服は構造が違う。耐火性能に差がある。彼らの防火服では、サンズロードに突入できない。炎を防ぐこともだ」

「……はい」

だが、防火服より強い力がある、と村田が言った。

「消防士の絆だ。炎は危険で、恐ろしい強大な敵だが、おれたちの絆には劣る。今、そこにいる消防士たちの顔も名前も、お前は知らないだろう。それでも信用できるか？」

信頼しています、と夏美はためらうことなく答えた。

「顔も名前も知らない誰かを救うために、わたしたちは消防士になりました。同じ思いを持つ者たちがここにいます。自分を信じるのと同じように、わたしは彼らを信じています」

それなら勝てる、と村田がよく通る声で言った。

「おれもお前を信じる。絶対におれたちは炎を倒す。誰の感謝もいらない。新宿駅を、東京を、日本を守る。それがおれたちの誇りだ」

「はい」

B10からミルキーウェイまでは安全だ、と村田が小さく呟き込んだ。

「ぼんやり待っていたわけじゃない。火点は叩いてある。丸ノ内線改札付近のブースは応援部隊に任せろ。冷静に考えて、最善の手を打て」

「はい」

おれたちは先に降りる、と村田が言った。

「できるだけ早く来い。ただし、周囲への注意は怠るな。ここにいても、周りからガソリン臭がする。放火した奴らは頭が悪い。効率について何も考えていない」

村田正監ならもっとうまくやれましたかと言った夏美に、お前の冗談はつまらん、と村田が吐き捨てた。

「だが、こういう時は馬鹿の方が怖い。何をするかわからんからな……お前の力が必要だと言ったが、無茶な真似はするな。危険を察知したら……」

村田正監とわたしは違います、と夏美は首を振った。

「後先考えず、火事場に飛び込むような真似はしません。退路の確保、装備のピストン輸送、支援部隊と消火部隊の連携、すべての準備を整え、対策も立てています。わたしはギンイチ内で最も経験が浅い消防士長ですが、だからこそ対処の方策について考え続けてきました。不安はありません。必ず炎に勝ちます」

生意気になったな、と村田がため息をついた。

「支援がなければ、おれたちは戦えない。後を頼む」

タブレットのモニターがかすかに揺れ、そのまま消えた。信じられん、と吉井が額に手を当てた。

「今のは……村田正監が頭を下げたってことか？　あり得ない」

夏美はタブレットに目をやった。20：16と表示があった。

「総員に命令。装備の最終点検、各員の担当の確認を急げ。中原士長他六名はここに残り、他の七十五名は約百メートル先のブースに向かう。各員、バディと行動を共にすること。神谷中隊は村田隊を支援するため、地下三階サンズロードに降りる。絶対に諦めない。一時退避したとしても、態勢を整え、再アタックする。以上」

消防士たちが特殊防護服の相互点検を始めた。溝川副士長、と夏美は名前を呼んだ。

「バディとして、特殊防護服の確認を」

本当に行くのか、と目を伏せた溝川に、誰も死なせない、とだけ夏美は言った。肩をすくめた溝川が、夏美の特殊防護服のチェックを始めた。

20:18

応援に駆けつけた千代田区の消防中隊がA6から地下へ降り、放水消火を開始したと連絡が入ったのは八時十八分だった。

警察による車両規制で消防ポンプ車が新宿通りに入れるようになれば、応援部隊の増員はスムーズになる、と荒木が言った。

「だが、十分な人員が揃うまでどれくらいかかるかわからん。小隊単位での突入は許可できない。最低でも中隊規模でなければ危険だ。お前たちに応援を出せるのは、一時間後になる可能性がある。神谷、意見は？」

大隊を二つに分け、一隊はブースの消火を担当、わたしたちは村田隊の支援に向かいます、と夏美は言った。

「十分で村田隊の半数、二十分後には全滅してもおかしくない状況です。準備は完了しました。ただし、二つの支援を要請します。まず、七十五人分の防火シートを大至急B10まで運んでください」

あった方がいいだろう、と荒木が言った。

「軽量だが、耐火性は高い。通常の防火服の上から被れば、炎の直撃を受けてもダメージは減る。もうひとつは何だ?」

空気ボンベです、と夏美は言った。

「ギンイチを含め、近隣消防署からすべての空気ボンベを集め、A6階段から地下へ降ろし、B10を中心にメトロプロムナードの各所に配置してください」

千本近い数だぞ、と荒木が怒鳴った。

「防火シートはどうにでもなるが、ボンベはそうもいかん。新宿通りはまだ渋滞が続いている。千代田の連中は靖国通りにポンプ車を停め、そこから徒歩でA6に向かった。彼らの装備は放水ホースだけだから何とかなったが、重量三十キロのボンベを千本運び入れるだけの人員はいない。A6階段に最も近い車両通行が可能な道路は甲州《こうしゅう》街道だが、新宿四丁目交差点までしかポンプ車が入れない。A6までは約四百メートル、千本のボンベをどうやって運べと?」

では四百名を配備してください、と夏美は言った。

「消防士でなくても構いません。警察、各消防署の事務職員、警備員、彼らを四百メートルの道路に一メートル間隔で並べ、新宿四丁目交差点からA6階段まで、バケツリレーの要領でボンベや他の機材を運ぶんです」

　無茶苦茶だ、と横で溝川が苦い表情を浮かべた。ボンベが必要です、と夏美は繰り返した。

「消火活動を展開するには、安全の確保が絶対条件です。各所に拠点を設け、そこに空気ボンベを積み上げておけば、いつでも支援が可能になります」

　手配しよう、と荒木がため息をついた。

「二十三区内の全消防署にボンベの供出を命じる。人員も必要なだけ揃える。だが、それまで持ちこたえられるか？」

　夏美は前方を見た。煙が漂っていたが、消火が進んでいるため、十メートル前後の視界は確保できた。

「今からB10を降ります。村田正監とハイパーレスキュー隊にも、体力の限界があります。体力の消耗は、そのまま判断力の低下に繋がります。一人倒れたら、そのカバーが必要となり、隊全体がバランスを失い、総崩れとなるでしょう。炎は強大な敵で、戦うためには組織力で対抗するしかありません。わたしたちが行かなければ、村田隊は全員殉職《じゅんしょく》します」

いいだろう、と荒木が苦笑した。

「徹底的にやれ。今、後続小隊を準備している。ギンイチの誉田《ほんだ》隊から、間もなくA6に到着できると連絡があった。港区、武蔵野市からも応援が来る。誉田隊の到着を待ち、状況を説明、指示した後、B10を降りて村田隊の支援に向かえ。今後は神谷隊が先遣隊となり、全体を統括指揮するしかない。意味はわかるな？」

もちろんです、と夏美はうなずいた。命令系統の混乱を防ぐため、大規模火災では最初に現場に入った隊が先遣隊となり指揮を執る。それが消防の鉄則だ。

先遣隊は最後まで現場に留まらなければならない。指揮を執る軸がなくなれば、命令系統そのものが崩れるからだ。

現場の統括指揮官を務める夏美が、その軸となる。荒木が確認しているのは、その覚悟があるのか、という意味だった。

任せてください、と夏美はうなずいた。

「この現場はわたしが最後まで指揮します。そのためにボンベその他の装備の搬入、応援部隊の編成を急いでください。村田隊がわたしたちを必要としているように、わたしたちも支援が必要です。一分でも早くお願いします」

了解した、と荒木が無線を切った。度胸は認める、と溝川が苦笑した。

「五階級上の消防副正監に、士長が命令するとはね。四百メートルに四百人を配置しろだって？　職員や警備員を協力させろ？　どうかしてるぞ。空気ボンベは素人が取り扱える代物じゃない。圧縮空気が充塡《じゅうてん》されているんだ。何かあったら、責任を取れるのか？」

あなたはもっと他人を信頼するべき、と夏美は言った。

「荒木副正監はプロの消防士で、誰よりもボンベの危険性を知っている。それを踏まえて、協力者を募る。あなたが思っているより、大勢の人間が手を挙げる。その中には一般の市民も必ずいる」

「どうして言い切れる？」

悪意ばかりがクローズアップされているけど、誰の心の中にも善意がある、と夏美は面体の位置を直した。

「火災が発生して、約二時間が経過している。興味本位で見物していたやじ馬たちも、状況はわかったはず。救える命があるなら協力したい、と思う者は必ずいる。四百人どころか、その倍、それ以上の名もなき市民が協力を申し出る。消防、警察が適切に指示すれば、危険はない」

そうは思えない、と溝川が肩をすくめた。

「性善説は結構だが、ネットやSNSを見てみろ。新宿地下街火災を祭りだと騒いでいる者ばかりだ。喜んでる、と言ってもいい。奴らは楽しんでるんだ。そんな連中を信じろと？」

信じている、と夏美は辺りを見回した。

「顔も名前も知らない誰であれ、心のどこかに善意があると、わたしは知っている。今は一刻も早くブースに向かわなければならない。急いで」

無言のまま、溝川がボンベを背負い直した。夏美は前を見つめ、足を踏み出した。

20・23

あそこよ、と雅代が指さした。プリズムビル連絡口、という表示板があった。

「人が少ない。防火扉が降りてるけど、潜り戸がある。わたしが先に行って、冷静な行動を呼びかける。二人はここで待っていて」

プリズムビル、と折原は首を傾げた。表示板に目をやると、数え切れないほど多くのテナントが入っていた。雑居ビルのようだ。

こんなビルがあったのかとつぶやくと、知りませんでした、と秋絵が首を振った。

「でも、新宿駅周辺には商業施設が山ほどあります。大型百貨店はもちろん、ファッションビル、家電量販店、それに小規模ビル……」

新宿駅は日本最大規模のターミナルステーションのひとつで、乗降客数は世界でもトップクラスだ。当然、流入人口も多くなる。

遊興、ショッピング、観光、ビジネス、飲食その他あらゆる目的のために、人々は新宿を訪れる。日本人だけではなく、外国人もだ。

商業地区としては、銀座、渋谷、池袋《いけぶくろ》と同等か、それ以上の規模がある。ショッピング目的の客は車を使用するので、駐車場は常に不足していた。サンズロード地下駐車場が数多くのビルに直結している理由のひとつはそれだろう。

「わたしは中央区銀座第一消防署の柳消防司令です」雅代が手でメガホンを作り、防火扉を叩いていた人たちに向かって叫んだ。「落ち着いてください。防火扉をいくら叩いても開きません。潜り戸があります。順番に列を作ってください。この周辺で火災は発生していません。高齢者の方、お子さん、女性、男性の順に並んでください」

百人ほどいた人々が、一斉《いっせい》に振り向いた。消防、という言葉に反応したようだ。

前を開けてください、と雅代が叫んだ。

「防火扉の右側に潜り戸があるはずです。インターフォンはついていますか？」

あったぞ、と眼鏡《めがね》をかけた中年男が怒鳴った。わたしが話します、と雅代がボタンを押した。

「プリズムビルの防火管理者はいますか？　こちらは銀座第一消防署です。地下駐車場で火災が発生、ビル内への避難を要請します。潜り戸を開けてください。付近で火災は起きていないので、ビルの安全も確保できます」

消防署の方ですか、としわがれた男の声がした。

「防火扉の潜り戸を解錠します。幅が狭いので、気をつけて入ってください。押し合うと危険です」

並んでください、と雅代が指示するのと同時に潜り戸が開き、初老の男が顔を覗かせた。管理責任者・萩原《はぎわら》と胸のプレートに記されていた。

「一人ずつです。ビル内に入ったら、階段で一階へ上がってください」正面がエントランスです、と萩原が早口で説明した。「エレベーター、エスカレーターは停まっています。足が不自由な方は申し出てください。業務用エレベーターに案内します」

銀座第一消防署の柳です、と雅代がその前に立った。ご苦労様です、と萩原が頭を下げた。

「火災の発生は、消防から連絡がありました。駐車場から爆発音が聞こえたので、危険だと判断し、防火扉を閉めましたが、潜り戸があるのは何度もアナウンスしていたんです」

聞こえなかったんでしょう、と雅代がうなずいた。

「火災現場ではよくあることです。避難誘導を手伝ってください。高齢者やお子さんもいます。駐車場内で火災が起きているのは確かですが、火の手はまだここまで及んでいません」

プリズムビル内の避難は完了しています、と萩原が言った。

「思い出横町はわかりますか？　西口に昔からある呑み屋が集まった一角です。プリズムビルはその真向かいに立ってます。青梅《おうめ》街道から都庁方面に向かえば、新宿中央公園《しんじゅくちゅうおうこうえん》に着きます。そこに救護所が設営されたと連絡がありました。怪我、体調不良を訴える方の診察も可能だと聞いています」

「そうですか……携帯が繋がらなくて、情報が何も入っていないんです」

携帯の基地局がパンクしたそうです、と萩原が言った。

「ビル内の警備員室に連絡があったんですが、こういう時は固定電話があると助かりますよ。今ビルに残っているのは、私を含め各フロアの防火管理者の八人だけです。彼らはフロア内で人命検索を行なっているので、人員に余裕がありません。避難誘導と言われても……」

誰か協力してくださいと雅代が言うと、数人の男が手を挙げた。順番を指示するように、と雅代が列を指した。

「一人ずつ誘導します。ゆっくりで構いません。段差がありますから、注意して進むように。道順は萩原さんが教えてくれます」

ありがとうございますと頭を下げた高齢の女性が、潜り戸を抜けていった。冷静に、と雅代が声をかけると、その場にいた全員が静かになった。

松葉杖でも大丈夫かな、と折原は秋絵に目をやった。

「転ぶと大変だ。ぼくが背負っていく」

先に行って、と雅代が肩を叩いた。

「全員がビル内に入るのを確認したら、わたしも行く。外で待っていて」

高齢者、そして親子連れが潜り戸を抜けていった。それに十人ほどの女性が続いた。

ショックのためか、助かったという安堵の思いからなのか、泣いている親子もいた。

その時、雅代の視線の先にいた一人の女性に気づいた。黒っぽいウールのコートを着た中年の女性だが、特に目立つところはない。大きなリュックサックを背負い、潜り戸を抜けていく。

「どうしたんです？」

見覚えがある、と雅代が言った。柳さんより年上ですよね、と折原は囁いた。

「学校の先輩？　ギンイチの職員とか……」

それはない、と雅代が首を振った。

「わたしより年次が上の女性職員は全員知ってる。それに、ギンイチの職員なら、避難誘導をする側に回っているはず。どこで会ったのか……」

行きなさい、と雅代が言った。秋絵を背負って、折原は潜り戸を抜けた。

20:30

現在地はどこだ、と無線から聞き覚えのある声がした。ギンイチの誉田士長だ。夏美は面体内のマイクに向かって、メトロプロムナードのＢ10階段ですと答えた。

「誉田士長は？」

Ａ6を降りた、と誉田が言った。左側を進んでください、と夏美は指示した。

「通路内で中原中隊が消火活動を展開しています。火点は右側にあり、火勢は衰えていません。わたしたちはここで誉田隊の到着を待ちます」

すぐ行くと声がした三十秒後、煙の壁を破るようにして誉田が現れた。後ろに二十六人の消防士が続いている。

酷いな、と誉田が夏美の横に立った。メトロプロムナード内で、いくつもの炎が揺らいでいた。

「放火犯は丸ノ内線改札口付近にガソリン入りのペットボトルを置き捨てたんだろう。火災が起きたのはこの下の地下街だというが、その段階で丸ノ内線に乗っていた客は何もわからなかったはずだ。六時半前後、新宿駅は混雑のピークだ。改札付近には、千人近い人がいたんじゃないか？　メトロプロムナードを歩いていた者が、紙袋に気づくわけがない。駅員も同じだ。突然辺りが火の海になったら、誰だってパニックになる」

「いつ火災が起きたのか、正確な時間はわかっていません」夏美は焦げている周囲の壁に目を向けた。「周辺のショップで火の手が上がり、近くにいた数人が負傷、客の多くはプロムナード内の階段を使って地上に逃げたと聞いています。丸ノ内線は東京メトロが運営しているため、国交省鉄道局より早く危険と判断し、電車の運行を一時停止、その間に乗降客を駅員が誘導して、南口へ避難させました。改札付近で火災が発生したのは、その直後だったようです」

消防士たちが消火栓のホース、インパルスを炎に向けている。背後で断続的に爆発音が鳴り響き、そのたびに炎が天井を焦がした。

ひとつ火点を叩いても次が続く、と誉田が苦々しい表情を浮かべた。

「荒木副正監の命令で、我々は神谷士長の指揮下に入る。土産《みやげ》はこれだ」手に提げていた大きな布袋を、誉田が床に置いた。「防火シートだ。他の連中も持ってきている。三十本だが、ボンベも運んできた。他の装備や資機材の搬入、応援部隊の増員も始まっている。さて、ここからどうする?」

メトロプロムナードを直進して、ブースに向かってください、と夏美は通路の奥に目をやった。

「百メートルほど先です。周辺で火災は起きていませんが、メトロプロムナード内の温度が上昇しているため、パソコンその他の商品も熱を帯びているでしょう。ただ、燃えてはいないはずです」

　俺たちが着用しているのは通常の防火服だ、と誉田が自分の腰に触れた。

「地下三階のサンズロードは火の海だそうだな。防火シートは炎から身を護るための装備で、あんなものを被っていたら消火作業はできない。だが、メトロプロムナード内では特殊防護服を着たお前たちより自由に動ける。ブースの確認と商品搬出は任せろ。丸ノ内線のホームに捨ててもいいし、可能ならA6まで戻って地上に出す。いいな？」

　お願いします、と夏美は頭を下げた。隊を二つに分ける、と誉田が言った。

「一隊はブースの安全をチェックし、その後商品を運び出す。もう一隊は俺が率い、お前たちの援護に回る。周囲で出火したら、俺たちが消す。インパルスは全員携行しているし、消火栓にもホースを繋いである。備えあれば憂《うれ》いなしだ」

　助かります、ともう一度夏美は頭を下げた。俺たちにできるのはそこまでだ、と誉田が首を振った。

「後続の部隊が特殊防護服を運んでくる。それがあれば俺たちもサンズロードに降りるが、時間が読めない。とにかく、ここは俺たちに任せて、お前たちは村田隊の支援に回れ」

　行きます、と夏美は合図した。折り畳んだ防火シートを特殊防護服の前ポケットに突っ込んだ男たちがうなずいた。

「B10を降りる。誉田隊がわたしたちを守る。出火しても、消火は誉田隊に任せる」

了解、と男たちが手を上げた。先に行く、と誉田が声をかけた。

「内村《うちむら》小隊、前へ。外山《とやま》小隊は後ろだ。周囲の壁に注意。異常を感知すれば、内村は出火の有無に拘わらず放水開始。火点はすべて潰せ」

命令を下した誉田が先頭に立ち、前進を始めた。後に続け、と夏美は手を振った。

20：35

B10階段の上から、夏美は階段を見下ろした。煙が濃いが、数メートル先までは視界がある。周囲を誉田が率いる消防士たちが固めているので、不安はなかった。

ただ、どこから出火するかわからないため、慎重に降りるしかない。先頭にいた誉田が階段の中ほどで足を止め、すぐ後ろにいた内村小隊の五人がLEDライトで前を照らした。

B10は西武新宿駅とJR新宿駅を結んでいる。多くの人が使用するため、他の階段と違って幅が広かった。

LEDライトの光量は強く、煙が立ち込めていたが、二十段ほどの階段がはっきり見えた。すぐ下にミルキーウェイと呼ばれる通路があり、左右にはファッションテナントが並んでいる。

すべての店が炎に襲われ、燃え続けていた。爆撃を受けた跡地のようだなと誉田が言ったが、決しておおげさではないほど酷い状態だ。

村田隊はここをどうやって突破したんだ、と吉井が首を捻った。

「ここにいても熱が伝わってくる。ミルキーウェイに降りれば、その先は地獄だ。一隊が放水でテナントの炎を抑え、その間にもう一隊が前進したのか……」

背後で西郷が無線機に向かい、村田の名前を呼び続けたが、応答はなかった。熱のために電波が乱れているのか、あるいは応答する余裕がないのか。

ミルキーウェイまで降りる、と夏美は号令を発した。

「階段下、すぐ左側にテナントがある。火勢は弱い。誉田隊はあのテナントを消火、そこに空気ボンベその他資機材を置き、その後撤退せよ。中原中隊と合流し、メトロプロムナードからA6までの退路を確保のこと」

誉田が防火シートを取り出し、内村小隊と外山小隊の十人を引き連れて、階段を降りていった。

いいのか、と溝川が囁いた。消火に加わらないのか、と言いたいようだ。

ここで待機する、と夏美は階段の下に目を向けた。

「誉田中隊があの〝ボバ・フェラー〟という店を鎮火し、拠点を作る。大きな店ではないし、火勢も弱い。時間はかからない。でも、不測の事態が起きる可能性はある。わたしたち全員が消火に加われば、何かあった時にフォローできない」

溝川は何も言わなかった。夏美が正しいとわかったのだろう。

テナントに突入した誉田隊が炎にインパルスを向けている。五人の消防士が店内の商品棚、レジや備品を斧《おの》で叩き壊し、その残骸を通路に捨てた。

いわゆる破壊消火で、燃焼物がなければ火勢は衰えざるを得ない。乱暴だが、効果的な消火法だ。

五分も経たないうちに、鎮火した、と誉田が店の外に出てきた。神谷大隊、前へ、と夏美は叫んだ。

「まずあの店に入り、資機材、装備を確認。その後ミルキーウェイを通って、イーストスクエアにいる村田隊の支援に向かう。途中に消火栓がある。延長ホースを接続、世田谷隊は左右テナントの消火に当たれ。ミルキーウェイにはトイレが七カ所ある。杉並隊は全トイレの水道管、下水管を破壊せよ」

破壊ですかという声がしたが、それで水が溢れると夏美は言った。

「水量は不明。それでも消火の一助にはなる。〝ボバ・フェラー〟に突入する」

夏美を先頭に、七十五人の消防士が階段を駆け降りた。誉田隊と交替する形でテナントに飛び込み、上へ、と夏美は叫んだ。

了解、とだけ答えた誉田の背中が見えなくなった。その間に、七十五人の消防士が装備の準備を始めていた。

「世田谷隊が先発、各テナント消火に全力を尽くせ」

夏美の命令に、十二人の消防士が店を出ていった。その後に続いた杉並隊が消火栓にホースを繋ぎ、進行方向左右にあるトイレに入った。

夏美はタブレット上でサンズロード地下街のマップを確認した。正式な現在地の名称はサンズロード四番街で、ミルキーウェイを直進すると、約二百メートル先でシティストリートにぶつかる。そこがイーストスクエアだ。

スペースが広く取られ、東西南北、どこへも進める。村田隊が消火に当たっているのは、その周辺の店で起きている火災だ。

イーストスクエアに置かれている巨大な商品特設ブースを守るには、何としてでも延焼を止めるしかない。

「神谷小隊は空気ボンベを運ぶ」夏美はタブレットを保護ケースに入れた。「そこに販売用のワゴンがある。五本は積める。後は背負って運ぶしかない」

本気で言ってるのか、と溝川が床を蹴った。

「一本三十キロだぞ？　ぼくたち四人で何本運べと？」

村田隊は要救助者になっている、と夏美は言った。

「彼らが背負っているボンベの空気は残り少ない。救うためには、最低でも十本いる。杉並と世田谷にもフォローさせるけど、今動けるのはわたしたちしかいない。現場での抗命は禁ずる。必ず村田隊を救う」

ワゴンに載せた五本のボンベをロープで縛った吉井が、両手で二本のボンベを摑んだ。

「わたしたちは一本ずつ背負い、ワゴンを押してイーストスクエアに向かう」

手伝って、と夏美は溝川に背中を向けた。

「一刻を争う。無理でも無茶でも、やらなければ彼らが死ぬ」

神谷士長の分はぼくが、と西郷が二本のボンベを抱えた。

「指揮官は全体の指揮に専念してください。溝川副士長、これをお願いします」

肩をすくめた溝川がボンベを摑んだ。全員でワゴンを押す、と夏美は命令した。

イーストスクエアまでは二百メートル、普通なら一分ほどの距離だが、通路内には凄まじい熱が充満していた。特殊防護服を着用していても、一歩進むたびに肌が焼ける匂いがするほどだ。

消火作業に当たっている者たちが一人、また一人と倒れていき、後方へ搬送するため他の者も現場を離脱せざるを得なくなっていた。四方から炎の集中砲火を浴びながら、夏美はワゴンを押し続けた。

20：45

正面、そして左右に向けて、世田谷隊の消防士が放水を続けている。夏美たち四人はワゴンを押し、通路を進んでいった。

五分で二百メートルを進んだが、その時点で放水消火を続けていたのは世田谷隊の三人だけになっていた。応援に回っていた杉並隊を含め、ほとんどの消防士が炎に抗しきれず、撤退している。

ただ、イーストスクエアに出ると、空間が広いため、炎と距離を取ることが可能になり、その分体感温度も下がっていた。

正面に巨大な山が見えた。パソコンなどの商品特設ブースだ。

横幅は十メートル、高さ三メートルほどだが、階段状で下段の幅が最も広く、上の段は先細りになって、天井につきそうだった。

オレンジの防護服を着用したハイパーレスキュー隊員が、その山に背を向け、周囲にホースを向けていた。数人はインパルスを手にしている。

イーストスクエアの四方には店舗がある。そこから噴出した炎が彼らを襲っていた。

二十人の男たちが炎の攻撃を食い止めていたが、夏美たちが到着すると、インパルスを持ったまま、三人が後退していった。タンクの水が尽きたのだろう。

遅い、と雷のような声で怒鳴った村田に、神谷隊現着しました、と夏美は敬礼した。

「村田正監、空気ボンベを交換してください。予備は順次後送されてきます」

奴らに渡せ、と命じた村田が夏美に体の正面を向けた。特殊防護服の前面が黒く焦げていた。

状況は最悪だ、と村田がブースを見上げた。

「着くのが遅過ぎた。マグネシウム素材の溶解が始まっている。まだ火災には至っていないが、これ以上炎に晒されたら、自然発火するだろう。そうなったら手がつけられない」

「どうするつもりですか？」

ここはおれたちが守る、と村田がブースを指さした。

「明治《めいじ》通り側にある馬鹿でかいプレハブが見えるか？　商品の保管庫だ。施錠されている上、壁に固定されている。荒木によれば、千台以上のパソコンが入っているそうだ。神谷隊はあのプレハブを安全地帯まで運べ」

無理です、と夏美は首を振った。パソコン一台は一・五キロだから、千台で一・五トンだ。四人で運び出せるはずがない。

あのプレハブにはキャスターがついている、と村田が下を指した。

「壁にネジ留めされていたため動かせなかったが、お前たちの装備には、ガスバーナーがあるはずだ。ネジを焼き切り、他の消防士と押せば動く。時間がない、急げ」

ハイパーレスキュー隊員は集まれ、と村田が命じた。ブースの周囲に展開し、消火に当たっていた男たちが駆け寄ってきた。

「ボンベの残量に余裕がない者は申告しろ。神谷隊が予備を持ってきた。延長ホースもあるな？　何本だ？」

三本ですと答えた夏美に、十分だ、と村田がうなずいた。

「今から神谷隊がプレハブを移動する。木島《きじま》小隊は神谷隊を炎から護れ。その後、配置を戻し、ブースに迫る炎を食い止める。特設ブースを死守しろ。あれが爆発したら、地下街、そして新宿駅が吹っ飛ぶ。そんなことになったら東京の機能は停止し、その影響は数千万人の市民に及ぶ。我々が命の砦《とりで》となり、新宿駅、そして東京を守る。一歩も退くな」

二十人のハイパーレスキュー隊員が、無言で右腕を上げた。プレハブのネジを焼き切ったらB10階段の下まで運べ、と村田が命じた。

「そこでプレハブを破壊、応援を呼んで中のパソコンを外へ出せ」

自分たちが神谷隊と共にプレハブを運ぶと五人減です、とハイパーレスキュー隊の木島が一歩前に出た。

「ブースの守りが薄くなります。その分、炎も迫ってくるでしょう。村田正監、それでも――」

炎との距離は数メートルしかない、と村田が苦笑した。

「凄まじい熱だ。筒先を持つ者は一分で交替、最後尾に回れ。だが、絶対に逃げるな。一度でも背中を向ければ、炎は嵩《かさ》にかかって襲ってくる。正面から戦え。全員、配置につけ。急げ！」

消火栓、開きました、と西郷が叫んだ。蛇のように曲がりくねっていたホースに水が通り、一本の線になった。

筒先から噴出した水を、村田が南側の炎に向けた。ハイパーレスキュー隊が三つに分かれ、放水を始めている。

わたしと吉井機関長でネジを焼き切る、と夏美は装備品のガスバーナーに着火した。

「木島小隊の五人はプレハブの位置をキープ。ネジを焼き切ったらB10階段下まで運ぶ。溝川副士長が先導、B10で応援を呼び、中のパソコン類を地上に搬出せよ」

「神谷士長は？」

戻って消火に加わる、と夏美はインパルスに手をやった。その間も村田たちがブースを襲う炎に向けて、放水を続けていた。

延長ホースを消火栓に繋いだため、水量が増えていたが、それでも追いつかないほど炎の勢いは激しかった。

先頭に立つ消防士と炎の距離は五メートル。面体が過熱し、プラスチック部分が溶け出していた。

業火《ごうか》だ、とつぶやいた吉井がガスバーナーの青白い炎をネジに向けた。プレハブは八カ所でネジ留めされている。夏美は反対側に回り、上から順にネジを焼き切った。

「一歩、前へ」

村田の号令が聞こえた。炎の勢いは激しい。表面温度は千度以上だろう。

熱は距離に比例する。一歩近づけば、体感温度は倍になる。村田の号令は、死の淵《ふち》への前進と同じだった。

「一歩、前へ」

だが、男たちは退かなかった。声を揃えて怒鳴り、筒先を摑んでいた消防士が右足を前に出した。

「下がるな、逃げるな。奴らを倒せ！」

村田が交替命令を下した。三つに分かれた班の先頭にいた者のうち二人が下がり、二番手の消防士が前に出たが、村田だけはその場を動かなかった。

おれに続け、と村田が叫んだ。

「一歩も退くな。ここにいるのは本物のプロだ。誇りを持て。おれたちは負けない。一歩、前へ！」

一歩、前へとハイパーレスキュー隊員が叫んだ。村田の全身から、黒煙が立ちのぼっている。危険です、と西郷が叫んだが、村田は放水を続けている。

夏美はバーナーの炎を最後のネジに向けた。外れた、という吉井の声が聞こえ、同時に夏美のバーナーもネジを焼き切っていた。

プレハブを支えていた木島小隊の五人が溝川と西郷と共に四方から押した。一・五トン以上の重量があるが、キャスターが付いている。そして、通路はなだらかに下っていた。

夏美はバーナーを捨て、プレハブの一角に肩を押し付けた。

「吉井さん、押して!」

防火シートが外れ、炎が体を包んだ。凄まじい熱だ。防護服が焦げる臭いがした。

キャスターの車輪がゆっくり回転を始めた。巨大なプレハブが動きだし、溝川の先導で木島小隊と西郷が通路を進んでいく。

神谷士長、と吉井が怒鳴った。

「村田正監が燃えてる! 水を浴びせろ!」

振り向くと、ブースに炎の壁が迫っていた。その前に立っていた村田が、右足を一歩前に出した。

距離、三メートル。圧倒的な熱が村田を襲っていたが、一歩も退くことはなかった。

夏美は吉井と共に、インパルスを村田目がけて発射した。霧状になった水が、一瞬で水蒸気になった。

炎が悲鳴を上げて後退した。伏せて、と夏美は叫んだ。

あれは罠《わな》だ。ひるんだふりをして、一斉に襲いかかってくる。炎から殺意さえ感じられた。

その場にいた全員が伏せたが、村田は動かなかった。筒先を構え、放水を続けている。

二秒後、天井まで届くほど巨大な炎が村田を呑み込んだ。その炎が壁、天井、床を燃やしている。

ハイパーレスキュー隊が体を起こすのと同時に、村田が前のめりに倒れた。筒先は握ったままだった。

「村田さん！」

跳《は》ね起きた夏美は村田の両腕を摑み、後方に引き下げた。下がるな、とつぶやく声がした。

「お前たちの好きにはさせん。お前らの……」

駆け寄った吉井が、インパルスのタンクの水をそのまま村田の体にぶちまけた。肉の焦げる臭い。特殊防護服の隙間から、赤黒く焼け爛《ただ》れた皮膚が覗いていた。

「村田さん、立ってください！　指示をお願いします！　まだ終わっていません！」

偉そうに、と村田が面体を外した。人相すらわからないほど、酷い火傷が顔全体を覆っている。

イーストスクエア全体を覆うように、炎の壁がそそり立っていた。その勢いは増すばかりだ。手がつけられない。

神谷、と村田が腫《は》れ上がった唇を動かした。

「プレハブは移動したな？　ブースを死守しろ」

間に合いません、と夏美は唇を強く嚙んだ。

「わたしたちのホースはすべて焼け、これ以上放水はできません。それに……マグネシウムが燃え始めています。今放水すれば、爆発が起きます」

遅かったか、と村田が激しく咳き込むと、血の混じった大量の痰《たん》が床に飛び散った。

「消火栓を閉じ、水を止めろ……消防士が水を使えないっていうのは、皮肉な話だな」

幽鬼のような足取りで近づいてきたオレンジの特殊防護服を着た男たちが、村田の前に立った。全員退避、と村田が低い声で命じた。背後で炎が轟々と音を立てて燃えていた。

「だが、負けたわけじゃない。一時撤退し、態勢を整える。どんな炎にも弱点がある。勝つ方法を考えろ……いいか、逃げるな」

村田の首が右に流れた。後方へ搬送、と夏美は立ち上がった。

「大至急、村田正監を病院へ。救急車の手配を……まだ間に合います！」

肩に手を置いた吉井が、小さく首を振った。夏美は無線のスイッチを押して、指揮車の荒木を呼び出した。

背後で特設ブースが不気味な音を立てていた。辺りを見回すと、炎がゆっくりと近づいていた。

Tragedy 6　エンジェル

20：49

片耳だけイヤホンを嵌《は》めたまま、小池は大型モニターの映像を見つめた。午後八時四十九分、港区汐留《しおどめ》の警視庁サイバー犯罪対策課の課員たちが座っていた。

「小池さんが汐留に向かった後、三名の不審者に職質をかけ、その内二人が新宿地下街放火に関与していたと認めました」内山のやや甲高《かんだか》い声がイヤホンから聞こえた。「二人とも〝ノー・スーサイド〟とエンジェルの示唆による犯行だと供述しています。ただし、エンジェルとは直接会っていないし、声も聞いてないと……」

相変わらず正体不明かと言った小池に、そうなりますね、と内山が苦笑する声がした。

「そっちはどうです？」

まだ始めたばかりだ、と小池はモニターの前の男たちに目をやった。それぞれがキーボードを叩いている。熟練したピアニストのように、指の動きが速かった。

サイバー犯罪対策課員が総力を挙げて解析しているのは、ＪＲ新宿駅構内及び新宿サンズロードの防犯カメラ映像だ。火災発生直後、民間の警備会社から防犯カメラ映像を回収したが、解析準備が整ったと連絡が入ったのは一時間ほど前だった。

小池や内山たち火災調査官が逮捕した数人の供述から、放火犯の手口が明らかになっていた。ガソリンを入れたペットボトルと起爆装置を新宿地下街の要所に持ち込み、トイレやコインロッカーなど、発見しづらい場所に隠しておくというものだ。

エンジェルが指示したのは、午後六時半以降というだけで、爆破時刻は指定していなかった。約二十分前、南口地下のトイレで爆発が起きていたが、放火犯の一人が時刻を設定したのだろう。

最初の出火が確認された午後六時半から二十四時間さかのぼり、前日二十三日の同時刻から撮影されていた映像を集め、サイバー犯罪対策課が不審者のチェックを始めていた。

過去、類を見ない大規模放火事件だ。一刻も早く犯人グループ全員を突き止めなければならないという思いが誰の胸にもあった。

並行して、最も被害の大きいサンズロードの出入り業者、宅配業者、その他関係者への聞き込みが行なわれていた。

逮捕された犯人の供述によって、犯人グループの総数は三十人前後と予想されたが、地下街全体で爆発物が仕掛けられている場所は、少なくとも二百カ所以上と考えられる。まだ爆発していない可能性もあり、その場合速やかに発見、回収する必要があった。

また、犯人は各地下街にある防災センター、駐車場管理事務室などにも放火している。逮捕した犯人たちのＬＩＮＥのやり取りの中で、防災センターその他の施設について、触れていた者はいなかった。そうであれば、防災センターに放火したのはリーダーのエンジェル以外考えられない。

小池の中には、強い不安があった。社会に対する怒り、恨み、妬み、満たされない承認欲求。

さまざまな不満が犯人たちを犯行に走らせた。それは間違いないが、エンジェルの意図がわからなかった。

（目的は何だ？）

目の前の巨大モニターに防犯カメラ映像が次々に映し出され、不審者をマーキングした上で、その後の動きを追い続けている。目まぐるしく浮かんでは消えていく映像の中から、ＡＩがキャプチャーした男女の写真が、別のモニターに転送された。

（まだエンジェルはカードを一枚伏せている）

そのカードが表になった時、凄まじい災厄が新宿を、そして東京を襲うと小池は直感していた。エンジェルを逮捕する以外、悲劇を防ぐ方法はない。

現時点で確実なのは、エンジェルが二十四時間以内、少なくとも今朝から新宿駅、そしてサンズロードを含めた新宿地下街にいたことだ。全地下街の駐車場フロアに入ったのも間違いない。

駐車場フロア内にある防災機器、排煙口、換気口、泡消火システムなどが瞬間接着剤の塗布により、稼働不能になっていたことが判明していた。エンジェル自らが行なったとしか考えられない。

新宿駅の地下街は、東口、西口、南口と三つに分かれている。いずれも駐車場フロアがあり、エンジェルはすべてのエリアに足を運ばざるを得なかった。それ自体が不審な動きだ。

サイバー犯罪対策課の不審者検索ソフトが、地下駐車場にいるエンジェルを発見するのは時間の問題だ。ただ、エンジェルも防犯カメラの存在を知っていただろう。一定の間隔で着替え、変装していた可能性もある。

そして、三つの駐車場に出入りしていた者は二万人以上いる。年齢、性別すらわかっていないエンジェルの発見に時間がかかるのはやむを得ない。

検索を開始して、約一時間が経っていたが、ピックアップされた不審者の数は二十人を超えていた。

今は待つしかない、と小池はネクタイを緩めた。ワイシャツの首回りに、汗の染みができていた。

総員撤退、と夏美は大声で命じた。村田を失ったことで、ハイパーレスキュー隊員、その他の消防士たちの士気が落ちている。この場に残って消火作業を続けるのは危険だという判断があった。

最終的に村田の心肺停止を確認したのは夏美だ。蘇生《そせい》の可能性を信じ、後方へ搬送したが、儚《はかな》い望みだとわかっていた。

村田の皮膚は火傷というレベルではなく、はっきりと焼けていた。炭化した部分もあったが、最後まで筒先から手を離さなかったのは、消防士としての意地だったのだろう。

この現場において、村田以上に有能な最前線指揮官はいない。経験、判断力、決断力、統率力、体力、どれを取っても村田の右に出る者はいなかった。

その村田が炎に屈した。それは消防の敗北を意味する。士気が下がるのは当然でもあった。

20・50

「一時撤退して、態勢を整える」急いで、と夏美はB10階段へ向かった。「マグネシウム火災が発生している。現状を荒木副正監に報告、指揮を仰《あお》ぐ。あれだけの量のマグネシウムが爆発したら、全地下通路の端から端まで延焼が広がり、他のブースでもマグネシウム火災、爆発が起きる。何としても食い止めないと――」

どうやってです、と横にいた木島が面体を外した。大量の汗が飛び散った。

「神谷士長、階級はあなたの方が上だが、私はマグネシウム火災の現場に臨場した経験があります。あれに手を出せる者はいません。それは知ってますよね？」

ギンイチでは職級に関係なく、定期的に講習が行なわれていたが、毎回のようにマグネシウム火災が取り上げられていた。あらゆる火災の中で最も危険だ、と夏美もわかっていた。

地上への被害がどこまで広がるか不明です、と木島が荒い息を吐いた。

「地下街は閉鎖空間で、マグネシウム爆発が起きれば、そのエネルギーは横、つまり通路だけではなく、上下へも向かいます。その場合、新宿駅周囲半径数百メートルの地面が崩落する恐れがあります。地下には電気、ガス、水道も通っています。ライフラインを失えば、一体どうなるか……」

打つ手はあります、と夏美は木島の肩に手を置いた。

「応援の消防士が続々と新宿に集結しています。総力を挙げて戦えば――」

消防士に危険が及びかねない、と隣にいた吉井が首を振った。

「地下にいる限り、どの通路も安全とは言えなくなった。延焼の速度が異常に速い。撤退ではなく、退避命令が出るだろう。そうなったら、できることは何もない」

ミルキーウェイで、応援で来た消防士による放水が始まっていた。左右のテナントからの出火はまだ続いている。火勢はやや衰えていたが、放水を止めれば炎は勢いを盛り返すだろう。

自分はここに残って消火の指揮を執ります、と木島が足を止めた。

「神谷士長は荒木副正監に現状報告を。消火を確認次第、他の消防士と共に自分も撤退します」

了解ですとうなずいて、夏美はB10階段を上がった。そこに誉田が率いる数十名の消防士がいた。

通路内の至るところで、炎が上がっている。どれだけ火点を叩いても、別の場所が燃え出し、全消防士が消火に追われていた。

A6まで戻り、そこでタブレットを開いた。何度かスワイプを続けていると、JR新宿駅東口の映像が映し出された。そこに市民の姿はなかった。

強制避難を発令したようです、と後ろにいた西郷がつぶやいた。夏美は面体を外し、無線のスイッチに触れた。荒木だ、とかすれた声がした。

「神谷、無事か？　イーストスクエアの件は報告が入っている。状況説明の必要はない」

総務省消防庁の決定で、新宿駅周辺から市民を強制避難させた、と荒木が小さく咳をした。

「新宿通り、靖国通り、明治通り、甲州街道、その他新宿駅周辺一キロ圏内の道路も、一般車両の通行を禁止している。避難誘導、負傷者搬送その他に人員を割いたため、残ったのは約千五百人の消防士と百台のポンプ車、そしてアルタ前にいる俺と幕僚スタッフだけだ」

イーストスクエアでマグネシウム火災が起きています、と夏美は言った。聞いた、と荒木が深いため息をついた。

「状況は極めて悪い。世界の火災史上でも例がないほどだ。あらゆる面で悪条件が重なっている。現在総務省消防庁と東京消防庁が協議中だが、このままだと全消防士に退避命令を出さざるを得ない。マグネシウムがいつ爆発するか、ギンイチの防災情報部が試算した。早ければ一時間以内、どんなに遅くても十時半がリミットだと報告があった。被害については計算すらできない。人命優先という原則に従えば、消防士を下げるしかない」

「新宿駅を捨てると？」

駅だけじゃない、と荒木が吐き捨てた。

「周辺の建物、施設、何もかもだ。防災情報部、消防研究センターに確認したが、駅の半径五百メートル以内のビルはすべて燃えるか、全壊する。それによる二次被害は想像もつかない。すべての元凶はイーストスクエアのマグネシウム火災で、そこさえ押さえ込めば何とかなると思ったが、燃え始めてしまった今となっては打つ手がない」

だが、と荒木が声のトーンを落とした。

「ひとつだけ策がある。まだ上には話していないが……」

「なぜです？」

危険過ぎるからだ、と荒木が苦笑した。

「総務省消防庁に特殊災害室があるのは知ってるな？　室長の室田《むろた》に話したが、高い確率で消防士が犠牲になる作戦の検討はできない、と一蹴《いっしゅう》された。もうひとつ問題がある。必要な物資の準備ができない。三時間あれば何とかなるかもしれんが……」

「どんな作戦ですか？」

しばらく無言でいた荒木が、爆破だ、とだけ言った。意味がわかりません、と夏美はタブレットを見つめた。

20：51

プリズムビルの正面エントランスから、折原は外に出た。雪が霙《みぞれ》に変わり、吹き付ける風が冷たかった。

松葉杖をついた秋絵が体を小刻みに震わせている。吐く息が真っ白だった。

プリズムビルから出てきた人々が、途方に暮れたように夜空を見上げている。大ガードから新宿駅西口に続く道路に立っていた数十人の消防士が、新宿中央公園へ避難してください、と声を張り上げたが、厳しいだろうと折原は舌打ちした。

高齢者や子供もいる。負傷者も少なくないはずだ。そして、何よりも気温が低い。体感温度は零度近いのではないか。

新宿中央公園までは、約一キロほどある。冷たい霙と強い風が吹き付ける中、歩いていくのは誰にとっても辛い。消防士たちもそれをわかっているのか、地下道に降りてくださいと指示していた。

「安全な通路があります」火災は起きていません、と消防士が叫んだ。「西口地下一階へ降り、そこから都庁方面に向かってください。要所に警察官、消防士がいますし、道も一本です。指示に従ってください」

「ぼくたちは柳さんを待とう。足は大丈夫かい？」

秋絵が踵でアスファルトを軽く叩くようにした。

「ちょっと痛みますけど、何とか歩けます。松葉杖もありますから……」

エントランスから出てくる雅代の姿が見えた。ここですと手を振ると、暗い表情のまま近づいてきた。

「どうしたんです？　そんな顔して……」

彼らの無線が聞こえた、と雅代がビルのエントランス前にいた二人の消防士を指さした。

「マグネシウム火災、と言っていた。新宿地下街の数カ所に、大量のマグネシウムがあると……折原くん、その意味がわかる？」

さあ、と首を振った折原に、最悪の火災です、と秋絵が囁いた。

「研修で教わりました。他の火災とは違い、放水消火が禁じられています。燃えているマグネシウムに放水すると、爆発が起きると……」

テルミット反応か、と折原はうなずいた。理系出身なので、マグネシウム火災のメカニズムは知っていた。

「基礎中の基礎だよ。燃焼しているマグネシウムに水が触れると、水素と酸素が結合して爆発が起きる。過熱した酸化鉄と溶湯《ようとう》が接触すると、テルミット反応と呼ばれる現象が起きて、爆発の範囲、規模が瞬時に広がる。でも、どうして新宿の地下街にマグネシウムが？　軽量で強度が高いから、飛行機や車の部品に使われることが多い金属だけど、それは工場レベルの話で、地下街にそんな施設があるはずない」

どうしてマグネシウムがあるのかはわからない、と雅代が肩をすくめた。

「でも、マグネシウム火災が起きているのは間違いない。総重量は一トンとか、そんなことも言ってたけど……」

何かの間違いですよ、と折原は鼻をこすった。

「マグネシウムがそこまで大量に使用されるなんて、あり得ません。流通量自体、まだ少ないんです。巨大な車両製造工場なら別ですけど、町工場の在庫は数十キロ程度でしょう。万一火災が発生したら、どれほど危険かわかっているからで……」

うなずいた雅代に、待ってください、と折原は額に手を当てた。

「確か、サンズロードに家電量販店の販売ブースがありましたよね？　新商品のパソコンとかゲーム機、スマホなんかを売っていたけど……思い出したぞ、ネットニュースにもなっていた。新機種の特徴として、マグネシウム素材を使用しているから軽くて頑丈《がんじょう》とか……一トンのマグネシウム金属が置かれているんじゃなくて、販売しているパソコンやゲーム機に含まれるマグネシウム素材の総重量が一トンある、そういうことでは？」

一トン、と秋絵がつぶやいた。ぼくが見たブースは二カ所だけですが、と折原が言った。

「地下街全体では十カ所以上かもしれません。ひとつのブースで販売しているパソコンの重さが一キロ、それに在庫のトータルが千台だとすれば、それだけで一トンです。十カ所で十トン、マグネシウム素材がその一割としても全体の総量は一トン、ゲーム機やスマホを合わせれば、もっと多いかもしれません」

「それが爆発したら……どうなるんです？」

秋絵の問いに、新宿地下街は網のように広がっている、と雅代が唇を強く噛んだ。

「東口は新宿三丁目まで、西口は大江戸線の上、南口にも地下街がある。一カ所で爆発が起きたら、異常な高熱が通路全体を焼き尽くす。その炎が次のブースに燃え移れば、そこでもまた爆発が起きる。地下街は閉鎖空間に近い。膨れ上がったエネルギーは地上へ向かう。新宿駅周辺数キロが爆撃を受けたように焼け野原となる……ここにいたら危険よ。二人とも中央公園に避難して」

柳さんはどうするんですと言った折原に、気になることがある、と雅代が左右に目を向けた。

「さっきの女性……黒っぽいウールのコートを着ていた女性を覚えてる?」

何となく、と答えた折原に、あの人とどこかで会っている、と雅代が言った。

「彼女がここにいたのは、偶然じゃない。うまく説明できないけど――」

四十代半ばぐらいでしたよね、と折原は肩をすくめた。

「どこにでもいそうな感じの人でしたよ。何が気になるんです?」

自分でもわからない、と雅代が苦笑した。

「だけど、何かがおかしい。違和感と言ってもいい。彼女を探して、話さなければならない。今、言えるのはそれだけで……」

手伝います、と折原はうなずいた。

「彼女の顔は覚えています。一人より二人の方が見つけやすいでしょう。でも、何を聞くつもりですか？　まさか、彼女が地下街放火に関係しているとか、そんなことを言い出すわけじゃないでしょう？」

否定も肯定もしない雅代に、本気ですか、と折原は一歩前に出た。警察や消防が避難誘導をしている、と雅代が指さした。

「彼女も避難している人たちに紛れて、中央公園に向かっているはず。警察にも話すけど、これだけ大勢の人の中から、特に目立つわけでもないあの女を見つけるのは難しい。わたしたちが探すしかない」

スマホはまだ駄目です、と折原は画面に触れた。

「でも、消防士が無線を使っています。そこまで不審だと言うなら、ギンイチに連絡を入れた方がいいんじゃないですか？」

うなずいた雅代が、近くにいた消防士に歩み寄った。松葉杖をついた秋絵が、その後を追った。

20：55

夏美はA6階段から地上に出て、アルタ前へ走った。停められていた指揮車のドアを開けると、奥の席に荒木が座り、左右に数人の幕僚がいた。男たちの表情は暗かった。

「病院から連絡があった」顔を上げた荒木が、絞り出すような声で言った。「医師が村田の死亡を確認した」

グローブを嵌めたままの手で、夏美は顔を覆った。わかっていたことだが、荒木の口から聞くと、村田の死がリアルになった。

村田を倒す炎があるなんて、と荒木の乾いた唇からつぶやきが漏れた。

「生まれついてのファイアーファイターだった。俺なんか、足元にも及ばない……まだ、ギンイチでも一部の者しか知らない。他の消防士には伝えるな。士気が落ちる」

そうは思いません、と夏美はグローブを外した。

「優秀な指揮官を失ったショックは大きいですが、わたしたちはチームです。指揮官を奪った炎を倒すためなら、どこまでも戦います」

お前が思ってるより状況は悪い、と荒木が手元のパソコンを叩いた。

「新宿、渋谷をはじめ、近隣区の消防士が消火活動を開始して、約二時間半が経っている。応援部隊、後方支援も含め、三千人以上の消防士が地下に潜り、炎と戦ってきた。当初、補給体制が整っていなかったこともあって、新宿と渋谷の連中は限界だ。負傷者も多い」

他区、都下市町村からも応援が来ていると聞きました、と夏美は前に出た。

「関東近県の消防署からも、消防士が新宿へ向かっていると連絡が入っています。交替要員はいるはずです」

彼らの役割は後方支援だ、と荒木が目を三角にした。

「到着した消防隊は機材の運搬、避難誘導、死傷者の移送を担当している。応援が入ったため、東口に六百名、西口に四百名、南口に三百名の消防士がいるが、各隊の命令系統すら確立できていない。他県の消防隊に命令はできないし、彼らもここまでの事態とは予想していなかっただろう。江戸時代の火消しじゃないんだ。消防服とホース一本だけで現場に入っても、できることは何もない」

策があると言ってましたよね、と夏美は詰め寄った。

「教えてください。どうすればマグネシウム火災を消せるんですか？　爆破とはどういう意味です？」

酸素遮断だ、と荒木がパソコンのディスプレイを夏美に向けた。

「炎の食料は酸素だ。奴らは酸素を食って大きくなる。誰だって理屈はわかってる。酸素の供給を断てば、マグネシウム火災であれ何であれ、炎は消える」

素人扱いは止めてくださいと言った夏美に、話を聞け、と荒木がキーボードに触れた。

「マグネシウム火災の消火は、アルコールランプの炎をコップで消すのと訳が違う。各ブースの規模、状態から考えれば、まともなやり方じゃ酸素を遮断できない」

「まともではない手段……それが爆破だと？」

新宿東口地下街の構造図だ、と荒木がパソコンのディスプレイに指で触れた。

「サンズロード内のイーストスクエアは地下三階にある。メインとなる二本の通路、ミルキーウェイとシティストリートの高さは五メートル、天井にはさまざまな配線が通っていて、断線、故障などの際には作業員が天井裏に入る。その高さは一メートル五十センチ」

「それで？」

荒木が天井裏の写真を拡大した。

「イーストスクエアのブース位置は、正確にわかっている。地下二階でも火災が起きていて、消火活動を進めているが、ブース上部とその周辺には手をつけていない。放水消火によって天井から水が溢れたら、燃えているマグネシウムに降り注ぐ。破壊消火はしているが、それは延焼を防ぐためで、地下二階の炎は消えていない」

「はい」

地下二階床下は三階天井裏でもある、と荒木が言った。

「それを踏まえて話を聞け。地下二階床下は地下二階通路の炎、地下三階のマグネシウム火災の熱に挟まれている。そして床下は文字通り閉塞《へいそく》空間だ。ファイバースコープで確認済みだが、地下二階床下で火災は発生していない。だが、自然発火してもおかしくないほど高温になっている。すべての要素を考え合わせた上で、立てた作戦が爆破消火だ」

「爆破消火？　聞いたことがありません」

俺もだ、と仏頂面《ぶっちょうづら》のまま荒木が言った。

「俺が作った言葉だからな。森林火災の際、人為的に火災を起こし、押し寄せてくる炎にぶつけることで延焼を防ぐ消火方法がある。ある種の破壊消火だ。火災の条件として、燃焼継続には酸素の供給、一定以上の温度、そして燃焼物が必要だが、燃焼物を燃やしてしまえば、延焼は起きない。爆発を起こし、爆風で炎を抑え込む、あるいは周囲の燃焼物を吹き飛ばすこともある」

爆風消火ですねと言った夏美に、昔の映画でおなじみだ、と荒木が苦笑した。

「だが、マグネシウム火災に対しては有効と言えない。爆風で消えるような炎じゃないし、被害が拡大するだけだ。爆破消火は破壊消火の発展形だ」

二階床下に土嚢《どのう》を配置する、と荒木がパソコンの構造図にカーソルを当てた。

「床下の強度が高いのは言うまでもないだろう。地下二階フロアでは、千人単位の人々が歩いて往来している。床に強度がなければ陥没するし、それを支える床下も同じだ。建設会社に確認したが、千トン以上の過重にも十分耐えられる」

「まさか……」

イーストスクエアのブースの真上に、十トンの土嚢を置くと荒木が言った。

「その後、天井ごと爆破する。落下した土がブースを覆えば、酸素が遮断される。最も効果的なマグネシウム火災の消火方法だが、問題が二つある」

時間ですねと言った夏美に、ひとつはそうだ、と荒木が足を組んだ。

「計測班によれば、地下二階床下は現在五百度、時間の経過と共に温度が上昇している。一気に土嚢を配置しなければならないが、消防士一人が運べるのは、三十キロの砂が入った土嚢一つが限界だ。床下は低く、簡単に移動できない。五百度を超える高熱の中、動ける時間は十分もないだろう。単純計算だが、三十キロの土嚢を約三百五十個ブース上に敷き詰めなければならない。条件として厳しいのはわかるな？」

不可能ではありません、と夏美はパソコンに指を当てた。

「地下二階の床を壊し、そこから土嚢を運び入れればいいのでは？」

地下二階通路は火の海だと言ったはずだ、と荒木が首を振った。

「俺だって、それぐらい考えた。床を爆破して、土嚢を放り込めばいいってな。だが、火の海の中をどうやって運ぶ？　最も近い階段からでも百メートル以上ある。燃え盛る炎の中、消防士が並んでバケツリレーをしろと？　できるはずがないだろう」

もうひとつ問題がある、と荒木が二本の指で額を押さえた。

「土嚢の準備ができない。考えようによっては、こっちの方がまずい」

「なぜです？　ギンイチも含め、各消防署には水害対策用の土嚢袋が千枚単位で用意されているはずです。自衛隊も持っています。土砂を詰めて、現場へ運べばいいのでは？」

大量の砂を被せてマグネシウム火災を消す方法は昔からあった、と荒木が言った。

「消防士なら、誰だって金属火災講習を受けている。実験室の中でなら、砂でマグネシウム火災を抑え込むのは簡単だ。十グラムのマグネシウムに火をつけ、一キロの砂をかけて酸素を遮断し、炎を消せばいい。だが、実際の現場では絶対条件がある」

「絶対条件？」

乾燥した砂であることだ、と荒木が大きく息を吐いた。

「湿った砂を使えば、含まれている水分がマグネシウムに反応し、大爆発が起きる。消防署ならどこだって土嚢袋を持っているが、砂そのものはほとんどの署が準備していない。ギンイチでは砂を保管しているが、乾燥については特に配慮していない。燃えているマグネシウムにそんなものを浴びせたらどうなるかわかるか？　火に油を注ぐなんてもんじゃない。触れた途端に爆発する」

「乾燥した砂の手配は？」

どこにあるっていうんだ、と荒木が窓の外を指した。

「クリスマスイブだぞ？　おまけに今年は十一月の終わりから天候不順が続き、雨の日も多かった。今日に至っては雪が降っている。建設会社、公園、農園、その他各所を当たったが、保管している砂の乾燥については保証できないと回答があった。都内だけじゃない。埼玉、神奈川、千葉まで調べたが、十分な量が集まらない。時間さえあれば何とでもなるが、マグネシウム爆発までのタイムリミットは九十分を切っている。俺の策は絵に描いた餅に過ぎない」

　待ってください、と夏美は逆サイドの窓に顔を向けた。正面に新宿駅が見えた。

「マグネシウム火災の消火実験に立ち会ったことがあります。講習も受けました。水とマグネシウムの化学反応がどれほど危険か、乾燥した砂でなければ爆発が起きると講師が強調していたのも、よく覚えています」

　その通りだ、と荒木がうなずいた。

「しかし、一時間以内に十トンの乾燥砂は用意できない」

　できます、と外を指さした夏美に、周辺のビルに砂はない、と荒木が首を振った。

「ビル内に花屋や園芸用品店がある。だが、大量の砂を取り扱ってはいない」

　砂ではありませんと言った夏美の顔を覗き込んだ荒木の分厚い唇から、何を言ってる、と低い声が漏れた。

21：08

　プリズムビルをはじめ、新宿駅地下街に直結しているビル、周辺の百貨店、あるいは店舗から出てきた大勢の人々が、虚ろな表情のまま歩いていた。

　女は左右に目をやった。テレビのニュース番組で見た難民の群れのようだ、と思った。

一時避難場所に指定されたのは新宿中央公園で、ルートも決まっていた。どのビルを出ても、警察官や消防士が最も近い地下へ続く階段に誘導する。強くなっている霙を避けるためにも、その方が安全だと判断したのだろう。

新宿駅西口改札階へ進むと、都庁方向へ続く地下通路に出る。約一キロ歩けば、中央公園に着く。

十二月二十四日、季節は冬だ。気温が低いのは最初からわかっていた。高齢者や子供のことを考えれば、地下道を避難路にする以外ない。

新宿中央公園は東京都により大規模地震等天災発生時の避難場所に指定されている。その対象は地域住民と帰宅困難者だが、新宿地下街で大規模火災が発生すれば、警察、消防その他の機関が中央公園を一時的な避難場所にする、と女は想定していた。

新宿駅、周辺区域、施設等が危険なのは誰でもわかる。駅舎、地下街その他、どこから出火するかわからない。

その点、公園は安全だ。空間として広く、火災が発生しにくい。

万一、公園内の施設が放火されても、その被害は最小限に留まるし、隣接する新宿中央公園多目的運動広場へ逃げることもできる。

加えて、都庁が近いことも、安全を保証していた。都庁の耐震構造は都内建造物の中で最も堅牢《けんろう》で、災害に備えて大量の毛布、食料、飲料水等が備蓄されており、更には避難用スペースも確保されている。最悪の場合、都庁内に逃げ込めばいい。

人々の列から離れ、女は新宿西口通路内にある雑居ビルに入った。ＭＡＴＴビルというディスプレイが一階の携帯電話会社の看板の上にある。

そのビルに地下へ続く階段があるのは事前に調べていた。誰も見ていないのを確認してから、女は階段を降りた。地下通路は東京メトロ丸ノ内線、西新宿駅に繋がっている。

階段を上がってくる人々を避けながら、女は歩を進めた。女を見ている者はいない。逃げることに精一杯で、他に気を回す余裕がないのだろう。

通路内で火災は発生していなかった。新宿駅地下街放火の狙いは、ＪＲ新宿駅の地下街と消防も警察も考えているはずだ。放火に加わった者は約三十人で、その人数では西新宿駅まで爆発物を仕掛けることができないからだ。

警察官が十メートル間隔で立ち、避難誘導をしている。危険です、と声をかけられたが、すぐ戻りますとだけ答え、顔を伏せたまま女は歩き続けた。

21：10

何を言ってる、と荒木が窓を叩いた。

「ルミネやミロードには、園芸関係のテナントが入っている。それは確認済みだ。そういう店では土、あるいは砂を販売している。だが、扱う量は少ないし、在庫もほとんどない。しかも保管の状態も悪い。全店舗から砂を集めたところで、十トンどころか一トンにもならんだろう」

その通りです、と夏美はうなずいた。

「切り花やドライフラワーは販売していますが、花壇用の土、あるいは砂を大量に販売している店舗はありません」

「わかっているなら――」

砂でなくても構わないんです、と夏美は言った。

「マグネシウム火災の講習で、乾いた細かい粒子であれば、砂の代用品になると講師が話していました。土や砂が有効だというのは、安価で大量入手が容易なためで、他にも消火に使える物はあるんです」

「何だ？」

塩です、と夏美は窓の外を指さした。

「新宿駅周辺にはデパートがあります。そこには必ず食料品店が入っていますし、塩も売っています。在庫もあるでしょう。そして、新宿駅近くには数え切れないほど多くの飲食店があります。断言しますが、調理に塩を使わない店はありません。小さな店でも数キロ、大きな店なら数十キロの在庫があるはずです。すべてを集めれば、マグネシウム火災を消すために十分な量になるでしょう。機材や装備がないため、火災現場に入ることができない消防士が多数いると荒木副正監は言ってましたが、全員に命令を出してください。三十分以内に、彼らが必要なだけの塩を準備します」

無茶苦茶だ、と幕僚の一人が苦笑した。ほとんどの店が閉まっている、と荒木が短く刈った頭を掻いた。

「我々が避難勧告した。地下街火災の件はニュースになっているし、ネットでも大騒ぎしている。店主や従業員だって、とっくに逃げているだろう。デパートはともかく、許可もなしに無断で店に入り、塩を盗めと？」

違法行為なのは百も承知です、と夏美は低い声で言った。

「でも、マグネシウム爆発が起きたら、店はなくなります。施錠されていても、鍵を壊せば中に入れます。消防士の使命は炎を消し、人命を守ることですが、建物への延焼阻止も含まれます。時間がありません。上の許可がなければ動けないと？」

「挑発のつもりか？」

まさか、と夏美は荒木に顔を寄せた。

「消防士としてできることがあるのに、何もしないというのなら、今すぐ制服を脱いで逃げるべきだと言ってるんです。挑発なんかしてません。馬鹿にしているだけです」

村田みたいなことを言うな、と荒木が舌打ちした。

「何でもありってわけじゃないんだ。俺がどれだけ奴の尻拭いをしてきたか、わかってるのか？　本当にお前たちには腹が立つ……待ってろ、今すぐ消防士全員に命令を出す」

荒木の合図で、幕僚の一人が立ち上がった。それでも問題が残っている、と荒木が言った。

「何です？」

荒木がパソコンのディスプレイをタップした。

「改めて言うが、地下二階フロアは火の海だ。新宿駅周辺のあらゆる施設、店その他から塩を集め、地下二階に運び込むことは可能だが、そこからどうする？　地下二階床下、ブースの真上に塩を詰めた土嚢……塩嚢《えんのう》というべきかもしれんが、どうやってそれを敷き詰めるつもりだ？」

地下二階フロアではなく、床下に直接入ります、と夏美は構造図の一点を指した。

「電気、ガス等の配線、配管のメンテナンスのための作業員出入り口があります。ここから地下二階床下に潜り、塩嚢を運び入れるんです」

距離があり過ぎる、と呆れたように荒木が言った。

「地下二階床下の温度は、とっくに五百度を超えている。作業員出入り口から地下三階の特設ブースまでは、百メートル以上ある。十トンの塩を誰が運び入れると？　しかも高さは一メートル五十センチ、簡単に動けるようなスペースはないぞ」

ギンイチには優秀な消防士が揃っています、と夏美は荒木の目を見つめた。

「十トンの塩を一気に運び入れることは無理でも、三十キロの袋を背負って移動するのは難しくありません。特設ブースの位置を正確に測定し、塩嚢の精密な配置図を作り、消防士を送り込むんです。百メートルなら、往復一分もかかりません。特殊防護服と呼吸器があれば、二十分は活動可能です。わたしたちは村田正監の厳しい訓練に耐えてきました。できないはずがありません」

弔《とむら》い合戦か、と荒木がつぶやいた。

「村田を殺した炎が憎いか？　そのために冷静な判断力を失っていないか？　感情に流されていないか？　全消防士の安全を確保できると断言できるか？」

わたしは火災を憎んでいます、と夏美は強い調子で言った。

「父を殺したのも炎でした。消防士になってからも、何十人……百人以上、犠牲になった人たちを見てきました。殉職者もいます。その中には親しい友人、先輩もいました」

「……ファルコンタワーか」

救えた命もありました、と夏美は続けた。

「でも、救えなかった者もいました。感情的になっています。悔しくてたまりません。ですが、市民を守るためには、これしかないんです。これ以上誰かの命が奪われることがあれば、わたしは自分を許せません」

各隊に連絡する、と荒木が無線に手を伸ばした。

「今から志願者を募る。ただし、強制はできない。死にに行けと命令するわけにはいかない。だが……手を挙げない消防士はいないだろう」

そう思います、と夏美はうなずいた。各隊指揮官に連絡、と無線のマイクに向かって荒木が大声で言った。

21：15

待機していた消防士たちが、塩を集めるために動き出してから五分が経った。その間、荒木がギンイチの消防研究センターと連絡を取り、精密な塩嚢の配置図を作成していた。

「マグネシウム爆発のタイムリミットまで、あと七十五分だ」

メールに添付されていた配置図のプリントアウトを、荒木が総合指揮車のデスクに広げた。ギンイチの各隊から集まった十人の消防士長が、食い入るようにそれを見つめた。

塩嚢の搬入について説明する、と荒木が口を開いた。

「まず搬入口だが、区役所通りに直結している地下二階床下の作業員出入り口が最もイーストスクエアに近く、火災も発生していない。直線距離は約九十メートル、だが各種パイプ、ダクト等があり、迂回せざるを得ない。イーストスクエアの特設ブース真上に到達するまで、実際には二百メートルの距離がある。天井裏の温度は現在五百五十度、一時間後には七百度を超えるだろう。特殊防護服を着用しても、稼働時間は二十分以内」

改めて言うが、悪条件しかない、と荒木が顔をしかめた。

「特殊防護服は重量二十キロ、背負う空気ボンベは三十キロ、そして塩嚢は三十キロ、トータル八十キロだ。他に爆薬その他機材を入れたバックパックもある。照明は別動隊が準備するが、煙で視界はほぼゼロだろう。五百五十度以上の熱が特殊防護服を貫き、重度の火傷を負う可能性もある。危険どころか、特攻と変わらない。一人でも倒れたら、収容のための人員と時間が必要になる。再度言うが、これは命令できる任務じゃない。拒否する者がいてもやむを得ない」

苦笑を浮かべた男たちが、夏美に顔を向けた。

「お前が立てた作戦だと聞いた」無理、無茶、無謀だ、とギンイチ最古参の宝田《たからだ》士長が吐き捨てた。「三十キロの塩嚢を背負って、一メートル半の高さしかない床下を二百メートル移動しろと？　消火計画書を読んだが、イーストスクエアのブース上に十トンの塩嚢を配置、その後爆破、マグネシウム火災を消すとあった。すべてうまくいく確率が、どれだけあると思ってる？」

一割ほどでしょうかと言った夏美に、三パーセントもないと宝田が首を振った。

「本気で七十五分以内に塩嚢のセッティング、そして爆破ができると思ってるのか？」

わたしはギンイチの全消防士を知っています、と夏美は男たちの顔を順に見つめた。

「嫌いな人もいますが、能力を疑ったことは一度もありません。プロフェッショナルの消防士が揃っている世界最高の消防署です。できないはずがありません」

お前が嫌いなのはおれだろう、と宝田が腕を組んだ。

「女性に士長は無理だ、と会議で何度も意見を上げた。差別するつもりはないが、体力的に厳しいのは事実だ。消防はチームで動く。先頭に立つ士長が体力で劣るようでは、話にならない」

「わかっています」

「それでも、おれを信用していると言い切れるのか？」

誰よりも信じています、と夏美はうなずいた。

「女性消防士が体力面で男性消防士に劣るのは、事実です。柳さんのような体育大学出身者は別ですが、神谷夏美に士長は務まらないという意見はその通りだと思っています。わたしの昇進に真っ向から反対したのは、宝田士長だけでした。冷静で客観的な判断ができる士長を信じなくて、誰を信じるんです？」

しばらく無言でいた宝田が、荒木副正監、と顔を向けた。

「自分の小隊が先発します。他の士長に強制するつもりも、煽《あお》るつもりもありません。ですが、誰が反対しても自分は行きます。命令もへったくれもない。誰かが行かなきゃならんのなら、自分が飛び込みますよ。名前も顔も知らない誰かを救うために、消防士になりました。ここで尻尾《しっぽ》を巻いて逃げるのは、プライドが許しません」

他の士長たちが、大きくうなずいた。ひとつだけ条件がある、と荒木が口を開いた。

「全員、無事に生還すること。髪の毛一本焦がしただけでも降格だ。いいな」

宝田を先頭に、男たちが総合指揮車を降りていった。馬鹿しかいないとつぶやいた荒木が、夏美に向き直った。

「塩嚢の配置は奴らに託す。他の消防士が全面的に支援する。特殊防護服は五十着しかない。突入できるのは五十人だけだ。高さこそないが、地下二階床下には横に展開できるスペースがある。各小隊を連続投入、十人の消防士が一人三十キロの塩嚢を指示した場所に置けば、一回につき三百キロ、三十五回で十トンを超える。所要時間は交替も含め四十分。それで任務は完了だ」

「はい」

だが、塩嚢の配置はマグネシウム火災爆破消火の前段階に過ぎない、と荒木がパソコンのディスプレイを指した。

「最終的にはその周囲に爆薬をセットし、床下を爆破しなければならん。消防研によれば、十トンの塩嚢を一辺二十メートルの正方形内に集中配置する必要がある。爆破のタイミングが少しでもずれれば、同時投下は不可能だ。それでは酸素遮断が不完全になり、消火はできない。チャンスは一度きりだ」

「爆薬のセッティングを担当する者が必要ですね」

　高度な専門知識と資格を持つ者だ、と荒木が言った。

「消防士の多くは、乙種危険物取扱資格を取得している。神谷、お前もそうだな？　だが、乙種資格者に今回の爆薬のセッティングはできない。甲種危険物取扱資格者でなければ無理だが、最難関資格のひとつだ。ギンイチでも甲種資格を持つ者は少ない」

「宝田士長は取得しているはずです。他にも……」

　誰が甲種資格を持っているかはわかってる、と荒木がこめかみを指で突《つつ》いた。

「だが、宝田も含め、他の甲種資格を持つ者も塩嚢を担いで床下に突入しなければ人員が足りない。配置自体にも正確さが要求されるためだ。体力の消耗は激しい。何度も塩嚢を運び、すべての作業を終え、戻ってきた時には、立つこともできなくなるだろう。それでも行くという者はいるだろうが、俺が止める。気力、体力を失った者に、爆薬のセッティングを任せるわけにはいかん」

　わたしが行きますと言った夏美に、お前の資格では無理だと言ったはずだ、と荒木が首を振った。

「他の消防署に甲種資格を取得している者がいるが、誰であれ命令はできん。天井の強度は高く、完全に爆破するためには大量の爆薬を運び入れなければならないが、四十分後の時点で天井裏の温度は六百度以上になっているだろう。今回の作戦ではプラスチック爆弾だけではなく、ダイナマイトも併用するが、高温で自然発火するリスクもある」

どうするかな、と荒木がデスクに肘をついた。一人だけいます、と夏美は無線に手をやった。

21:18

この国はどうかしている、と歩きながら女は周囲に目を向けた。地下通路から地上へ向かって避難する人々の列が延々と続いていたが、表情に焦りや切迫感はなかった。

彼ら、彼女らは、新宿地下街で大規模火災が発生したことを知っている。警察、消防の誘導で避難しているし、ネットニュースでも火災の映像が流れている。実際に火災を見た者もいるはずだが、不安を感じていないのは顔を見ればわかった。

警察、そして消防が誘導しているルートに従い、地上に出れば、新宿中央公園に避難できる。安全が保証されていると信じているから、彼らには危機感がない。

それは警察官たちも同じだ。走らないでください、ここは安全です、と繰り返し呼びかけていたが、パニック防止のためというより、彼らも安全を確信しているのだろう。そうでなければ、警察官であっても冷静でいられるはずがない。

何も起きない、考え過ぎだ、と誰もが言う。だが、最悪の事態を想定する者もいなければならない。

想像力が欠如している者が上に立てば、想定外のことが起きた時、対処できなくなるのはわかりきった話だ。

(想像力がない者が、あの人を殺した)

女は奥歯を嚙み締めた。少しでも気を緩めれば、涙が溢れそうだった。

自殺願望を持つ人間の相談を受けるという名目で、〝ノー・スーサイド〟というホームページを立ち上げたのは復讐のためだ。

計画に加わった者たちに対して、何の思い入れもないが、犠牲になった人々には罪の意識を感じていた。許されないことをしている、という自責の念もある。

それでも、こうするしかなかった。あの人が死んだのに、責任を取ろうとした者は一人もいない。それが許せなかった。

(早く逃げて)

人の列に向かって、女は頭《こうべ》を垂れた。これ以上犠牲者を出したくない。贖《あがな》うべきなのは、あなたたちではない。

人の流れに逆行して、女は歩を進めた。避難する者たちの誘導に専念しているためか、誰何《すいか》する警察官はいなかった。西新宿駅から大江戸線新宿西口駅に繋がっている通路が、目の前にあった。

21:22

総合指揮車のドアが大きな音を立てて開いた。外に立っていたのは溝川だった。

入れと言った荒木に、冗談でしょう、と溝川が吐き捨てた。

「馬鹿馬鹿しくて、話にならない。神谷士長、何を言ってるかわかってるのか？　ぼくに特攻隊になれと？」

さっさと入れ、と荒木が命じた。不満げに口元を歪めた溝川が、後ろ手にドアを閉めた。

「荒木副正監……神谷士長から爆破消火について連絡がありました。説明も聞きましたが、成功するはずがありません。仮に成功したとしても、担当者は全員殉職します。それが特攻でなければ、何だって言うんです？」

落ち着け、と荒木が空いていた椅子を指した。ひとつため息をついた溝川が、夏美を睨みつけてから乱暴に腰を下ろした。

特攻に近いのは確かだ、と荒木が口を開いた。表情が暗かった。

「命令できる任務じゃないのは、こっちもわかってる。ただし、成功の可能性はお前が考えているほど低くはない」

一パーセントが二パーセントになっても何も変わりませんよ、と溝川が首を振った。

「確認しますが、イーストスクエアの特設販売ブース上、地下二階床下に十トンの塩嚢を置き、その後プラスチック爆弾及びダイナマイトを仕掛け、爆破によってブースを大量の塩で埋め、酸素遮断でマグネシウム火災を消す。そうですね？」

骨子はそうだとうなずいた荒木に、ぼくは甲種危険物取扱資格者です、と溝川が言った。

「取得できる資格はすべて取っておくのが、ぼくの主義です。はっきり言いますが、それは昇進に有利なためで、他に意味はありません。ペーパー試験の成績が満点でも、実際にその資格を使うつもりはありませんし、できるとも思ってません。試験と現場は違うんです」

お前の〝つもり〟はどうでもいい、と荒木が舌打ちした。

「昇進でも出世でも、何でも構わん。俺は他人の人生に口出しできるような立派な人間じゃない。お前は総務省で偉くなればいい。そういう奴も必要だ」

「皮肉ですか？」

今回の爆破消火には甲種危険物取扱資格者が必要だ、と荒木が言った。

「乙種は腐るほどいるが、甲種となると話は違う。ギンイチは日本最大、トップレベルの消防署だが、それでも二十人だ。火災発生から約三時間、ハイパーレスキュー隊員、あるいは優秀な消防士が率先して炎と戦ってきた。甲種資格者全員が消火の最前線に立ったが、負傷、疲労のため、十六人が病院へ搬送された。宝田士長を含め、残った四人は塩嚢の配置作業を担当する」

あなたにはできない、と横から夏美は言った。

「トータル八十キロの装備を背負い、凄まじい高熱の中、塩嚢を正確な位置にセットする。それを何度も繰り返す体力はない」

やりたくもない、と溝川が横を向いた。一度なら行ける、と夏美は額の汗を拭った。

「あなた一人を行かせるわけじゃない。わたしも行くし、他にも志願者がいる。でも、プラスチック爆弾とダイナマイトを接続し、起爆装置をセットできる甲種資格を持つ消防士はあなたしかいない」

どうかしてるぞ、と溝川が窓を強く叩いた。

「サンズロードのメインとなるイーストスクエア周辺は、何度も補修されている。設計、工事を担当したのは大手ゼネコンのモリサワ建設で、連絡を受けて確認したが、地下二階床は三層構造で、頑丈な造りだ。あれを完全に爆破するには、大量のプラスチック爆弾がいる」

計算済みだ、と荒木がパソコンのマウスをクリックした。

「ギンイチにはコンポジションC－4爆薬がある。三・五キロで厚さ二十センチの鉄鋼を破壊できる威力を持つが、地下二階床はまさにその鉄鋼製で、それを厚さ三十センチのコンクリートが挟んでいる。鉄鋼とコンクリートのサンドイッチだが、約五十キロのC－4を分散配置すれば、地下二階床の爆破、破壊は可能だ」

それは机上の理論で、燃焼速度が計算に入っていません、と溝川が自分のタブレットを取り出した。

「爆速は一秒八・〇四キロメートルです。意味がわかりますか？　一秒で地下二階床下全体に爆風が届くんです。起爆装置は無線作動させるしかありませんが、ぼくはどこへ退避すればいいんです？　既にマグネシウム火災が起きています。タイムリミットは十時半と聞きました。それまでに爆薬をセットし、安全地帯まで退避するなんて、絶対にできません。爆破に巻き込まれるか、マグネシウム火災の爆発で吹っ飛ぶか、どちらにしても待っているのは確実な死です」

ダイナマイトを併用するのはそのためだ、と荒木がパソコンの筐体を指で弾《はじ》いた。

「ダイナマイトで二階の床を爆破する。C－4の量を減らして爆風を最小限に抑え、作戦実施者が退避する時間を稼ぐ。現場では高度な知識と計算能力が必要で、乙種資格者には無理だ。だから甲種資格者が現場に行き、セッティングを行なう必要がある」

他の消防署にも甲種資格者はいますと言った溝川に、お前に限らず誰に対しても命令はできない、と荒木が腕を組んだ。

「消防研に連絡した時点で、茅野司監、大沢署長、東京消防庁のお偉方に作戦概要を説明したが、自殺行為に等しいと止められた。判断として正しいのは、言われなくてもわかっている。現場に入れば、消防士は要救助者となる。命を捨てて炎を消した、そんな美談は寝言だ。だが、神谷は安全だと言ってる」

プロの消防士なら生還できます、と夏美は窓の外に目をやった。

「溝川副士長、あなたは自分を消防士だと思っていない。総務省からギンイチに出向を命じられ、昇進に有利だから消防副士長を務めているだけだと……でも、それは違う。顔も名前も知らない誰かを救えるなら、救いたいと思っている。そうでなければ、最難関の甲種危険物取扱資格を取得しない」

ぼくは資格マニアなんだ、と溝川が小声で言った。

「消防士になるつもりなんてない。ギンイチにいるのは出世のためだ」

あなたの不平、不満、愚痴を何度聞いたかわからない、と夏美は首を振った。

「ギンイチの誰もが、あなたを嫌ってる。文句ばかりで何もしない最悪のキャリアだと……でも、わたしはあなたのことを知っている。少なくとも二度、あなたには総務省消防庁に戻るチャンスがあった。尻尾を巻いて逃げ帰ると思っていたけど、どうしてそうしなかったの？」

戻るのは簡単だ、と溝川がしかめ面になった。

「だけど、逃げたと思われるのは、今後のことを考えたら不利になる。自分から希望するんじゃなくて、戻ってこいと言われるのを待ってたんだ」

そんな人にあの厳しい訓練は耐えられない、と夏美は苦笑を浮かべた。

「昇進のためなら、もっと楽な道がある。でも、あなたは逃げなかった。その理由はひとつしかない。誰かを救いたい、と心の底で願っているから」

買いかぶりだと言った溝川に、あなたにしかできないことがある、と夏美は手を伸ばした。

「生きて戻れる可能性はほとんどない、とあなたは言った。そうかもしれない。でも、ほとんどはゼロじゃない。一パーセントでも可能性があるなら、消防士は逃げない。戦い続ける」

あらゆる形で、全消防士がお前たちを支援する、と荒木が溝川の肩に手を置いた。

「どれほど危険な任務か、誰もがわかっている。消防はチームで、絶対に仲間を見捨てない。もちろん、お前には断る権利がある。本音を言えば、俺だって拒否するかもしれん。お前が断っても、責めるつもりはない」

その時はわたしが行く、と夏美は言った。

「今、この場で決めて。時間がない」

そんなに死にたいのか、と溝川が立ち上がった。生きるために行く、と夏美はうなずいた。本物の馬鹿だ、と溝川がつぶやいた。

「これだけは言っておく。君はギンイチで最低の士長だ。体力はぼくより劣るし、すぐ感情的になる。他人のために自分を犠牲にするなんて、安っぽいヒロイズム以外の何物でもない。いつか現場で命を落とす。そう思っていた」

「知ってる」

それが今日だ、と溝川が苦笑した。

「馬鹿が死にに行くのを、放っておくわけにはいかない。昇進に響く。君のためじゃない。ぼくはぼくのために行く。現場ではぼくの指示に従ってもらう」

わかった、と夏美はうなずいた。命令を出してください、と溝川が荒木に向き直った。

「責任の所在を明確にしてもらわないと困ります。勝手に突入して、自己責任で死んだ、そんなことになったら犬死にです」

これを見ろ、と荒木がポケットから二つ折りの紙を二枚出した。

「一枚目は命令書で、大沢署長宛てに提出する。もう一枚は俺の辞職願だ。神谷、現場に向かった者が一人でも生還できなかったら、俺はこの仕事を辞める。危険だと判断すれば、すぐに戻れ。意地やプライドなんか、ドブに捨てろ。何よりも大事なのは命だ。それが俺の命令だ」

最小限の人数で行きます、と夏美はうなずいた。

「神谷小隊の四人です。爆薬のセッティングは溝川副士長の指示に従いますが、爆破消火の決行、あるいは中止はわたしが決めます」

吉井と西郷を呼べ、と荒木が言った。外で待機しています、と夏美はドアを指した。

21：23

ストップ、と小池は片手を挙げた。モニターの画面が止まった。

ＪＲ新宿駅構内及び地下街には、トータル二千台近くの防犯カメラが設置されている。私鉄、地下鉄駅まで含めると三千台とも言われるが、総数は誰も把握していないほど多い。

駅、地下街はそれぞれ管理会社が違う。地下街では自主的に防犯カメラを設置しているテナント、ショップもある。そして、その数は日々増えていた。

ＪＲ東日本、私鉄、地下鉄等の管理部門が直接設置しているカメラもあるし、警備会社に委託している店舗もある。駅構内のＮｅｗＤａｙｓ、その他ショップによっても事情は異なり、総合的に管理する組織がないのが実情だ。

そのため、防犯カメラ映像を短時間で集めるのは困難だったが、時間の経過と共に汐留のサイバー犯罪対策課へ送られてくるデータが増え、ＡＩによる解析の結果、不審者の特定が可能になっていた。

サイバー犯罪対策課員がキーボードを操作すると、顔がアップになった。中年の女性だ。四十代半ばだろう、と小池は思った。

画面のノイズやシャドウを消していくと、女の人相が徐々にはっきりしてきた。黒いニット帽を目深《まぶか》に被っているが、尖った鼻、こけた頰、そして右唇の下に小さなホクロがあった。

この女がエンジェルだ、と小池はうなずいた。膨大な量の防犯カメラ画像から、ＡＩが不審な動きをしている者をピックアップしていたが、絞り込みを続けるうちに、三人の男女が複数のカメラで撮影されていることが判明した。

その後、ＡＩがキャプチャーした三人の顔、体格を過去二十四時間の映像データでサーチし、深層検討《ディープスキャン》していった。最初に消えたのは二十代後半の男性で、大きなリュックサックを背負い、地下街を移動していたが、精査した結果、ドラッグストアチェーンの営業マンだった。

残った二人の女性の動きをトレースしていくと、三十歳前後の女性が十一回映し出され、顔もわかった。疲れたというより、虚ろな表情で歩き続けていたが、常に服装は同じだった。

放火犯の一人だ、と小池は判断していた。ただ死にたいだけで、思考能力を失っているのだろう。

モニターに映っているもう一人の中年女性を、小池は改めて見つめた。切り替わった画面に、二十枚の静止画像が映っていたが、約二時間おきに服を着替えていた。

変装のつもりなのだろう。色の入った眼鏡をかけているが、三枚だけは素顔のままだった。

「同一人物と確認」サイバー犯罪対策課の府河《ふかわ》巡査部長が振り返った。「歩行認証ソフトの結果も同じです。スキンテクスチャー分析の結果、年齢四十四歳から四十七歳、身長百五十八センチ、推定体重四十二キロ」

新宿駅周辺一キロに設置されている全防犯カメラでこの女を探せ、と小池は命じた。

「エンジェルという名前でホームページを立ち上げ、人生に絶望している自殺志願者を集め、その連中をコントロールし、新宿駅地下街に放火させた。テロリストや放火魔なら、そんな面倒なことはしない。死傷者を増やすためではなく、この女には別の狙いがある。地下街放火は、警察の目を逸らすための陽動作戦だ」

「別の狙いとは？」

わかれば苦労しない、と小池は肩をすくめた。

「何を企んでいるのか、それは本人以外わからん。この女の計画を未遂に終わらせるためには、確保が絶対条件となる」

簡単ではありません、と府河が言った。

「ほとんどの防犯カメラが固定式で、一八〇度撮影が可能なのは、警察が設置しているカメラだけです。避難する者が移動を続けているため、現場は大混乱に陥っています。AIにこの女の情報を入力しても、発見は難しいでしょう」

女の写真を全警察官のPフォンに転送しろ、と小池は机を叩いた。

「最後に映っているのは午後三時、サンズロード地下駐車場だ。とっくに着替えているだろうが、それでも顔、表情、歩き方、体格、年齢その他特徴がある。唇右下にホクロがあることも伝えろ。何としても女を見つけるんだ」

Pフォンはポリスフォンの略称で、警視庁警察官全員が携行している。通常のスマートフォンと違い、同時に八人との通話が可能で、データ容量も多い。写真だけではなく、動画の送受信も高速で行なえる。

防犯カメラの性能には限界があり、新宿駅周辺に人が溢れている状況下で、女を見つけだすのは難しい。また、人の姿が重なっていると、正確な情報が反映されない。それではAIも画像分析ができない。

（だが、警察官がいる）

新宿地下街火災に関して、優先されたのは消火であり、警視庁は避難誘導、負傷者の保護を主に担当していたが、被害の甚大さから、新宿区、渋谷区をはじめ、近隣十区の刑事課、地域課、生活安全課の警察官たちが招集されていた。その数は千人以上だ。

千人の警察官が新宿駅周辺にいる。二千の目で探せば、主犯であるエンジェルの発見は、困難と言えない。

最後に頼れるのはコンピューターでもAIでもない。人間だ。

三枚目の写真を拡大してくれ、と小池はモニターを指さした。

「カメラが正面から顔を映している」

府河がキーボードに触れると、一枚の写真が画面に大写しになった。限界まで拡大しろ、と小池は言った。

「どうしたんです？」

わからん、と小池は首を傾げた。

「だが……見覚えがある気がする。知り合いってわけじゃない。一度顔を合わせたか、挨拶したか、それぐらいだろう。俺も刑事だ。話したことがある者は、何となくでも記憶している。どこかですれ違ったことがある……そうとしか言えん」

「いつです？　場所は？」

思い出せない、と小池は渋面《じゅうめん》を作った。

「そんなに昔じゃない。だが、今年なら記憶があるだろう。数年前かもしれない。何か事件に関係していたのか……」

「放火犯の家族とか?」

それなら絶対に忘れない、と小池は立ち上がってモニターに近づいた。

「いつだ……十年前ってことはない。そこまで記憶力がいいわけじゃないし、十年経てば顔の印象も変わる。四十五歳前後だな? 五年前なら、それほど変化はないだろう。だが、この五年で捜査に加わった放火事件は数え切れない。どの事件だったか……」

「それでも、見覚えがあると?」

間違いない、と小池は右のこめかみに指を当てた。

「この辺に引っ掛かりがある。放火事件の犯人、容疑者、あるいは被害者、その家族は覚えている。事件関係じゃないとすれば……」

プライベートですかと尋ねた府河に、その方が近い、と小池は別のモニターに目を向けた。

「例えば……女房の友達とか、そんな感じだ。一度だけ会い、挨拶もしているが、名前もろくに覚えちゃいない。だが、顔は見ている。だから覚えてるんだ……いつ、どこでだ? くそ、思い出せん」

前のめりになって、小池はモニターを睨みつけた。顔を伏せ、足早に歩いている女が画面の端に消えていった。

一緒に行きます、と秋絵が首を振った。

「あたしもあの女の顔を見ています。柳さんと折原さんの二人だけより、あたしが加わった方が見つかる可能性は高くなります」

一・五倍増だ、と折原は秋絵の顔を見つめた。

「でも、これは確率の問題じゃない。人数が一人でも多い方が、あの女を発見するのは容易になるだろう。だけど、ここからは歩いて探すしかない。しかも、マグネシウム火災とそれに伴う爆発が起きるリスクもある。はっきり言うけど、僕は君を守れない」

放ってはおけません、と秋絵が松葉杖の先でアスファルトの道路を叩いた。

「来年の四月、あたしは消防士になります。何もしないで逃げるわけにはいきません」

肩を叩かれ、折原は振り向いた。タブレットを手にした雅代が立っていた。

「避難誘導班にギンイチの同僚がいた」これを借りた、とタブレットの画面をスワイプした。「情報共有のために、全消防士が防犯カメラ映像を確認できる。あの女が地下街にいたのは確かだけど、その映像は残っていない。ただ、外に出た後は……どうしたの、そんな顔して」

彼女が一緒に探すと言ってます、と折原は秋絵を指さした。

「あの女を見ているのは、僕たち三人だけです。二人で探すより、三人の方が早いと……でも、怪我人を捜索に加わらせるのは……」

松葉杖があれば歩けます、と秋絵が一歩前に出た。その顔に目をやった雅代が、命令に従うことと言った。

「危険だと判断すれば、即時退避する。折原くんも、わたしも逃げる。消防士は命を懸けて要救助者を救うけど、わたしたちも要救助者で、自分の命を守らなければならない。状況によっては、あなただけを避難させることも有り得る」

時間と場所を入力した雅代が、タブレットを二人に向けた。

「わたしがプリズムビルから外へ出たのは、約三十分前。あの女に気づいたのは、その十分ほど前だった」

それぐらいだったと思います、と折原はうなずいた。その後消防、警察の誘導で地下へ降り、中央公園に向かった、と雅代が画面を早送りにした。

「新宿駅西口から中央公園へ向かう通路には、数百台の防犯カメラが設置されている。避難路も決まっていて、誰もがそれに従うしかなかった。わたしたちも、あの女も、同じルートを歩いていたことになる。設置されているカメラの位置、角度、方向はそれぞれ違うから、どれかに必ず映っている」

見つかるかな、と折原は首を捻った。

「何らかの形で映っているのは確かでしょうけど、地下通路は満員電車並みの混雑でした。カメラの精度も低いし、映りも悪いと思います。あの女の顔は見てますけど、そこまではっきり覚えてはいません。特徴もないし、見つかったら奇跡ですよ」

特徴と言えるかどうか、と秋絵がタブレットを指した。

「背はあたしより低かったと思います。百五十五センチぐらいでは？　年齢は四十代半ばでした」

待ってくれ、と折原は秋絵の肩をつついた。

「これだけ大勢の人がいるんだよ？　地下街から避難してきた人たちの数は一万人以上、周辺ビルや商業施設の従業員とか、付近にいた人たちも含めると、その倍いてもおかしくない。その中から特に目立つところもない女性を探すなんて、はっきり言って無理だ。あの女はぼくたちより先に地上へ出ている。その後、誘導に従って規定のルートを進み、新宿西口中央公園へ向かった。そこまでは確かだけど、途中でどこかのビルに入ったかもしれないじゃないか。それじゃ見つかりっこない」

「どこかのビル？」

雅代が顔を上げた。規模の大小はともかく、西口通路内には数え切れないほどビルがあります、と折原は言った。

「そこに入ったかもしれないし、別の場所に移動した可能性もあります。放火犯なら、逃げることしか考えませんよ。いずれにしても、どうやって探せと？　黒っぽいコートを着ていたのは覚えてます。でも、そんな女性はいくらでもいますよ」

タブレットの画面上でも探せますと言った秋絵に、場所が特定できない限り無理だ、と折原はため息をついた。

「地下通路には山ほど防犯カメラが設置されている。ここは都庁の目の前で、テロ対策のため警戒も厳重だ。逆に言えば、カメラの数が多すぎて絞り込めない。時間があれば、ひとつずつ画像を潰せるけど、タブレット一台じゃどうにもならないよ」

警察には情報を伝えた、と雅代が言った。

「彼らも防犯カメラ映像を調べている。あの女がどこにいるか、手掛かりがないまま捜しても見つけるのは難しい。だけど、考えることはできる」

「何をです？」

どこへ向かったのか、と雅代がタブレットの画面を切り替えると、西口地下通路のストリートビュー映像が映し出された。

「あの女が地下街放火に関与していたのは確かで、犯人と言ってもいい。中央公園には警察官、消防士が大勢いる。逃げる、あるいは隠れるためにビルへ入るのは、犯罪者の行動として自然で、わたしでもそうする」

「でも、ビルの数が多すぎて、探すと言っても──」

　そうとは限らない、と雅代がタブレットに二本の指を当てた。

「火災は新宿駅の地下街で起きた。延焼を恐れて、多くのビルは全館閉鎖した。当然、あの女も入れない。でも、地下街から避難してくる者のために、閉鎖できなかったビルもある。そこでは警察官が避難誘導している。彼らの任務は地下街から逃げてくる人たちの安全を守ること。その流れに逆らって進んでいく者がいたら、誰かが必ず気づく」

　警察官だって制止したはずですと言った折原に、無理に止めることはできない、と雅代が首を振った。

「危険ですと止められても、振り切られたらそれまでだし、彼らの任務は避難誘導で、たった一人のために持ち場を離れることはできない……警察に確認する。地下へ潜った四十代の女性を見た警察官がいたか、いたとすればどこだったのか。それがわかればタブレットの画像を調べて、あの女を見つけられる」

「その後は？」

　追うしかない、と雅代が辺りを見回した。

「警察と話してくる。不審な女性を見た、と報告が入っているかもしれない」

　警察官に歩み寄った雅代の後ろ姿を目で追った秋絵が、見つかるでしょうかと囁いた。

「……嫌な予感しかしません」

ぼくもだ、と折原は空を見上げた。暗い空から降っていた霙が、また雪に変わっていた。

21:35

塩が集まった、と荒木が言った。早かったですね、と夏美は総合指揮車の外に目を向けた。雪が本降りになっていた。

暗闇の中、数十台のサーチライトが新宿駅を照らし、そこだけが昼間のように明るい。運が良かった、と荒木がうなずいた。

「新宿駅周辺の店に消防士が向かい、塩を集めていたが、その間に墨田《すみだ》区のたばこと塩の博物館と連絡が取れた。日本たばこ産業、ＪＴが運営している施設だが、先月から世界の塩博覧会を開催していた。墨田区横川《よこかわ》の敷地内にある倉庫に、世界各国から取り寄せていた塩、岩塩が保管されていたんだ。トータル十二トン、それを消防車、救急車でピストン輸送した」

サイレンがうるさいな、と夏美の隣にいた吉井がつぶやいた。不安そうな様子の西郷、そしてその後ろで仏頂面《ぶっちょうづら》の溝川が足を組んで座っている。

「今、最後の塩を車から降ろしている」荒木が目の前のモニターを見つめた。「予定より十分早い……塩の保管状態は確認済みだ。厳重に梱包《こんぽう》されていたから、湿気もない。既に宝田をはじめ、消防士たちが駅ビル地下二階の作業員出入り口から床下に入り、塩嚢の配置に取り掛かっている。今のところ問題ない」

ありますよ、と溝川が不機嫌そうに言った。

「先発している小隊の報告によれば、地下二階床下の温度は六百度近いそうです。六百度ですよ？　空気が燃えているのと同じです。そこで爆薬をセッティングするぼくの身にもなってください。細心の注意を払い、爆薬を正確に配置しなければ、床を一気に爆破、破壊することはできません」

消防研の担当者と地下二階床下の構造を改めて確認しました、と溝川が図面を広げた。

「去年、補修工事があって、三層目は鉄板とコンクリートが二重になっています。その強度は高く、イーストスクエアの特設ブースに十トンの塩を一気に投下するには、一辺二十メートルの正方形の中に爆薬をセットする必要があります」

特殊防護服を着用しても、活動可能な時間は二十分が限度でしょう、と溝川が図面を丸めた。

「現場まで約二百メートル、往復に四分かかります。爆薬のセッティングに使える時間は十六分、一辺二十メートルの正方形内にC－4とダイナマイトの接続ポイントがトータル八十カ所、単純計算で一カ所十二秒です。訓練でも、その倍はかかりますよ」

全部プラスチック爆弾で吹き飛ばせばいいと言った吉井に、威力が強すぎます、と溝川が渋い顔で言った。

「C－4だけで事足りるなら、甲種免許なんかいりませんよ。八十カ所で接続した電線を十本ずつまとめて、ASP基板に繋がなければなりません。従業員出入り口から脱出後、ASP基板についているスイッチで起爆しますが、C－4だけだと数百メートルにわたって地下二階の床が破壊されます。そうなったら、地下二階にいる全消防士が死ぬでしょう。タイムリミット内に爆薬のセッティングを終わらせたとしても――」

時間は短縮できる、と夏美は視線を溝川に向けた。

「先発隊が照明を配置しているし、ロープでルートも確保されている。そのアドバンテージがあれば、三分で往復できる。九十秒で現場に着き、十六分で爆薬のセッティングを終え、九十秒で戻る。残った一分で安全地帯まで退避し、そこで爆破すれば問題ない」

空論に過ぎない、と溝川が顎の下を何度も強く掻いた。

「何かアクシデントが起きたら？　小さなミスでも命取りになる。神谷士長、吉井機関長、西郷も爆薬の扱いには慣れていない。現場ではぼくの判断、指示に従うと言ったはずだ。だから、無謀な作戦とわかっていても了解した。でも、もうそんなレベルの話じゃない。行く前から死ぬとわかっていて、それでもやらなきゃいけないのか？」

わたしも怖い、と夏美は溝川の手を取った。

「あなたはこの作戦がどれだけ危険かわかっている。わたしは臆病で、消防士としての能力も低いけど、最後まで一緒に戦う。約束する」

何の慰めにもならない、と溝川が手を引いた。

「ひとつでもミスがあれば、ここにいる四人は死ぬ。ミスがなくても、死ぬ確率の方が圧倒的に高い。これだけは言っておく。無理だと判断したら、その場で退避命令を出す。そこだけは譲れない」

もういいだろう、と吉井が溝川の肩を叩いた。

「自分も怖い。西郷を見てみろ、さっきから膝が震えっぱなしで、口を開くことさえできない。お前が怯える気持ちはよくわかる。逃げ出したいだろう。今、この指揮車を降りると言うなら、止めはしない。その時は神谷士長と自分の二人で行く。それだけだ」

なぜです、と溝川が手の甲で目元を拭った。

「そんなに誰かの命を救いたいですか？　吉井さんは死ぬのが怖くないんですか？　そんなはずがない。誰だって自分の命が一番大事でしょう？」

生きるために行くんだ、と吉井がぽつりとつぶやいた。

「できることがあるのに、何もしなかったら……心が死ぬ。ただ生きてるだけの人生は、死ぬより始末が悪い」

溝川が口を閉じた。五分以内にギンイチからC－4とダイナマイトが届く、と荒木がパソコンの画面に目をやった。

「神谷小隊の任務は、そのセッティングだ。たった今、第二隊の向井《むかい》士長から報告が入った。床下の温度は、一分毎に三度上昇している。お前たちが突入する際には、六百五十度を超えるだろう。危険だと判断すれば、即座に退避しろ」

わかりましたとうなずいた夏美に、これだけは言っておく、と荒木が腕を組んだ。

「村田がお前を士長職に推薦したのは、それだけの実力があるとわかっていたからだ」

「……まさか……」

体力は劣る、と荒木が苦笑した。

「だが、命の大切さを誰よりもわかっている。士長にとって最も重要な資質だ。だから村田はお前を選んだ。消火の現場で最前線に立つのは、口で言うほど楽な仕事じゃない。消防士は女性に向かない職業だ。お前はそれをよく知っていたから、他の消防士より努力しなければならなかった」

「……はい」

「無理をしたこともあっただろう」女性消防士の多くが同じ悩みを抱えている、と荒木が眉間に皺を寄せた。「体力、体格のハンデがあるから、人より一歩前に踏み込まなければならない。危険だとわかっていても、他の消防士の目を気にして退けない……神谷は自分を過小評価している、と村田は言っていた。俺もそう思う」

消防士にとって必要なのはこれじゃない、と荒木が自分の腕を叩いた。

「重要なのは炎を憎む心と、考える力だ。いいか、無謀な突入はするな。逃げるのは恥じゃない。正しい判断ができないことが恥だ。それを忘れるな」

夏美は大きくうなずいた。他の三人も同じだ、と荒木がそれぞれの顔に目を向けた。

「完璧な準備の下、冷静に行動し、正しい判断を下せ。もうひとつ、お前たちの後ろには千人、万人の消防士がいる。お前たちだけが戦ってるんじゃない。俺たちのために、無事に戻れ」

夏美は指揮車の窓に顔を近づけた。大勢の消防士が塩の袋を担ぎ、新宿駅へ向かっていた。

21：38

警察官が無線で交信している。折原は雅代に目をやった。緊張した表情が浮かんでいた。

失礼します、と警察官が無線機を差し出した。

「警視庁捜査一課の小池火災調査官が、柳司令と直接話したいと――」

素早く手を伸ばした雅代が、柳ですと言った。小池だ、という野太い声が無線機から流れ出した。

「久しぶりだな、柳。新宿にいたとは思わなかった」

誰にでもついていない時はあります、とだけ雅代が言った。状況は聞いた、と小池が小さく咳をした。

「不審な女性を見たそうだな。実は、こっちも女を追っている。詳しく説明している暇はないが、緊急逮捕した放火犯の供述から、今回の新宿地下街放火は、その女が計画を立てたことがわかった」

「どういうことです？」

話を聞け、と小池が苛立った声を上げた。

「警察官のＰフォンに女の写真を送信してある。確認しろ」

警察官がＰフォンの画面を向けた。うなずいた雅代に促され、折原は映っている女の顔を見た。この人です、と秋絵の口からつぶやきが漏れた。

「その女が新宿地下街にいたのは確かだ」無線機から小池の声が続いた。「二十三日の夜七時以降、地下街を出たり入ったり、その繰り返しだ。途中で何度も着替えている。それが不審じゃなかったら、何が不審だって話だ……柳、この女か？」

間違いありません、と雅代が言った。

「五分ほど前、地下通路に降りていく女性を見た、と避難誘導中の警察官から連絡があった。危険だと制止したが、すぐ戻ると言って歩き去ったそうだ。避難してくる者が多すぎて、それ以上どうすることもできなかったと話している」

「どこで見たと？」

西口通路内に、携帯電話会社が入っている雑居ビルがある、と小池が言った。

「ＭＡＴＴビルという名称だが、建物の地下が東京メトロ丸ノ内線への連絡通路に繋がっている。女はそこから地下へ降りた。警察官の話によれば、東京メトロ西新宿駅方面へ向かったようだ」

どうしてその警察官はすぐ連絡しなかったんですか、と雅代が唇を強く噛んだ。

「持ち場を離れることができなかったのはやむを得ないとしても、不審な動きをしている人物がいたら、報告の義務があるはずです」

西新宿駅で火災は起きていない、と小池が舌打ちした。

「それは聞いてるな？　警察官は西新宿駅周辺が安全だとわかっていた。彼の任務はＪＲ新宿駅から避難してくる者の誘導で、例の女は特に様子がおかしいわけではなかった。無理に止めることはできん」

「今はどこに？　手配はしてるんですか？」

しばらく前、西新宿駅近くで火災が発生した、と小池が言った。

「そのため、地下通路は避難路として使用不能になった。通路を閉鎖し、全警察官を地上に戻している。手配済みだが、女は見つかっていない」

あの女には別の目的があります、と雅代が無線機を強く摑んだ。

「何と言えばいいのか……本当の狙いは違うところにあるんです」

おそらくそうだろう、と小池がため息をついた。

「何を企んでいるのか知らんが、女にとってここまではプロローグに過ぎなかった。本番はこれから始まる、そうだな？　そのために地下へ潜ったんだろうが、何を狙ってる？今回の地下街放火で、死者は二百人前後、負傷者は三千人を超えている。これ以上、どうしようっていうんだ？」

今すぐ警察官を地下通路に出動させてください、と雅代が言った。

「一刻も早く見つけないと、もっと深刻な事態が起きると――」

可能性は高い、と小池が鼻を鳴らした。

「放火犯グループの犯人数人を新宿駅周辺で緊急逮捕し、事情聴取をした。奴らに共通するのは、社会への不満、怒り、苛立ちだ。あの女にもそれがあったんだろう。そうでなければ、多数の死傷者が出るとわかっていて、新宿地下街に放火するはずがない。何に対しての怒りだったのか……」

もうひとつ、と小池が低い声で言った。

「ぼんやりした記憶だが、おれはあの女とどこかで会ってる。会話はしていないかもしれんが、どこかで顔を合わせたのは確かだ。だが、プライベートで思い当たることはない。そうなると仕事関係だが……柳、聞いてるか？」

小池さん、と雅代がつぶやいた。その声の暗さに、折原は思わず一歩下がった。

「あの女性が誰なのか……動機もわかりました。なぜ彼女がこんな悲惨《ひさん》で酷い事件を起こしたのか、新宿地下街に放火したのかも……」

「どういうことだ？　お前もあの女を知っていると？」

知っているとは言えません、と雅代が首を振った。

「会ったのは一度だけで、挨拶をしただけです。ですが、彼女は……」

誰なんだ、と小池が怒鳴った。少しの間無言でいた雅代が、ゆっくりと口を開いた。

21：40

パソコンのモニターにイーストスクエアの画像が映し出された。ギンイチ装備課が数十メートル離れた換気口から先端に小型カメラを装着したケーブルを伸ばし、撮影した画像だ。

木製の特設販売台は、完全に焼け落ちている。そこにあったのは灰にまみれたパソコン、ゲーム機、スマートフォンの残骸だ。

いずれも筐体が溶け、露出した部品が熱で真っ赤になっている。積み重なっているパソコンが山だとすれば、その東と南の中腹で火災が起きていた。

「マグネシウムの融点は六百五十度」沸点は約千度だ、と荒木がモニターを指さした。

「熔解《ようかい》現象が起きているのは、見ればわかるだろう。マグネシウムを炎が溶かし、その熱が炎の勢いを増し、融点の六百五十度を超えた。東、南側では、既に炎が上がっている。サーモグラフィで調べたが、表面温度は九百度を上回っている」

西と北も時間の問題ですね、と夏美は額に手を当てた。計算では最短で二十分後、と荒木が言った。

「つまり、午後十時前後にマグネシウムの山が一気に炎上する。その際発する熱は、優に千度を超える。炎が空気中の酸素を取り込み、それによって局地的な上昇気流が生まれ、燃焼している高温の空気が激しい勢いで回転し、被害を拡大していく」

火災旋風だ、と溝川が抱えていた面体を叩いた。火災旋風が起きるには広い空間が必要だ、と荒木が腕組みをした。

「地震、山火事等、大規模火災が発生した際、それに伴って火災旋風現象が起きる。空間としての広さがないと、十分な酸素を取り込めないから、火災旋風は起こり得ない。だが、新宿地下街は違う。縦、横、上下、縦横無尽に通路が繋がっているし、その範囲も広い。閉鎖空間だが、酸素量は豊富だ」

炎は貪欲ですからね、と吉井がうなずいた。

「酸素を欲して、どこまでも真っ赤な舌を伸ばすでしょう。異常な高熱を帯びた炎が地下街そのものを焼き尽くし、他の特設ブースに置き捨てられたマグネシウム素材の商品も巻き込み、更に勢いを増したら……」

炎が地上に達すれば、と荒木がパソコンに触れた。

「消費する酸素は、理論上無限になる。そして建物、車両、その他あらゆる物が燃焼材と化し、ますます温度が上昇する。二十三区内の全消防士が出動し、消火作業を行っても、新宿区の三分の二が灰燼と化すだろう」

ただし、と荒木がモニターを指した。

「それはマグネシウム爆発が起きた時の話だ。現時点では火災が発生しているだけで、爆発には至っていない。西、北側のマグネシウムも、まだ燃えていない」

「はい」

「最短で二十分と言ったが、それは最悪の場合を想定しての数字で、ギンイチ内のラボで実験したところ、マグネシウム爆発まで最長五十分、という結果が出ている。今から五十分後、つまり午後十時半までにイーストスクエアのマグネシウム火災を消せば、爆発は起きない」

最短で二十分、最長で五十分、と溝川が口を歪めた。

「いつ炎上するのか、正確な時間は予測できません。五分後ということだってあり得ます」

　議論している暇はない、と荒木が鋭い声で言った。

「いいか、タイムリミットは最長で十時半だ。塩嚢の配置作業は三分以内に完了する、と連絡があった。神谷小隊は現場に向かい、塩嚢配置作業終了後、地下二階床下に突入せよ」

　溝川が総合指揮車の低い天井を見上げ、舌打ちをした。現在、地下二階床下の温度は約六百度、と荒木が言った。

「お前たちが着用している特殊防護服は、八百度までの耐火性がある。ただし、その分動きにくい。また、熱を完全に遮断できるわけじゃない。限界を超えれば、特殊防護服の内部に熱が達し、呼吸するだけで肺が焼ける。スピードがすべてだ。突入後、二十分以内にC－4とダイナマイトを設置、その後退避せよ」

　二十分、と西郷が唾を呑み込んだ。現在、地下二階の作業員出入り口横に簡易退避壕《ごう》を造っている、と荒木が先を続けた。

「爆発が起きれば、凄まじい爆風が作業員出入り口を襲う。逃げ遅れたら面体が外れ、目、鼻、口、耳、体のあらゆる部位に爆風が一気に入り、全身が破裂する」

　それでも行けと命令するんですか、と溝川がしかめ面になった。

「ぼくたちに与えられた時間は最短二十分、現場までの距離は往復四百メートル、六百度どころか七百、八百度になる高熱の中、特殊防護服と分厚いグローブをはめた上で、爆弾のセッティングを終え、退避壕まで戻れ？　どれだけ無茶な命令か、わかってますか？」

　その話は終わっている、と夏美は耐火グローブを掴んだ。行きますよ、と溝川が面体を抱えた。

「こんな馬鹿な命令は、聞いたことがない。生きて戻ったら、総務省消防庁にすべて報告します。荒木副正監も神谷士長も、覚悟しておいた方がいい。降格で済めば運がいいぐらいだ」

　その分、お前が昇進する、と吉井が溝川の肩に手を置いた。

「それがバランスってもんだ。出世のチャンスだぞ。偉くなりたいなら、文句を言うな」

　行くと言ってるでしょう、と溝川が吉井の手を払いのけた。夏美は総合指揮車のドアを開けた。

　大粒の雪が降っている。奇妙なほど、静かだった。

　誰なんだ、という小池の声がマイクを通じて折原にも聞こえた。ギンイチの佐竹《さたけ》士長の

21：41

奥さんです、と雅代が言った。

「佐竹？　ギンイチにそんな士長がいたか？」

今はいません、と雅代が首を振った。

「佐竹士長は銀座ファルコンタワー火災の際、殉職しています。火災の状況を調べるため、タワー内に入りましたが、爆発に巻き込まれて亡くなりました」

あの男か、と小池が言った。ファルコンタワーでは多くの消防士が殉職しています、と雅代が声を震わせた。

「その数はトータル八名。負傷を負い、現場から退かざるを得なかった者は約三十人。大規模震災等、特殊なケースを除き、消防士の殉職は稀《まれ》です。わたしが知っている限り、八名というのは最も多い数字です」

もっと増えていた可能性もあった、と慰めるように小池が言った。

「ファルコンタワー火災については、警視庁火災調査官も徹底的に原因を究明したし、詳細な報告書を上げている。あれだけの規模で火災が起きたのは、一九八二年のホテルニュージャパン火災以降初めてだ。客や従業員も含め、死亡者総数六十四人ということ自体、奇跡に近い。村田や君たちギンイチの消防士が命懸けで消火と救助に当たったから、それで済んだ。全責任は火災発生の報告を怠り、隠蔽《いんぺい》を図ったファルコンタワー総責任者、丸鷹《たか》ビルディング社長の鷹岡光二《たかおかこうじ》にある」

それはわかってます、と雅代がうなずいた。

「神谷が消火に失敗していたら、千人単位の犠牲者が出ていたでしょう。ですが……救えなかった命があったのも事実です。それには消防士も含まれます」

ファルコンタワーは百階建の超高層ビルだ、と小池が言った。

「小火レベルではなく、同時多発的に各フロアで火災が発生していた。死傷者ゼロなんてあり得ない。それはわかっているはずだ」

ファルコンタワー火災による犠牲者は、想定できる範囲で最も少なかったと思います、と雅代が手を強く握った。

「でも、それは生き残っているから言えることで、亡くなった人たちは戻ってきません。ファルコンタワー火災は明らかな人災ですが、責任を取るべき立場にいた鷹岡光二は現場で墜落死しています。あの後、丸鷹ビルディングは倒産し、遺族への賠償金の多くが未払いで、十分な補償はなされていません。今も裁判が続いていますが、見通しは立たないままです。遺族の怒り、悲しみ、苦しみは、想像すらできません。特に殉職消防士の家族は、怒ることさえ許されない立場にあります。どれだけ悔しかったか……」

「鷹岡に対する怒りが動機か？」

いいえ、と雅代が首を振った。表情が険しくなっていた。

「それじゃ、佐竹の女房は何のためにこんなことをした？」

消防の初動に問題があったのは確かです、と雅代が目をつぶった。

「火災発生の通報を受け、現場に最も近かったギンイチの消防士がファルコンタワーに向かいました。指揮を執っていたのはわたしです」

「覚えてる」

「あれだけの超巨大ビルです。全フロアを調べるには大人数での捜索が必要だと、最初からわかっていました。正直に言えば、わたしも上司も、大事には至らないと考えていたところがあります。当時最新の工法で設計、建造されていたファルコンタワーの消火設備は万全だと信じていたからです」

実際は違った、と小池が声のトーンを落とした。

「ファルコンタワーは銀座最大の、そして最後のランドマークになる予定だった。タワー建設による経済効果は、東京スカイツリーを遥かに凌《しの》ぐ。そのため、当時の金沢《かなざわ》東京都知事は施工主の丸鷹ビルディング、社長の鷹岡光二を全面的にバックアップした。我々の調べでは、ファルコンタワー建設時の防災点検に際し、都知事から強い容喙《ようかい》……はっきり言えば、多少の不備は注意に留めろと命じていたことがわかっている」

都知事への忖度ですとつぶやいた雅代に、どんなに小さなビルでも、完成前には消防による立ち入り検査がある、と小池が言った。

「ファルコンタワーを担当したのは東京消防庁の事務方とギンイチで、防災設備の不備が指摘されたが、オープン時までには改善すると鷹岡光二が明言したこと、金沢前知事がそれを容認したため、不問となった。報告書にも書いたが、癒着による不正があったんだ。だが、金沢前知事も現場で死亡している。死者に責任を取れとは言えない。防災設備点検に立ち会った者たちは、その後処分されたが……」

自ら辞職したのはギンイチの担当者だけです、と雅代が言った。

「東京消防庁、総務省消防庁の責任者は訓告処分に留まり、退職金を満額支払われて定年退職した者、天下りで他の会社の役員になった者もいます。彼らは何の責任も取っていません。謝罪すらしていないんです。彼らが六十四人の命を奪い、その上にいた東京消防庁消防総監は説明責任を果たしていません。この国では、誰も責任を取らないのが常識になっています。何が悪いんだ、とあの人たちは腹の中で思っているんでしょう」

上級国民が羨ましいですと言った折原に、つまらんことを言うな、と小池がため息をついた。誰も責任を取らなかったのは事実です、と雅代が言った。

「それは……わたしも同じでした。上に指示されるまま、五人だけで確認に向かったのは、何も起きないと甘く見ていたからです。その意味ではわたしにも責任があります」

それは違う、と小池が何かを叩く音がした。

「通報が入った時点では、火災の規模、場所どころか、実際に火災が起きているのかさえ、はっきりしていなかったんだ。小火が起きた、様子がおかしい、それだけの理由で百人の消防士を出動させることはできん」

ずっと自分に言い聞かせていました、と雅代が言った。

「状況を考えればやむを得なかったと……ですが、今も後悔があります。上に何を言われても、もっと多くの部下を現場に向かわせるべきでした。わたしたちの判断ミスが、六十四人の命を奪ったんです」その中には八名の消防士もいました、と雅代が声を詰まらせた。「すべてではないにしても、責任の一端があると思っています」

誰かが責任を取るべきだと佐竹の女房は考えた、と小池が大きく息を吐いた。

「自分から夫を奪ったのは誰か。それを考え続けるうちに、悲しみが怒りに変わった。なぜ夫が死ななければならなかったのか。消防士だからやむを得ないとは思えなかった。初期対応の誤り、初動の鈍さ、すべてが後手に回ったのは否めない。ギンイチは東京消防庁の下部機関だ。つまり、責任は東京消防庁にある。にもかかわらず、責任を取る者はいなかった。その怒り、そして恨みが今回の新宿地下街放火の動機だと？」

他に考えられません、と雅代がうなずいた。顔が真っ青になっていた。

「わたしは佐竹士長の葬儀に出席しています。形だけですが、奥さんと挨拶もしました。彼女は……目も合わせてくれませんでした」

思い出した、と小池が大声で言った。

「自分も葬儀に行っている。殉職した消防士八人の合同葬儀だったが、遺族全員に挨拶した。だから、佐竹の女房の顔に見覚えがあったんだ」

　彼女が狙っているのは都庁です、と雅代が言った。

「東京消防庁本庁舎は千代田区にありますが、地方自治法第281条、そして消防組織法第26、27条により、東京消防庁は都知事の管理下にあります。東京消防庁の現消防総監にファルコンタワーの消防立ち入り検査の責任者、錦木茂道《にしきぎしげみち》を任命したのは、現都知事の大川恭子《おおかわきょうこ》です。都庁は東京都政の象徴で、佐竹士長の奥さん……里美《さとみ》さんは何らかの形で都庁に消えない傷を残そうと考えたのでは？」

　都知事は都庁にいる、と小池が呻いた。

「夕方、退庁していたが、新宿地下街火災の連絡を受け、八時過ぎに戻った。こういうご時勢だ。大規模火災が起きているのに、クリスマスパーティに出ていたら、マスコミやネットでどれだけ叩かれるかわからん。都庁は最も安全な避難所でもある。今頃、グリーンの作業服を着て、マスコミ相手にパフォーマンスでもしてるんだろう」

　今、九時四十一分です、と雅代が無線機を握りしめた。

「都庁の職員のほとんどが帰宅しているはずですが、残っている者もいるでしょう。新宿地下街火災の連絡を受け、戻ってきた職員がいるかもしれません。新宿中央公園に避難していた者の一部も、都庁に入ったと聞きました。危険です。すぐ外へ逃げるように指示を出してください。新宿中央公園に避難している人たちにも、急ぎ移動を命じた方がいいでしょう。避難誘導は警察の管轄です」

連絡する、と小池が即答した。

「参宮橋《さんぐうばし》を経由して、代々木《よよぎ》公園に移動させる。それなら安全だ。距離もそれほど遠くない。それはいいが……佐竹里美が都庁をターゲットにした動機は納得できる。だが、都庁の外壁にガソリンを撒いて火をつけたところで何になる？　一部が焦げる程度で、そんなものはすぐ修復できる。佐竹里美は何をするつもりだ？　今、どこにいる？」

駅です、と雅代が前を見つめた。

「彼女が最後に目撃されたのは、東京メトロ丸ノ内線、西新宿駅へ向かう通路でしたね？　あの駅は大江戸線の駅と繋がっています。彼女は西新宿駅を経由して、大江戸線の駅へ向かおうとしているんです」

都庁前駅か、と小池が言った。

「だが、今も言ったように、都庁前駅に放火したってどうにもならん。たった一人で何ができるっていうんだ？」

それはわかりません、と雅代が首を振った。

「ですが、これだけは言えます。昨日今日で立てた計画ではありません。三年半の時間をかけて、細部まで考えたはずです。何をどうすれば、都庁にダメージを与えられるかも――」

佐竹里美は消防士の妻だ、と小池が怒鳴った。

「一般市民より、火災について詳しかったのは間違いない。だが、彼女はテロリストじゃない。誰でも爆弾が簡単に作れるなら、とっくに東京は影も形もなくなっているだろう。ネットで爆弾の作り方を解説している馬鹿や、それを真似して自作する頭のおかしな連中がいるのは本当だが、都庁を破壊できるような爆弾は絶対に作れない。断言したっていい」

怒っても仕方ないでしょう、と雅代が苦笑を浮かべると、女を探すとだけ言った小池が通話を切った。警察官に無線機を返した雅代に、どうするつもりですか、と折原は言った。

「話は聞いてました。今回の放火事件の犯人は、佐竹士長の奥さんでしょう。でも、彼女を探すのは難しいと思います。確か、都庁は第一本庁舎と第二本庁舎が並んでいて、都議会議事堂も隣接していますよね？　都庁で働いている職員は二万人近いと聞いたことがあります」

詳しいですねと言った秋絵に、今年に入ってから三回都庁で学術会議があった、と折原は言った。

「その時に都庁の職員から説明を聞いたんだ。佐竹士長の奥さんが都庁へ向かったというのは、柳さんの勘に過ぎません。今、どこにいるかもわかっていないんです。どうやって探すんです？　警察に任せるしか……」

勘だけで探すつもりはない、と雅代が地面を足で蹴った。

「佐竹里美は消防士の妻だった。火災現場で夫を亡くした悲しみ、悔しさは、消防士の妻以外、誰にもわからない。消防という組織は、殉職者を忘れない。消防士の鑑として尊敬の対象となり、消防総監が命日に手を合わせに来ることもある。でも、何をしても、死んだ者は戻らない。泣きたくても、不満や愚痴を吐き出したくても、我慢しなければならない。その辛さがわかるのは、消防士しかいない」

「柳さんにはわかると？」

火災のために死んだ者の家族なら、と雅代が目元を拭った。

「消防士に、あるいは消防という組織に怒りをぶつけることができる。お前たちのせいで家族が死んだ、お前たちが殺したのと同じだと……でも、消防士の妻にはそれができない。やり場のない怒りが膨れ上がり、それが爆発した。夫を奪った責任者は誰なのか、どうして謝罪がないのか、そう叫ぶ代わりに、すべてを壊そうとしている」

そうだとしても、と折原は首を捻った。

「彼女を見つけるのは無理でしょう。説得して、自首させようと考えているのはわかりますが……」

必ず見つけだす、と雅代が歩きだした。折原は秋絵と並んで、その後を追った。

「強く引け！」

命令する声に、並んでいた二十名の消防士がロープを引いた。夏美は吉井と共にその様子を見つめていた。

一分後、面体も含め、全身真っ黒になった消防士が作業員出入り口から引きずり出された。カーキ色の特殊防護服は灰と煤で黒く染まっていた。

「強く引け！　急げ！」

夏美は倒れていた男に駆け寄り、面体を外した。分厚いグローブ越しに、凄まじい熱が伝わってくる。熱湯に手を突っ込んだようだ。

男がくわえていた呼吸器のノズルが外れた。口から大量の涎《よだれ》が溢れ出し、そのまま意識を失って倒れ込んだ。

次から次へと、消防士が作業員出入り口から出てきた。崩れるようにその場に座り込み、指一本動かせずにいる。

周りにいた消防士がインパルスの水を浴びせると、全身から蒸気が上がった。数人が面体を外し、口を大きく開け、忙《せわ》しない呼吸を繰り返している。

最後に出てきた宝田が、大丈夫だと手を振り、そのまま面体を取った。顔が赤く腫《は》れ上がっていた。

「面体に空気が入った」水をくれ、と宝田が手を伸ばした。「あと一分遅れていたら、こんなもんじゃ済まなかっただろう……他の連中は？　全員無事か？」

倒れていた男たちが、小さく手を上げた。死屍累々《ししるいるい》だなと苦笑した宝田が、夏美に顔を向けた。

「神谷、塩嚢設置作業は完了した。入ればわかるが、塩嚢のピラミッドが出来ている。爆破に成功すれば、十トンの塩が一気に落下する。塩が入ったビニール袋は特殊加工してあるから、熱で溶けることはない。衝撃には弱いから、落ちればすぐ破れる。それは問題ないが……」

「何です？」

爆薬のセッティングは厳しいだろう、と宝田が渡されたペットボトルの水を一気に飲み干した。

「塩嚢の設置は図面もあったし、難しい作業じゃない。図面通りに並べ、重ねていくだけの単純作業だ。人数さえ揃っていれば、どうにでもなる。だが、爆薬は違う。ただ置けばいいわけじゃない。ポイントが少しでもずれたら、床下を爆破できない」

「はい」

床下で出火が始まっている、と宝田が滝のように流れ落ちる汗を拭った。

「それが一番まずい。C－4は直接炎に触れても爆発しないが、ダイナマイトは違う。導火線に火が燃え移ったら、約十秒で爆発する。逃げる暇はないし、隠れる場所もない」

確かに、と夏美はうなずいた。ダイナマイトの威力は知ってるだろう、と宝田が言った。

「爆発に巻き込まれたら、手足はもちろん、首も千切れる。床下の温度は七百度近い。狭くて、移動も困難だ。限られた時間の中で、爆薬の設置がうまくいくとは思えん」

爆薬の設置場所の図面がありますと言った夏美に、宝田が自分の面体を突き付けた。表面が焦げていた。

「特殊樹脂でコーティングし、耐火性を高めているが、それでも熱は防げなかった。ひとつ間違えれば、顔が燃えていただろう。それに、床下に煙が入ってきた。真下のイーストスクエアの炎が、天井を焦がしているんだ。照明は設置したが、役に立つかどうか……」

「視界は？　ゼロですか？」

手元は見えると言った宝田が、もう一本水をくれ、と太い腕を伸ばした。

「爆薬のセッティングに成功しても、接続の確認は難しい。その時間もない。俺たちの持ち時間は六分だったが、それでもこのざまだ……溝川、来い」

緊張した表情を浮かべた溝川が一歩前に出た。爆薬の接続に何分かかる、と宝田が尋ねた。

「二十分以内に終わらせろ、と命令されています」

俺も甲種資格を持っている、と宝田が渡されたペットボトルの水を頭からかぶった。

「だからわかるが、最低でも三十分、おそらくはそれ以上の時間が必要だ。お前たちが背負っている空気ボンベの容量は三十リットル、通常なら三十分間呼吸できるが、ここでは十五分が限界だ。塩嚢のピラミッドまで九十秒、戻るのに同じく九十秒、爆薬のセッティングと接続を十分で終えれば、トータル十三分だが、そんな簡単な足し算で済む状況じゃない。ボンベが空になったら、待っているのは死だけだ。ボンベの予備を残しておくことも考えたが、あの高熱では膨張して爆発する可能性の方が高い。お前たちが持てるのは二本が限界だ。交換すれば三十分保つが、間違いなく作業にはそれ以上の時間がかかる」

「では、撤退するべきだと？」

俺ならそうする、と宝田が空になったペットボトルを床に放った。

「状況は以上だ。もう一人甲種資格者がいれば別だが、残っている者はいない。俺が行くと言いたいが、立っているのがやっとで、足手まといになるだけだろう」

予備のボンベをもう一本準備、と命じた夏美に、無理だ、と宝田が力無く首を振った。

「床下の温度は七百度近いと言ったはずだ。身動きもままならないのに、ボンベを運ぶのは厳しい。ハイパーレスキュー隊員でも気絶するほど急激な脱水症状が起き、十分以内に気を失うぞ」

それでも行きます、と夏美は言った。そうか、と苦笑した宝田の膝が折れた。

「お前の親父《おやじ》さんは、ちょうど俺のひと回り上だった……あの人が中隊長を務めていた時、下についたことがある。誰よりも勇敢で、本物のファイアーファイターだった」

村田正監以上だったと言えばわかるか、と宝田が乾ききった唇を舌で湿らせた。

「仲間を救うためだが、親父さんも炎に勝てなかった。村田正監もだ。勝ち目はない。それでも行くつもりか？」

父や村田正監とわたしは違います、と夏美は言った。

「能力は誰よりも劣りますが、わたしは自分の弱さを知っています。危険を感じればすぐ逃げます。そして、誰よりも仲間を信じています。仲間のためなら戦えます」

しばらく夏美を見つめていた宝田が、荒木副正監に連絡を、とその場に座り込んだ。

「一分後、神谷小隊が地下二階床下に突入する。後方支援は俺が指揮する。ここからの数十分が勝負だ。神谷小隊を守れ。消防士は全員がバディだ。バディを救えない奴に、消防士の資格はない」

荒木副正監です、と一人の消防士がトランシーバーを渡した。

「神谷、突入を許可する」トランシーバーから荒木の鋭い声が響いた。「想定より状況が悪化している。一分前、マグネシウムの山全体に炎が燃え広がった。マグネシウム爆発が起きたら、お前たち四人だけではなく、地下二階はもちろん、周辺の千人の消防士も犠牲になる」

「マグネシウム爆発まで、何分残ってますか？」

最短二十分、最長でも四十分、と荒木が答えた。

「地下三階のイーストスクエアは常時モニタリングしている。面体のマイクをオンにしておけ。異常があればすぐ知らせる。その時は撤退しろ。いいな」

了解しました、と夏美はトランシーバーを宝田に返した。

「命令。面体着装、各員、特殊防護服の最終チェック。一ミリでも隙間があれば、そこから熱や煙が入ってくる。ヘッドランプ、空気ボンベ、呼吸器の確認は特に厳重にすること」

四人をロープで繋げ、と宝田が怒鳴った。駆け寄ってきた二人の消防士が、夏美の腰のホルダーにロープを通した。

21：50

松葉杖をつきながら、ＭＡＴＴビルの階段を一歩ずつ降りている秋絵に、折原は肩を貸した。段差があると歩きにくいのは、見ていればわかった。

階段の下まで降りると、地下通路にプレートがかかっていた。直進すれば丸ノ内線西新宿駅、左が大江戸線都庁前駅だ。

辺りは静かだった。人影もない。ＪＲ新宿駅方面から避難してきた者たちが、警察官の誘導で地上に出たためだ。

「小池さん、聞こえますか？」前を歩いていた雅代が、警察無線に耳を当てた。「わたしを含め、三人でＭＡＴＴビル地下一階に降りました。至急、応援の警察官を寄越してください」

そこは立ち入り禁止区域に指定された、と無線から小池の声が漏れた。

「西新宿駅、新宿西口駅周辺で火災が発生している。その通路内にもガソリンや起爆装置が仕掛けられた可能性がある。佐竹里美がそのビルに入ったことも確認できていない。危険が予測される場所に警察官を向かわせることはできない」

ただし、と小池が言葉を継いだ。

「都庁前駅に五十人の警察官を送り込んだ。警視庁本庁地域部、新宿、渋谷、中野の所轄の連中だ。彼らが佐竹里美を探す。柳、君たちもそっちに回ってくれ。都庁前駅までは、歩いて十分もかからない」

彼女のターゲットが都庁なのは間違いありません、と雅代が言った。

「ですが、誰であろうと都庁を爆破、破壊することはできません。彼女は爪痕《つめあと》を残すつもりではないでしょうか」

「爪痕？」

消せない痕跡です、と雅代が唇を嚙み締めた。

「彼女の夫が死んだのは、誰の責任なのか。それを訴えるためのメッセージと考えた方がいいかもしれません。今から都庁前駅へ向かい、彼女を探します。新宿西口駅方面から警察官を送り込めば、挟み撃ちにできます」

気をつけろ、と小池が深いため息をついた。

「佐竹里美が武装している可能性もある。警察官は自らを守る術《すべ》を知っているが、消防士は違う。発見しても、手は出すな。逮捕は警察に任せろ。もうひとつ、五分前に国交省から連絡が入った。停止していた大江戸線の運行再開が決まった。大江戸線の各駅は放火の被害を免れたため、安全と判断したようだ」

大江戸線、と雅代がつぶやいた。国交省の立場はわからなくもない、と小池が言った。

「新宿を通過する電車は、全線運行停止となっている。乗客は最寄り駅で降ろされたが、クリスマスイブに電車の運行停止、大幅遅延があれば、国交省鉄道局にクレームが殺到するのはわかりきった話だ。大江戸線だけでも運行を再開すれば、多少でも不満が解消されると考えたんだろう」

「もし……彼女がこの事態を予測していたとしたら？」

まさか、と小池が呻いた。

「あり得ない。だが……運行再開が大江戸線から始まるのは、予想がついたかもしれん。都庁前駅は大江戸線の起点駅だ。光《ひかり》が丘《おか》方面と環状線の接続駅で、新宿西口、飯田橋《いいだばし》方面からの電車は都庁前駅停まりとなる。つまり――」

大江戸線の車両内に、ガソリンと起爆装置を持ち込むのは容易です、と雅代が言った。

「爆破、炎上した車両が都庁前駅に突っ込めば……大江戸線はワンマン運転ですね？　もし運転席がジャックされたら、あるいは運転手が死亡した場合、ブレーキはどうなります？」

停止装置はある、と小池が言った。

「新CS-ATC（自動列車制御装置）だ。司令所が速度を測定し、異常を検知すると自動でブレーキがかかる。ATO（自動列車運転装置）もあり、運転操作はほぼ全自動だ。ただし、強制的な車両停止が可能かどうか、そこは都営地下鉄に確認しないとわからん」

すぐ折り返す、と小池が無線を切った。

彼女は新宿西口駅にいる、と雅代が通路の奥を見つめた。新宿西口駅方面、と表示があった。

なぜわかるんです、と折原は雅代の前に回った。

「話は聞いていました。でも、大江戸線をジャックするなんて……」

鉄道の警備はほぼ何もないに等しい、と雅代が言った。

「新幹線ですら、荷物のチェックはしていない。できない、と言った方がいいかもしれない。乗客が多すぎる。大江戸線に至っては、駅員の数自体が少ない。ガソリンとライターを持って車両に乗り込み、運転席に放火すれば、ブレーキをかける者はいなくなる。その場合、大江戸線は都庁前駅に突っ込むことになる。新宿西口駅から都庁前駅までは一キロ弱。スピードが出ていれば、司令所がＡＴＣを作動させても間に合わない」

「……大江戸線の車両を使った自爆テロってことですか？」

ギンイチの大沢署長を通じ、東京都交通局に大至急大江戸線の緊急停止を要請するべきでは、と秋絵が口を開いた。

「大江戸線は都の管轄下にあります。運行さえストップさせれば、佐竹里美もそんな無茶はできません」

確証がない、と雅代が唇を固く結んだ。

「警察も消防も、必ず確認を求める。怪しいと思ったので逮捕した、そんなわけにはいかない。確かな証拠がなければ、東京都交通局は運行停止を認めない。佐竹里美を見つけ、止めるしかない」

大江戸線の運行は再開したばかりだと小池さんは言っていた、と雅代が通路を指した。

「ダイヤは大幅に乱れている。遅延は当たり前だし、ホームには人が溢れているはず。彼女が電車に乗り込む前に身柄を確保できれば——」

新宿西口駅に向かって雅代が速足で進んだ。折原は秋絵と共に、その後を追った。

21：51

濃霧《のうむ》、という単語が頭を過った。視界はほとんどゼロだった。

「急いでくれ」面体の中で、溝川の声が響いた。「凄《すご》い熱だ。このままじゃ、蒸し焼きになる」

八百度までなら耐えられる、と夏美は言った。呼吸器のノズルをくわえているため、声が僅かに籠《こ》もった。

気休めに過ぎないのはわかっていた。特殊繊維を編んで造られた特殊防護服は、熱や衝撃を遮断する性能こそ高いが、完全断熱ではない。高熱に晒される時間が長くなると、熱が防護服の内部に侵入し、高温のサウナと同じ状態になる。

蒸し焼きになると溝川が言ったが、決しておおげさではなかった。外気が八百度を超えれば、体の芯まで熱が達するだろう。いつ脱水症状で倒れてもおかしくない。

一分前、作業員出入り口から地下二階床下に突入した。直前に大量の水を飲んだのは、脱水症状を防ぐためだ。

床下に潜ってから五秒も経たないうちに、頭から汗が垂れ始め、今では全身を滝のような汗が伝っている。更に、外部の熱がその汗を蒸発させ、面体の強化ガラスを曇らせていた。視界が悪いのは、そのためもあった。

ただし、塩嚢を配置している場所までは誘導ロープが張られている。加えて、別動隊が照明機材を設置していた。三十秒以内にイーストスクエアの真上に着くだろう。

小隊は夏美を先頭に西郷、溝川、最後尾に吉井が続いている。溝川以外の三人は、それぞれC－4とダイナマイト、そして起爆用雷管や電線、ヒューズなどが入ったバックパックを腰に巻いている。また、各自が一本ずつ予備の空気ボンベを持っていた。

地下二階床下は高さ一・五メートル、中腰で前進しなければならない。三十リットル入りの空気ボンベに加え、約十キロのバックパックは大きな負担だが、最終的に爆薬のセッティングを担当する溝川の体力を温存するには、三人で運ぶしかなかった。

何十本もの支柱を迂回して進むしかないが、足元には黒煙が溜まっている。ヘッドライトで照らしても、床に何があるか見えなかった。

夏美は腰のロープの張りを確認した。背後にいる西郷との距離は一メートル、多少撓《たわ》んでいたが、それは西郷が前に進んでいる証拠だ。

ロープに過重がかかれば、西郷が遅れていることになる。何も見えない状況では、感覚だけが頼りだった。

ライトの間隔が狭まり、塩嚢に近づいているのがわかった。三十センチ、二十センチ、十センチとほとんど並列してライトが設置されている場所に出ると、目の前に照明の束があった。

十分とは言えないが、辺りが見えた。二十メートルの正方形の中に、塩嚢のピラミッドがあった。

現場に到着、と夏美は面体の無線を切り替えた。了解、という宝田の声が聞こえた。疲労しきった状態で現場の指揮を執っているためか、声は小さかった。

その場で片膝をつき、呼吸を整えていると、西郷、溝川、そして吉井が横に並んだ。今から爆薬のセッティングを開始する、と夏美は面体のマイクに口を近づけた。

「わたしは右サイド、吉井機関長は左サイドに爆薬を設置する。溝川副士長は西郷くんと一緒に動き、セッティングと同時に接続を始めて」

バックパックを降ろした吉井が、火の粉が舞ってる、と上に顔を向けた。

「予想より遥かに多い……ダイナマイトの導火線には皮膜カバーがついているが、ヒューズを接続するため、先端は露出している。そこに火の粉が落ちたらどうなる?」

点火と同じだ、と溝川が頭を振った。

「十秒以内に爆発する。周囲五メートル以内にいる者は吹き飛ばされ、運が良くても全身骨折、死んでもおかしくない」

夏美は顔を上げた。濃い黒煙が辺りを覆い、何十本ものライトの光がそれを貫いている。

ゆっくりと回転しながら舞っている火の粉は、数え切れないほど多い。幻想的な光景ですらあった。

時間がない、と夏美はバックパックから配置図を取り出した。

「配置図上のポイントに指定された爆薬を置く。全員、塩嚢をひとつ担ぎ、ダイナマイトを置いたら、導火線を塩嚢内の塩で覆う。そうすれば、火の粉が落ちても爆発はしない」

地下二階の床下に十トンの塩嚢を置き、床を爆破することで真下にあるイーストスクエアの特設ブースに塩を投下し、マグネシウム火災を鎮火する。この方針が決まった時点で、ギンイチ内の防火対策課が作戦計画書を作成していた。管理会社の株式会社新宿サンズロード、七年前に床下の補修工事を請け負ったダイエイ建設も加わっている。

ただ床下を爆破するのではなく、正確にピンポイントで特設ブースを大量の塩で埋めるためには、綿密な計算が必要だった。C－4とダイナマイトの位置がずれると、それだけで作戦は失敗する。

一辺二十メートルの正方形内にC－4とダイナマイトを配置図通りに並べる作業は、決して難しくない。だが、六百度以上の熱が四人を包んでいた。

そして天井の高さは一・五メートル、立つことすらできない。更に特殊防護服と分厚いグローブを装着しているため、動きも制限されていた。

予定作業時間は二十分。それ以上現場に留まっていれば、異常な高熱が特殊防護服を焦がし、脱水症状、火傷、何が起きてもおかしくない。

最も危険なのは、思考力、判断力を失うことだ。撤退命令を出しても、方向すらわからなくなる恐れもあった。

夏美たち三人が配置図通りに置いたC－4とダイナマイトを溝川が接続していく。一辺の接続ポイントは二十カ所、トータルで八十カ所だ。

十カ所ごとに配線をまとめ、最終的に八本のスティックをASP基板に接続し、地下二階床下から離脱後、退避壕で無線爆破する。すべてが手作業であり、視界がほとんどない中、接続作業ができるのは溝川以外いない。

ここまで来た以上、逃げる気はないと溝川が口を開いた。

「だけど……自信がない。時間さえあれば……」

わかってる、と夏美はうなずいた。腕に温度探知機をつけていたが、地下二階床下に突入してから三分、その間に温度が十二度上がっていた。一分で四度の上昇だ。

現在、二階床下の温度は六百四十度、単純計算で十分後には六百八十度まで上がる。おそらく、それ以上になるだろう。

火の粉の量が増えているのは、地下三階の炎が地下二階床下に達した証拠だ。火災が発生する予兆でもあった。

面積こそ広いが、地下二階床下は閉鎖空間だ。炎に逃げ場はなく、空気中の酸素を食い尽くす以外、できることはない。火災が起きれば、空間の温度は千度を超える。

通常の火災現場であれば、放水によって炎の勢いを止め、温度が下がったことを確認した後、突入する。高温の中、消火作業を続けることは不可能であり、危険性も高い。

だが、マグネシウム爆発の危険性があるため、この現場では放水ができなかった。応援もいない。

今なら安全に避難できる、と溝川が言った。

「マグネシウム爆発が起きて、新宿駅が跡形もなく消滅しても、ぼくたちは無事だ。待機している千人の消防士も安全地帯まで後退できる」

イーストスクエアでマグネシウムが爆発したら、と夏美は首を振った。

「その炎が地下通路を通じ、他のブースを燃やす。全ブースが爆発火災を起こしたら、新宿駅周辺の一般市民にも危険が及ぶ。少なく見積もっても、一万人以上が死ぬ」

やるしかないのか、と溝川が吐き捨てた。

「今から接続作業を始めるが、東口地下街にいる千人の消防士に、退避命令を出した方がいい。ここに来てわかったが、状況はどんどん悪化している。ぼくたちの失敗は、そのまま彼らの死に直結する。彼らも要救助者だ。そうだろう?」

吉井さん、西郷くん、と夏美はマイクで命令を伝えた。

「爆薬の設置作業を始めてください。わたしは宝田士長と話し、他の消防士の退避を要請します」

了解、とうなずいた吉井が左へ、西郷と溝川が奥へ向かった。夏美は面体の無線を切り替えた。

「どうした？」

宝田の声が聞こえた。状況は最悪です、と夏美は時計に目をやった。

「突入して三分が経過しました。今から爆薬のセッティングを始めますが、作業完了まで予定より時間がかかるのは確実です。温度も急激に上昇し、視界もほとんどありません。いつマグネシウム爆発が起きてもおかしくありません」

「だから？」

現在、東口地下街に約千人の消防士が待機しているはずです、と夏美は言った。

「全員、退避させてください。爆破消火を諦めはしませんが、作業完了前にマグネシウム爆発が起きる確率の方が高いのは否めません。千人の消防士を死なせるわけにはいきません。安全地帯まで下がってください」

お前たちを見捨てることはできないと怒鳴った宝田に、リスクの問題です、と夏美は声を低くした。

「わたしたち四人だけが死ぬか、わたしたち四人と千人の消防士が死ぬか、選択肢は二つです。無用なリスクを負う義務は、誰にもありません。この現場の指揮はわたしに一任されています。これは指揮官としての命令です。総員退避を命じます」

了解できない、と宝田が言った。

「自分の判断は違う。仲間を見捨てて逃げ出す消防士がいると思ってるのか？　とにかく荒木副正監と話すから――」

時間がありません、と夏美は強く首を振った。

「命令。東口地下街の全消防士は即時持ち場から離脱、地上へ退避せよ。今後、作業の経過は随時報告する」

無線のスイッチをオフにした。顔全体に汗が浮いていたが、構わず夏美はバックパックを下ろし、C－4とダイナマイトを取り出した。

21：51

佐竹里美は大江戸線新宿西口駅地下三階、小滝橋《おたきばし》通り方面改札前にいた。目の前を人の波が行き交っている。凄まじい数だ。

理由はわかっていた。大江戸線の運行が再開されたというアナウンスが少し前にあったが、駅の近くで待っていた者たちがホーム階へ降り、逆に駅に到着した電車に乗っていた客が出口へ向かっているためだ。

　想定通りだが、予想以上でもあった。新宿駅地下街の大規模火災により、JR、私鉄、地下鉄が運行を停止したのは当然の措置だ。地下街が火の海と化した新宿駅で、客の乗降はできない。

　ただ、それに対する乗客からのクレーム、不満が各電鉄会社に殺到するのも確かだった。クリスマスイブ、新宿に集まる人の数は数十万人以上になる。デート、家族との夕食、宴会、パーティ、飲み会。

　年に一度のイブを、誰もが楽しみに待っている。予約していた店への足がなくなれば、誰もがクレーマーと化すだろう。

　新宿地下街で火災が発生したのは、車内アナウンスなどによって、乗客も知っているはずだ。スマートフォンのアプリでニュースサイトを確認した者、火災の中継を見ている者も多いのではないか。

　だが、彼らは正確な状況をわかっていない。テレビ局が繰り返し放送しているのは、火災発生直後に地下通路にいた一般客がスマホのカメラで撮影した動画だけだ。

　テレビカメラが現場に入っていける状況ではない。対岸の火事ではないが、地下街を炎が埋め尽くしているとまでは思っていないだろう。

電車に乗っていた客の多くは、新宿駅地下街で火災騒ぎがあったとわかっていても、自分とは関係ないと思っている。想像力がないからだ、と目の前を通り過ぎていく人々の顔を見つめた。

彼らが考えているのは自分の都合だけで、楽しくイブを過ごすことしか頭にはない。電車が止まれば、ひと月、あるいは数カ月前から立てていた予定が台なしになる。怒りの矛先は各電鉄会社に向かう。

近隣の駅で降りることができた者はいいとしても、駅と駅の間で停止した電車の車内で待つ者は、フラストレーションが溜まる。

彼らにはスマホという通信手段がある。クレームの電話が各電鉄会社、そして国交省鉄道局に殺到するのは、誰でもわかる。

そのクレームをかわすため、早急な運行再開が検討されただろう。だが、大火災が起きている新宿駅での乗降は不可能だ。

その中で、大江戸線だけは事情が違った。地下四十メートル地点にホームと線路がある大江戸線の各駅では、火災が起きていない。

新宿西口駅や東新宿駅を利用すれば、地上に出ることもできる。歌舞伎町をはじめとする繁華街は徒歩圏内だ。

国交省鉄道局、あるいは東京都交通局が大江戸線に運行再開を命じるのは、予測がついた。早ければ午後九時前後、遅くても十時までに大江戸線が動き出すのは想定済みだ。

二日前、里美は新宿西口駅改札前のコインロッカーに、二リットルのガソリンを入れたペットボトル三十本を分散して置いていた。起爆装置は今日の午後十時ジャストにセットしてある。十分後、改札付近は火の海と化すだろう。

そして、背負っているリュックサックの中にも、十リットルのガソリンを入れたポリタンクがあった。新宿西口駅に停車した大江戸線車内に乗り込み、電車が都庁前駅に向かって走りだした後、運転席付近でそのガソリンに火をつける。それが里美の最終的な目的だった。

大江戸線は一九九一年の開業以来、ワンマン運転によって運行している。そのため、保安装置として新CS-ATC、ATOを使用しているが、いずれも列車の安全な運転をコントロールするためのシステムで、運転士が乗務している大江戸線においては、あくまでも運転支援装置に過ぎない。

ATOが起動中でも、運転士の操作が優先されるし、ATO運転モードでは緊急停止以外の操作ができない。理論的には、運転席そのものを燃やしてしまえば、外部からの強制停止は不可能となる。

基準最高速度の時速七十キロで走行していれば、安全と見なされるため、大江戸線はノンブレーキのまま都庁前駅に突っ込むはずだ。

ただ、それは里美が自分で調べた範囲でわかったことで、正しいかどうかはわからない。実際には外部から緊急停止信号が送られ、急停止するかもしれなかった。

どちらでもいい、と里美は思っていた。炎上した車両が都庁前駅に突っ込むか、あるいは強制停止されても、メッセージは残る。

なぜ、自分がここまでしなければならなかったのか、大川都知事をはじめ、多くの者が知ることになるだろう。それで目的は達せられる。

ファルコンタワー火災について、誰も責任を取っていないという強い怒りが里美の中にあった。東京消防庁、警視庁は全容を解明したと発表していたが、すべては死亡した丸鷹ビルディングの鷹岡光二社長、そして当時の金沢都知事の責任、という説明があっただけだ。

夫の殉職について、所属していたギンイチの大沢署長から丁重な謝罪があったが、東京消防庁からは何もなかった。葬儀の際、死亡した金沢に代わり新都知事になった大川恭子は、運が悪かったとコメントを出していたが、それが里美の心に小さな火をつけた。

運、不運で片付けられていいはずがない。なぜ夫が死ななければならなかったのか。防ぐ方策はなかったのか。

金沢前都知事の責任だ、とは考えていなかった。誰、ということでもない。もっと根本的な問題がある。組織としての問題だ。

それが解決されない限り、いずれ必ずファルコンタワーの悲劇が繰り返されるだろう。〝計画〟を立てたのはそのためだ。

自分のしていることが間違っている、という意識は明確にあった。放火の動機は犬を理不尽な形で奪われたことへの怒りで、すべては復讐に過ぎない。許されるはずもなかった。

数百人、あるいは千人以上の市民、そして消防士が犠牲になる。自分の死をもって償うしかない。

運転席にガソリンを撒き、ライターで火をつける。その場で焼身自殺する、と決めていた。

ただ、予想より遥かに多い人の波に、計画の完遂について不安があった。このままでは、午後十時になっても車両に乗り込むことができないかもしれない。それでは、都庁に消えない傷を刻むことができない。

意を決して、人の波に割って入った。押し寄せてくる人々の流れに沿って、里美は一歩ずつ前に進んだ。

21:52

新宿西口駅が近付くにつれ、通行人の数が増えていた。大江戸線が運行を再開したためでしょう、と折原は前を行く雅代に声をかけた。

改札から出てきた人たちが地上へ向かっている、と雅代が足を速めた。

「都庁前駅方向か、それとも地下通路で繋がっている新宿駅西口方向へ出ようとしているのか……どちらにしても、彼らに被害が及ぶことはない。彼女の狙いは大江戸線ジャックだけど、新宿西口駅で火災を起こす可能性もある」

何のためですと肩を並べた折原に、警察や消防の介入を防ぐため、と雅代が答えた。

「今でも通路内に人が溢れている。ネットで大江戸線の運行再開を知った者が、新宿西口駅へ向かっている。そこで火災が発生すれば、大勢の人が巻き込まれる。警察も消防も、人命救助と消火を優先せざるを得ない。佐竹里美の捜索は二の次、三の次になってしまう。その間に、彼女はホームに入ってきた大江戸線に乗り込み、運転席に放火し、ノーブレーキのまま車両が都庁前駅へ突っ込んでいく……それが彼女の〝計画〟よ」

そんなにうまくいくでしょうか、と折原は振り返った。松葉杖をついた秋絵が、足を引きずりながら続いている。

「運転席に放火するには、起爆装置とガソリン入りの容器を近くに放置しておくだけでは済みません。混雑する車内に誰の物ともわからない大きなバッグがあれば、何なんだと乗客が騒ぐでしょう。彼女は自分で火をつけるしかありません。それは本人の死を意味します」

彼女は死を恐れていない、と雅代が首を振った。

「それどころか、死を望んでいる。これだけの犠牲者と被害を出した以上、自らの命で償うと考えているはず。自殺も計画の一部よ」

地下鉄の車両内で火災が発生したら、と雅代が歩を進めた。

「周囲にいる者は全員焼死する。地下鉄の走行空間は密閉状態と同じで、延焼の状況によっては全車両の乗客が煙で窒息死してもおかしくない」

折原の目に、改札が見えてきた。入場を待っている者、出てくる者でごった返している。

混雑に輪をかけていたのは、改札の外と中に設置されていたクリスマスケーキの販売ワゴンだった。チェーンコーヒー店がケーキの手作りキットをメインに、コーヒー豆、紅茶の茶葉、子供向けのグッズを販売している。コーヒー、紅茶の試飲もできるようだ。

「これじゃ探せません」立ち止まった秋絵が松葉杖に体を預けた。「人が多過ぎます。どうすれば……」

改札内に入る、と雅代が押し寄せてくる人の波を避けた。

「あなたはここにいて。転倒でもしたら、佐竹里美を探すどころじゃなくなる」

新宿西口駅は自動改札だが、乗客の多くがそれを無視していた。ＩＣカードで通る客もいたが、ほとんどが飛び越え、あるいは強引に突っ切っていた。

止めても無駄です、と秋絵が折原の肩に腕を掛けた。諦めたようにため息をついた雅代が、改札から駅構内に入っていった。

秋絵を背負ったまま、折原は前を進む男に続いて改札ゲートをまたいだ。改札側から見て左手の奥と手前に、階段が一つずつある。ホームへ降りようとする者、上がってくる者が押し合っていた。

混雑の原因は、改札内にスペースがほとんどないことだった。横幅は十メートル、奥の壁までは五メートルほどだ。改札の右側は分厚いガラス窓で仕切られ、その外側に新宿から小滝橋通りへ向かう通路があった。

ガラス窓の横に小さなエレベーターが一基あるが、改札階で止まっている。駅員が使用を禁止したのだろう。

「折原くんは手前の階段を確認」すぐ警察が来る、と雅代が耳元で囁いた。「わたしは奥の階段を降りて、ホームで佐竹里美を探す。彼女は先頭車両か最後尾車両から乗車するはずだから、ホームに降りたらなるべく奥へ行き、見つけたらすぐに知らせて。自暴自棄になってその場でガソリンに火をつけたら、ホームにいる全員が焼け死ぬ。わたしが説得する」

折原は手前の階段に向かった。その後ろに秋絵が続いた。

狭い階段を大勢の人々が行き交っている。邪魔だ、という怒声が重なって聞こえ、お下がりください、というアナウンスが繰り返し流れていた。

「間もなく、都庁前駅行きの大江戸線が到着します。黄色い線の内側まで下がってください」

新宿西口駅とJR、地下鉄丸ノ内線、そして小田急線と京王線は地下通路で繋がっています、と秋絵が手摺《てす》りを摑んだ。

「里美さんの目的が大江戸線ジャックだとしたら……」

都庁を狙うには打ってつけの駅だ、と折原は唇を強く噛んだ。

「乗り換えの客も多い。これだけ人がいると、身を隠すのも簡単だ。そして、人間の数だけ被害も大きくなる。ガソリンを撒いて火をつけたら何人死ぬか――」

探します、と秋絵が目を左右に向けた。厳しい、と折原は舌打ちした。数え切れないほど多くの人が、階段を埋め尽くしていた。

21：52

状況は、と面体のスピーカーから宝田の声が響いた。夏美は配置図に目を向けた。ダイナマイトとC－4を置くポイントが、赤と青で記されている。

消防士が爆薬を使用するケースはほとんどないが、稀に高層ビル、タワーマンション等で地震その他の原因により、室内にいた者が閉じ込められることがある。時間に余裕があれば、電動チェーンソーなどの特殊工具でドアを破るが、それが困難な場合は爆薬でドア、あるいは壁を破壊し、住人等を救出する。

ただし、これは例外的な事例だ。ギンイチでは全消防士に対し、危険物取扱講習が義務づけられていたが、ほとんどの者が爆薬の扱いに慣れていない。慎重に作業を進めるしかなかった。

顔を上げると、濃い煙の中、溝川と西郷が向き合っていた。西郷がダイナマイトとC－4を置き、溝川が接続していく。その繰り返しだ。

夏美はボンベの残量計に目をやった。地下二階床下に突入してから四分が経っていたが、空気の残量は二十リットルになっていた。四分間で十リットルの酸素を消費したことになる。通常ではあり得ないほど速いが、高熱の中での作業は酸素消費量を増やすこととイコールだ。

マグネシウム爆発が起きるまでのタイムリミットは、最短で十八分後の十時十分、最長でも十時半だ。運が良ければ、作業時間が三十八分間残っていることになるが、空気の残量を考えるとその数字に意味はなかった。

約十分後、ボンベは空になる。予備が一本あるが、それも二十分は保たないだろう。最悪でも三十分以内に全作業を完了させなければならないが、絶望的な数字だった。溝川がすべてのダイナマイトとC－4を接続するには、それ以上の時間が必要だ。

（撤退するべきなのか）

奥歯を食いしばった。今なら、無事に戻ることができる。作業員出入り口から脱出し、新宿駅から一キロ以上離れれば、マグネシウム爆発に巻き込まれることはない。

待機していた千人の消防士も、避難を開始しているはずだ。生死が懸かっている状況で、自分の命を守るのは自分しかいない。

「消防士は現場に臨場した瞬間から、要救助者となる」

村田の声が頭を過った。消防士は消火と人命救助のため現場に突入するが、そのために自らの命を犠牲にすることは許されない。救助者であると同時に要救助者でもあるとは、そういう意味だ。

マグネシウム爆発を防がない限り、新宿駅及び周辺のビル、あらゆる建物が壊滅的な被害を受ける。それを防ぐために地下二階床下へ潜り、爆破消火の準備を始めたが、生還の可能性は限りなくゼロに近い。

夏美たち四人も消防士であり、イコール要救助者だ。自分たち四人が死んでしまえば、新宿駅を守ったとしても、消防としては失敗だ。人命の重さを、夏美はよく知っていた。

(まだ早い)

簡単に諦めるわけにはいかない。マグネシウム火災を鎮火し、生きて戻る可能性は紙より薄いが、ゼロではない。恐怖に負けて逃げれば、二度と現場に立つことはできなくなる。

目を凝らすと、溝川のグローブが素早く動いていた。耐火グローブは細かい作業に適さないが、必死なのがわかった。

(彼も消防士だ)

爆破消火を命じた荒木に反対し、最後まで現場に出ることを拒否していたが、心のどこかに〝顔も名前も知らない誰かを救う〟消防士の魂があった。

それが分厚いグローブというハンデを跳ね返していた。精神が肉体を凌駕《りょうが》したのだろう。

「全員、生きて戻る。抗命は却下」

了解、という三人の声が重なった。夏美は手にしていたダイナマイトを配置図通りに置いた。

21：54

遠くから警笛《けいてき》が響いている。折原は秋絵を背負い、階段の中ほどまで降りた。

身長百七十センチの折原には、階段、そしてホームに溢れている人々の顔を確認することができない。だが、背負われた秋絵の頭の位置は二メートルほどで、その分視界が広がる。

雅代の身長も約百七十センチで、女性としては長身だが、乗降客の半分は男性だ。小柄な佐竹里美が他の乗客の陰に隠れていたら、見逃す可能性もある。

今、最も高い位置から状況を確認できるのは秋絵だが、無理です、と頭上から声が降ってきた。

「狭い階段で、人が押し合っています。顔を確認しろと言われても……ホームの端は辛《かろ》うじて見えますが、数え切れないほど人がいます。あたしは彼女の顔をはっきりと覚えてません。どうすれば……」

特徴を思い出せ、と折原は叫んだ。

「諦めるな、もう君は消防の一員なんだ。彼女は小柄で、身長は百六十センチなかった。

四十代半ば……いや、後半に見えた。顔色が悪かったのも覚えてる。黒っぽいコートを着ていた。着替える時間はなかっただろう。髪は肩の辺りまでじゃなかったか？　表情もそうだけど、暗い印象があった。そして、彼女は怯えている」

「……怯えている？」

発見されるのを恐れているんだ、と折原は秋絵を背負い直した。

「夫はベテラン士長で、ギンイチに所属していたんだから、有能だったはずだ。消防と警察はお互い密に連携している。消防士の妻だった彼女は、警察官の能力を知っている。警視庁が総力を挙げて捜索すれば、いつ見つかってもおかしくない。逮捕されたら、彼女の復讐は未遂に終わる。それを避けるためには、不自然であっても顔を隠さなければならないんだ。周囲を見てくれ。挙動不審な女はいないか？」

つんざくような警笛が鳴り、電車がホームに入ってきた。折原は強引に階段を一段飛ばして降りた。

停車した大江戸線の車両ドアが開き、大勢の人間が吐き出されてきた。後ろから押された勢いで転倒する者もいたが、それも無理がないほどの混雑ぶりだ。

新宿西口駅の乗降客は多い、と折原は首だけを後ろに向けた。

「JRや私鉄に乗り継ぐことができるからだ。まだ全線運行停止中だけど、他に帰宅ルートはない……しっかり摑まってくれ」

次の停車駅は都庁前駅です、と秋絵が言った。

「彼女はこの電車に乗って、運転席をジャックする……柳さんはそう言ってましたよね？」

この電車とは言い切れない、と折原は首を振った。

「ホームに何百人もの人がいる。全員が乗車できるはずもない。これだけ混雑しているんだ。無理に前へ出ることはできない。彼女は小柄で、非力そうだった。強引に他の乗客を押しのけようとしても、人の壁がそれを阻む」

「でも、前の位置にいれば……押される形で乗車できます。それに――」

秋絵の言葉が終わらないうちに、ドアが閉まります、とアナウンスが流れた。

「無理なご乗車はお止めください。次の電車をお待ちください」

ホームにはまだ百人以上の人々が残っていたが、見える範囲に佐竹里美の姿はなかった。

「乗り込んだのか？　それとも……」

大江戸線のホームはＪＲその他の駅と比べて短いが、これだけ混み合っていると全体を見渡すことはできない。里美が乗車していたら、発見するのは不可能だ。

折原の背中から、秋絵が飛び降りた。悲鳴に近い呻き声が漏れたが、そのまま足を引きずり、松葉杖を振り回しながら階段を降りていく。

「秋絵ちゃん、待ってくれ！　何をするつもりだ？」

車両から離れてください、というアナウンスの声が響いた。

「危険です、下がってください。次の電車をお待ちください。ドアが閉まります」

空気が漏れるような音と共に、ドアがゆっくり閉じ始めた。ホームに立った秋絵が、手にしていた松葉杖を投げた。

21：55

閉まりかけていたドアが、また開いた。どうして、と里美は運転席に目をやった。

「お客様にお伝えします……ただ今、車両内でドアに物が挟まったため、その確認中です。発車まで、少々お待ちください」

どうなってんだという怒号と、諦めに似たため息が同時に聞こえた。早く動いて、と里美は背中のリュックサックを体の前に回した。

一度動き出せば、ブレーキをかけない限り、電車は前に進んでいく。都庁前駅に接近した時、運転席にガソリンを撒いて、火をつける。それが里美の計画だった。

運転手、周囲の乗客、そして自分は焼死するだろう。罪もない人々を巻き添えにしたくはなかったが、復讐心の方が遥かに強かった。

燃え上がる車両が都庁前駅に突っ込んだところで、都庁そのものには傷ひとつつかない。だが、誰の心の中にも傷が残る。何のために自分がこんな無謀な真似をしたのか、その理由を多くの人が知ることになるだろう。

人の心を持つ者であれば、後悔、反省、さまざまな想いが、胸中を過るはずだ。今後人災による被害を出さないため、対策を講じる動きがあってもおかしくない。

唯一の懸念は、都知事、そして政治家たちが人の心を持っていないようにしか思えないことだが、そうであるなら、誰にとっても不幸しかもたらさない国など壊れてしまった方がいい。

一分が経った。負傷者が出たようですというアナウンスがもう一度あったが、車両が動き出す気配はない。負傷者の搬送が遅れているのだろう。

乗客たちは無言のまま、ほとんどが手元のスマホに触れていた。携帯電話会社の基地局が機能を回復したようだ。電車が動かないんだよ、と苛立った声があちこちから聞こえた。

不満の声が大きくならなかったのは、これまで何度も電車が停車、遅延を繰り返していたためだろう。誰もが諦めの表情を浮かべていた。

視線を感じて、顔を上げた。大柄で引き締まった体格の女性が、窓越しに自分を見つめていた。

反射的に顔を伏せたが、誰なのかわかっていた。柳雅代、夫と同じギンイチに所属する消防司令だ。

会ったのは一度だけ、夫の葬儀の場だが、申し訳ありませんでした、と深く頭を下げた時の印象が心に強く残っていた。

雅代が窓を強く叩き、周囲の乗客に大声で避難を呼びかけている。彼女ならそうするだろう、と里美はつぶやいた。一瞬だが、プリズムビルですれ違ったのは覚えていた。

消防、警察、どちらも早い段階で新宿地下街放火を計画、実行した犯人が消防関係者だと考える可能性はあった。消防士の妻、とまでは特定できなくても、火災に関して一定レベル以上の知識を持つ者、という犯人像を想定しただろう。

網を広げて調べれば、いずれは自分の名前が浮かんでくる。最初からわかっていたことだ。

周りから乗客が次々に離れていく。運転席から飛び出してきた運転士がホームでつまずき、前のめりに転んだ。人の波が二つに割れ、全員が階段に向かった。

「佐竹さん」

開いたままのドアから、雅代が入ってきた。近づかないで、と里美は抱えていたリュックサックに、ポケットに入れていたナイフを突き立てた。

あっと言う間に、強いガソリン臭が全身を包んだ。ポリタンクをナイフの刃が貫き、大量のガソリンが溢れ、床に広がっていく。

「佐竹さん、もう終わりにしましょう。こんなことをして、どうなると？」

どうにもならない、と里美は首を振った。

「言われなくてもわかってる。でも……柳さん、夫を殺したのは炎じゃない。ギンイチ、東京消防庁、総務省消防庁……いえ、この国そのものです。すべてを下に押し付け、平気で嘘をつき、都合の悪いことは隠蔽する。誰も責任を取ろうとしない。あの人たちが、わたしから夫を奪ったんです」

越えてはならない一線があります、と雅代が一歩前に出た。

「国や関係者の責任を問うため、あるいは個人的な復讐のため、理由が何であれ、わたしはあなたを許せない。地下街で起きた火災のために、大勢の人が亡くなっています。その人たちにも家族がいるんです。どんな事情があっても、人を死なせてはならない。消防士の妻であるあなたなら、命の重さをわかっていたはずです。それなのに……」

「では、どうしろと？　どうすれば夫の無念を晴らせると言うんです？　黙って堪えろと？」

あなたは間違っています、と雅代が手を強く握った。

「佐竹士長は立派な消防士でした。殉職したからではありません。危険を冒《おか》して猛火に飛び込み、人命救助に当たるプロフェッショナルで、ファルコンタワーで亡くなられたのは、炎に負けたのではなく、最後まで戦い続けたからです。責任から逃げた者を恨み、憎んでいるのはわたしも同じです。でも、復讐のために他人の命を奪う権利は誰にもありません」

柳さんにはわからない、と里美はコートのポケットからライターを取り出した。

「あの人は……わたしはあの人を愛し、誇りに思っていました。でも、一瞬ですべてを奪われた……その悔しさは、誰にもわかるはずがない」

柳さん、と大声で叫びながら男が走ってきた。若い女が足を引きずりながら、後に続いている。

ライターを渡してください、と雅代が手を伸ばした。

「佐竹士長の死について、責任から逃げた者がいるのは事実です。わたしたちが何もできなかったことも認めます。でも、こんなやり方は間違っている。あなたが声を上げれば、全消防士が立ち上がったでしょう。あなたがしたことで、新たな怒りと憎しみの種が蒔《ま》かれました。復讐は連鎖します。佐竹士長はそんなことを望んでいません」

きれいごとね、と里美は苦笑した。

「あなたに夫の何がわかると？　夫は殺されたんです。炎ではなく、人に……でも、あの人たちは絶対に罰せられない。その意味があなたにわかるはずがない」

わたしも大切な人を失いました、と雅代が低い声で言った。

「村田消防正監です」

淡々とした声だった。警察無線で聞きました、と雅代が続けた。

「村田のことは知っているはずです。わたしは彼と婚約したばかりでした。あなたが計画した地下街放火のために、彼は命を落としました。あなたを憎んでいます。でも、復讐しようとは思いません。そんなことをしたら、村田がわたしを許さないと知っているからです」

柳さん、と車両に乗り込んできた男が声をかけたが、雅代の視線は里美に向いたままだった。

「里美さん、ライターを渡して、車両から降りなさい。わたしはあなたをこの手で殺したいとまで思っています。でも、その前にあなたの声を聞くべきだと――」

下がって、と里美はライターを前に突き出した。

「下がりなさい。後ろの二人もここから離れて。気化したガソリンが、車両内に溜まっている。ライターの火花が飛んだだけで、爆発が起きる。あなたたちを殺したくない。今すぐ下がって！」

「折原くん、車両から降りて」背後に目をやった雅代が命じた。「足元に気をつけて。靴の金具が何かに当たれば、それだけで火花が起きる。彼女は少なくとも十リットルのガソリンを持っている。一瞬で車両が火の海と化す」

柳さんも降りてください、と男が小声で言った。

「目を見ればわかります。彼女は本気です。躊躇《ちゅうちょ》せず火をつけますよ」

あなたには彼女を守る義務がある、と雅代がホームにいた若い女を指さした。

「わたしは里美さんを説得する。もう誰も死なせない」

慎重な足取りでホームに降りた男が、若い女に肩を貸して階段に向かった。柳さんも逃げて、と里美は言った。

「最後の一人は自分だと最初から決めていた。自分が犯した罪の重さはよくわかっている。誰に説得されても、必ず自殺する」

そんなことはさせないと手を伸ばした雅代に向かって、里美はライターの着火ヤスリを回転させた。一瞬で全身が燃え上がったが、熱は感じなかった。

21：58

地下二階床下に潜ってから、約十分が経過していた。冷静に、と夏美はマイクで呼びかけた。

「緊張すれば、呼吸が荒くなる。それだけ酸素の消費量が増え、ボンベの空気が減る。今、わたしの空気残量は約十リットル。想定より残量は多い。まだ時間はある」

俺たちの作業時間はそうだ、と吉井が言った。

「だが、マグネシウムは待ってくれない。最短で十時十分にマグネシウム爆発が起きる。タイムリミットまで十二分もない。どうする？」

西郷くん、と夏美は顔を上げた。

「ダイナマイトとC－4の接続は？」

問題ありません、と西郷が答えた。

「溝川副士長が次々に爆薬を繋いでいます。スピードは速いですが、すべての接続が終わるまで何分かかるかは、まだ何とも……」

夏美は面体の強化ガラスをグローブで拭った。床の煙が濃くなり、付着する煤の量が多くなっている。グローブが邪魔で、作業が進まないと溝川がつぶやく声がした。

「甲種免許の実地試験は軍手だった。誰もこんな事態は想定していない。作業を始めてから十分、まだ半分も終わっていない。退避した方がいいんじゃないか？」

空気が残っている限り諦めない、と夏美は言った。そう言うと思った、と溝川が数本の配線を繋いでひとつにまとめた。

「二言目には消防士のプライドと言うが、消防士だけが特別だと思っているなら大間違いだ。サラリーマンだって公務員だって、プライドがある。名前も知らない誰かのために仕事をしているんだ。意地だってある。絶対に逃げない」

「全部の接続が終了するまで、何分かかる?」

わかるわけない、と溝川が吐き捨てた。

「あと二十分ぐらいだろう。それまで空気は保つのか?」

今のペースでいけば、と夏美は言った。

「今使っているボンベが空になっても、交換すれば二十分がプラスされる。マグネシウム爆発さえ起きなければ——」

溝川副士長の空気残量は六リットルです、と西郷が報告した。

「ぼくたちとは作業量が違います。酸素の消費量が増えるのは、やむを得ません。最後まで保てばいいんですが……」

溝川は作業に集中しろ、と吉井が言った。

「ボンベが空になっても、すぐ交換する。それでも足りなければ、俺のボンベを使え。作業が終われば、俺がお前を退避壕まで運ぶ」

黙っててくれ、と溝川が怒鳴った。大声を出すな、と吉井が苦笑した時、夏美の耳に荒木の声が飛び込んできた。

「神谷、現在の状況を伝える。地下三階、イーストスクエアに下ろしたファイバースコープでモニタリングしているが、マグネシウムが完全に溶解した。計算より一分早い」

「どうなると?」

サーモグラフィによれば、表面の燃焼温度は八百度、と荒木が早口で言った。

「五分以内に九百度を超えるだろう。沸点の千度に達していなくても、何らかの衝撃や金属の滑落などによって、マグネシウム爆発の確率が飛躍的に増大する。結論から言う。今、九時五十八分だ。十分後の十時八分までに爆薬のセッティングが完了しなければ、即時現場から離脱、退避せよ」

何も言わずに夏美は無線を切った。あと十分ですべての作業を終わらせることはできない。だが、最後まで諦めないと決めていた。

意地を張っているのではない。状況によって、炎は刻々と変化する。自分の感覚を信じ、退避しなければならないとわかったら、即時撤退するつもりだが、今ではないと判断していた。

命令、と夏美はマイクに口を近づけた。

「百パーセントマグネシウム爆発が起きるとわかれば、全装備を捨てて撤退する。でも、それまではここに留まり、作業を続ける。最終的な判断はわたしが下す」

了解、と吉井が鋭い声で言った。

「溝川、西郷、怯むな。炎を恐れるな。自分たちは絶対に負けない」

当たり前だ、と溝川が叫んだ。

「こんなところで死んでたまるか。全員、生きて戻るんだ。士長、火の粉が落ちてきている。導火線に着火したら、それですべてが終わりだ。機関長と二人でダイナマイトを守れ」

　夏美は持っていた塩嚢のビニールを工具のドライバーで破り、手を突っ込んで塩を握った。黒煙とヘッドライトの光が交錯している。その中を火の粉が舞っていた。

22：00

　鈍い爆発音に、折原は振り返った。大江戸線の車両が燃えていた。

　激しい炎に弾き飛ばされた雅代が、ホームで倒れていた。駆け寄って抱き起こすと、全身から焦げた匂いがした。

　階段まで下がって、と声を絞り出した雅代の額から血がひと筋垂れた。

「彼女は？　どうなりましたか？」

　雅代の両腋《わき》に腕を入れ、折原はホームの後方に下がった。死んだ、と力無く雅代が首を振った。

「車両内には、気化したガソリンが充満していた。ライターの火花が引火し、ガスが爆発してわたしを吹き飛ばしたけど、里美さんは……」

　雅代が立ち上がった。逃げましょう、と階段に向かった折原に首を振った雅代が、階段の横にあった清掃道具用のロッカーの前で足を止めた。

先頭車両で爆発が起きたのを知った他の車両の乗客たちが、ホームに溢れている。数百人はいるだろう。全員が階段に押し寄せていた。

先頭車両を焼き尽くした炎が、二両目に燃え移っている。逃げ遅れた数人が火だるまとなり、ホームに転がり出てきたが、周囲にいた男たちがジャケットを叩きつけると火が消えた。

「秋絵ちゃんはどこに?」

先に上がってます、と折原は雅代の体を支えた。

「まずいです。二両目も燃え始めています。このままだと全車両が焼けるでしょう。地下鉄は全体がトンネルですから、煙の逃げ場がありません。全員が窒息死するかも……」

まだ考えなくていい、と雅代がハンカチを額に当てた。

「ホームや天井に火が燃え移るのはもっと後で、煙がホームに充満するまで二、三十分はかかる。それよりパニックの方が怖い。このままだと、二次被害が起きる。でも……」

止められません、と折原は階段を見つめた。恐怖のため思考能力を失った人々の群れがそこにいた。

怒号と悲鳴が飛び交い、誰もが先を争って逃げようとしている。階段が狭いため、心理的な閉塞状態に陥っているのだろう。追い詰められた鼠《ねずみ》のようだった。

「柳さん……村田さんが亡くなったというのは……」

消防士の無線で聞いた、と雅代が視線を逸らした。

「プリズムビルを出る時、大沢署長が話す声が聞こえた。大量のマグネシウムを火災から守るため、村田が殉職したと……あんな馬鹿はいない。家に帰るまでが消防の仕事だ、といつも言っていた。それなのに……」

信じられません、と折原は唇を強く嚙み締めた。村田のことは知っているつもりだ。最強の戦士と言っていい。村田が敗れることなど、考えられなかった。

これだけ大規模な火災が起きれば、ギンイチに出動命令が出るのはわかっていた、と雅代が言った。

「新宿駅は新宿区、渋谷区の消防署の管轄下にあるけど、その二区だけで対応できるはずがない。国内最大の消防署、ギンイチが全体の指揮を執らざるを得ないし、村田以上に最前線の指揮官にふさわしい消防士はいない」

「はい」

でも、現場でホースを握るのは指揮官の仕事じゃない、と雅代が額の血をハンカチで拭った。

「指揮官を失えば、命令系統が混乱する。わかっていてイーストスクエアに向かったのなら、彼に指揮官の資格はない」

雅代の声が震えていた。折原にも秋絵にも村田の死を告げず、感情を押し殺していたのだろう。

「歩けますか？　逃げましょう」上へ行くんです、と折原は雅代の腕を摑んだ。「大丈夫です。電車は燃え続けていますが、ホームは無事です。今なら――」

凄まじい爆発音と共に、先頭車両の屋根が吹き飛び、炎が降ってきた。ガソリンよ、と雅代が振り向いた。

「大江戸線の車両は窓がついているけど、非常時以外開かない。車両のドアから、ガソリンの混じった空気がホームへ漏れている。濃度が上がれば、引火してホームが火の海になる」

大きく息を吸い込んで階段の下に立った雅代が、聞いてくださいと両手をメガホンにして叫んだ。

「わたしは銀座第一消防署の消防士、柳です。落ち着いて行動してください。走ることは禁じます。高齢者、子供、女性を優先し、一列になって階段を上がるように。燃えているのは車両だけで、危険はありません。大きく深呼吸して、冷静になってください。消防、警察が新宿西口駅へ向かっています。皆さんの安全は、わたしたちが保証します」

よく通る声に、人々が足を止めた。説得力のある言葉に、理性を取り戻したようだ。男性は右に、と上から秋絵が叫んだ。

「わたしも消防士です。男性は一列になって、右に寄ってください。高齢者、子供、女性は左側に寄って、先に上がってください。わたしが誘導します」

彼女に従うように、と雅代が大声で言った。

「男性は右へ移動、一人で動けない人には手を貸し、助け合うんです。自分が助かるために、誰かを助けてください」

数人の男が泣いていた子供を抱え上げ、別の者が老夫婦の手を引いた。ゆっくり、と雅代が呼びかけた。

「階段を上がり、改札を出たら、左手に小滝橋通り方向に繋がっている通路があります。そこから避難してください」

あの人を頼む、と雅代に肩を押され、折原は近くにいた老人を背負い、階段に足を掛けた。焦らないでください、と秋絵が叫び続けている。その時、雅代の背後で風が起こった。

背中に熱を感じ、振り向くと、ホーム全体を炎が覆っていた。勢いはないが、静かに燃え続けている。

「ホームのガソリンが燃え始めた」後ろから折原の体を支えた雅代が囁いた。「まだ燻《くすぶ》っている段階だけど、空気が循環すると一気に燃え上がる。その前に改札階に出ないと――」

急ぎましょう、と足を踏ん張った折原の前で、人の波が崩れた。連続した爆発音と同時に、手摺りを支えに立っていた秋絵の体が宙に浮き、そのまま壁に叩きつけられた。

「早く上がれ！」頭上から男の声がした。「改札が燃えている。急げ！」

数人の若い男が手を伸ばしている。何が起きたと叫んだ折原に、コインロッカーです、と体を起こした秋絵が叫んだ。

「改札前のコインロッカーが爆発、炎上しました。強いガソリン臭がします。改札口が燃え、突破できません！」

全員を奥へ、と雅代が指示した。

「階段が二つあった。その間に狭いけどスペースがある。そこに避難させて！」

人数が多過ぎます、と秋絵が首を振った。

「下からも炎が迫ってます。改札の火勢も激しく、どうにもなりません！」

雅代が人波をかき分け、階段を上がっていった。折原は背後に目を向けた。炎が三十センチの高さになっていた。

22：00

半分終わった、と溝川が呻いた。背中を丸めた姿勢で爆薬の接続を続けていたためか、苦しそうな声だった。

　ボンベの残量はと言った夏美に、三リットルですと西郷が答えた。交換の準備、と命じた夏美に、厳しい、と溝川がつぶやいた。

「空気ボンベを替えても、二十分保つかどうか……すべての爆薬を接続することはできても、まとめた配線をＡＳＰ基板に接続する作業が残ってる。その前にぼくのボンベは空になるだろう」

　温度が上がっています、と西郷がタブレットに目をやった。

「現在、七百六十度……特別防護服の耐熱温度は八百度、限界に近づきつつあります。すぐに重度の火傷を負うわけではありませんが、作業に支障が出るのは確かです」

　諦めたわけじゃない、と溝川が屈み込んだ。

「続けるぞ……くそ、手が滑る」

　分厚いグローブの中に、汗が溜まっているのだろう。完全密閉仕様なので、汗の逃げ場はない。それは夏美も同じだった。

　無線が鳴ってる、と吉井が言った。スイッチを入れると、即刻退避しろ、という荒木の怒声が耳に突き刺さった。

「神谷、無線はオープンにしておけ！　これは命令だ！」

　作業は折り返しまで来ました、と夏美は言った。

「ここで退避するぐらいなら、最初から地下二階床下に突入していません」

馬鹿かお前は、と荒木が怒鳴った。

「こんなに堂々と抗命する部下がいるとはな……。現在、マグネシウムの表面温度は九百十度だ。繰り返すが、千度に達すれば確実に爆発する。温度は常時伝える。危険だと判断すれば、すぐ離脱しろ」

以上だ、と荒木が無線を切った。夏美は面体ごと頭を振った。額から垂れた汗が、頬を濡らした。

22:01

上がってくださいと叫んだ折原に、前が詰まってると中年の男が怒鳴り返した。それはわかっていたが、ホームの炎が刻々と勢いを増している。このままでは階段に火が回るだろう。

「ゆっくり、落ち着いて！」階段の上で、秋絵が指示を出していた。「大丈夫です、消防が救助に来ます！」

手摺りを掴み、折原は一歩ずつ階段を上がった。最後の一段に立ったところで周りを見渡すと、燃え上がる改札が目に飛び込んできた。

「単なる火災じゃない」雅代に腕を引かれて、折原は階段の上に出た。「佐竹里美がひとつのロッカーに二十リットルのガソリンを置いていたとすれば、五個で百リットル、十個で二百リットル。一気に爆発、炎上したら爆弾と変わらない。改札にも大量のガソリンが降り注いでいる。あの炎の壁は突破できない」

ホームも火の海です、と折原は下を指さした。

「あの女が車両内に持ち込んだガソリンが気化し、燃えているんです。延焼範囲も広がっています。ここは密閉空間と同じで、脱出しないと――」

どこへ、と雅代が苦笑した。数百人の男女が、奥の壁の手前で体を寄せ合っている。怒鳴り声しか聞こえなかった。

他に逃げ場はない、と雅代が囁いた。

「でも、あそこはスペースそのものが狭いし、改札とホームの炎がこれ以上大きくなれば、全員が焼死する」

あの窓を割りましょう、と一本だけ松葉杖をついた秋絵が指さしたのは、改札から見て右側にあるエレベーターの横にある分厚いガラス窓だった。小滝橋通り方面、とプレートがかかっている通路がガラス越しに見えた。

「改札の炎も、通路までは届きません。ガラスさえ割れれば――」

同じことを考えたのか、十人ほどの男が前に出て、ガラスを蹴り、体当たりを繰り返していたが、罅《ひび》ひとつ入らなかった。人間の力では割れない、と雅代が首を振った。駅で使用されているガラスのほとんどは強化ガラスだ。その強度は通常の約四倍以上ある。

割れない、と雅代が断言したのは、消防士としてその強度を熟知しているからだろう。特殊な工具を使えば別だが、人力で割ることはできない。

「何とかしてくれ！」叫び声が重なった。「消防士だろ？　助けてくれ！」

「今、消防が向かっています」身をすくめている人たちに、秋絵が強ばった笑顔を向けた。「大丈夫です、すぐに来ます。改札の火を消せば、無事に避難できます」

「消防士はいつ来るんだ？」

数人が怒鳴った。他の者は沈黙しているだけだ。怒鳴る気力さえないのだろう。

炎上していたコインロッカーが横に倒れた。ロッカー内のガソリンが一気に溢れ出し、延焼範囲が広がった。

このままだと数百人の犠牲が出る、と雅代が折原と秋絵に囁いた。

「何としてでも、ガラスを割らなければならない。他に脱出ルートはない」

どうやってです、と折原がガラスを蹴っている男たちに目をやった。

「強化ガラスが人間の力で割れないのは、ぼくも知ってます。百人で蹴ったって、割れないものは割れませんよ」

雅代が指さしたのは、改札内にあったクリスマスケーキの販売ワゴンだった。無理です、と折原は首を振った。

「ワゴンの脚は木製で、ガラスを叩いたところで折れるだけです」

違う、と雅代がワゴンに歩み寄った。何をするつもりか、折原にはわからなかった。

22：02

溝川副士長の空気残量が二リットルを切りました、と西郷が低い声で言った。二分で一リットル以上を使ったことになる。プレッシャーのためだ、と夏美にはわかっていた。

溝川は火災現場への出場経験が圧倒的に少ない。ギンイチへの出向に伴い、訓練こそしていたが、現場で消火作業に加わったことはなかった。

ひとつ間違えれば、命を落としかねない現場だ。経験不足の溝川が緊張するのは当たり前で、プレッシャーが呼吸を速め、酸素の消費量を増大させたのだろう。

ボンベを交換、と夏美は命じた。大きく息を吸い込んだ溝川が口を閉じ、その間に西郷が背中のボンベを取り外し、予備ボンベを取り付けた。

これで後二十分前後、作業を続けることが可能になる。だが、その後はどうにもならない。

最短のタイムリミットは八分後の十時十分だ。八分で作業が終わるはずもない。今なら退避できる。

「十時十分を過ぎても、地下三階のマグネシウムが爆発するとは限らない」作業の続行を、と夏美は命じた。「最長で十時半がリミットだ、と荒木副正監は言っていた。爆発の予兆があれば、即時撤退する。でも、まだその段階ではない。限界まで粘る」

そうは言うが、溝川のボンベの空気が保たないだろう、と吉井が言った。

「ボンベを交換したばかりだが、二十分が限界だ。すべての接続作業が終わったとしても、退避壕に戻るための時間が必要になる。溝川にかかるプレッシャーは大きい。二十分どころか、十五分保つかどうか……」

その時は西郷くんのボンベを溝川副士長に渡す、と夏美は言った。

「今外した溝川副士長のボンベには、空気が約二リットル残っている。それだけあれば、西郷くんなら戻れる」

一リットルでも十分です、と西郷がうなずいた。その時、かすかな破裂音がした。

確認する、と夏美は無線のスイッチを切り替えた。荒木だ、という声が聞こえた。

「今のは？」

「イーストスクエアのマグネシウム、南側の溶解が酷い。今のは積み上げられていたゲーム機の筐体が崩れた音だが、爆発の予兆と考えていい。神谷、退避しろ！」

判断はわたしがします、と夏美は首を振った。

「現時点で退避するつもりはありません」

「これは命令だ。退避し――」

答えずに、無線のスイッチを切った。溝川のグローブが焦げ始めていた。

22:02

床に散乱していた紙袋を、雅代が拾い上げた。ブルーマウンテン・グラインドとラベルに印字があった。

「グラインド、と書いてある袋だけをエレベーターの前に運んで。わかった?」

グラインドって何ですと尋ねた折原に、細かく挽《ひ》いたコーヒー豆、と雅代が短く答えた。

「秋絵ちゃんはガラスを蹴っている人たちに、エレベーターのドアを開けるように伝えて。電気が止まっているだけだから、難しくはない」

どうするんですか、と両腕にグラインド済みのコーヒーの袋を抱えたまま、折原は雅代を見つめた。言いようのない不安があった。

「これで火を消すつもりじゃないですよね? そんなこと、できませんよ。酸素を遮断できるほどの量はありません」

早く運んで、と雅代が押さえ付けるように命じた。

「ワゴンの周りを探せば、もっとあるはず。砂糖やケーキ用の小麦粉でもいい。急いで！」

ケーキ販売用のワゴンからエレベーターまでは、十メートルもない。激しく燃えている改札の炎を避けながら、折原はエレベーターの前にコーヒーの袋を積み上げていった。

すぐ横で、男たちがエレベーターのドアをこじ開けている。駆け寄った雅代が、紙袋はもう残っていないと言った。

「エレベーターのドアは開いた？　二人は紙袋を破って、エレベーターの中に放り込んで」

「柳さん……」

二の腕に鳥肌が立っていることに、折原は気づいた。雅代が何をするつもりなのか、朧《おぼろ》げながら察しがついた。

消防士と聞きました、とエレベーターの横に立っていた長身の若い男が声をかけた。

「ドアは開けてあります。子供やお年寄りを乗せて、炎から守るつもりですか？　狙いはわかりますが、定員六名の狭い箱です。無理やり押し込んでも、二十人乗れるかどうか……」

喫煙者ですね、と雅代が男のワイシャツの胸ポケットを指した。メビウスのパッケージが覗いている。ライターを貸してください、と雅代が手を伸ばした。

「折原くん、秋絵ちゃん……失礼ですが、お名前は？」

竹川《たけかわ》です、とライターを渡した男が言った。あなたたち三人は指示を出して、と雅代が奥の壁の前にいる数百人の人々を指さした。

「姿勢を低く、頭を腕でカバーすること。エレベーターを爆破すれば、ガラスや金属片がどこへ飛んでいくかわからない。負傷者を出したら元も子も――」

駄目です、と折原は怒鳴った。

「柳さん、そんなことはさせません。粉塵《ふんじん》爆発でエレベーターを爆破し、強化ガラスを割るつもりですね？」

粉塵爆発、と竹川が首を捻った。秋絵が雅代の正面に廻《まわ》った。

「密閉空間内の微細粉塵は、酸素量が十分にあると燃焼反応が敏感になり、マッチ一本の火で爆発が起きると研修で教わりました。グラインド済みのコーヒー豆、砂糖、小麦粉は微細粉塵です。そして、エレベーターはドアを閉めれば密閉空間となります。でも、火気がなければ爆発は起きません」

火気はある、と雅代がライターに目をやった。待ってください、と折原はその手を摑んだ。

「自分の命を犠牲にして、他の人を助けるつもりですか?」

「他にあのガラス窓を割る方法はない」

間違ってます、と折原は摑んでいた腕に力を込めた。

「エレベーターの中に入り、粉塵で内部の空間を埋め尽くし、そこで火をつけて爆発させれば、柳さんは確実に死にます。英雄になりたいんですか? 柳さんの死によって生かされたいなんて、誰も望んでません。死ぬまで罪悪感を引きずれと?」

それでも生きてほしい、と雅代が静かな声で言った。

「誰かではなく、わたしは自分と約束した。何があっても必ず市民の命を守ると……自分を裏切った人間の人生は惨《みじ》めなものになる。そんな生き方はしたくない」

違うでしょう、と折原は叫んだ。

「村田さんが亡くなって、柳さんは自棄《やけ》になっているだけです。そうでしょう?」

答えずに、雅代が秋絵の肩に左手を置いた。

「聞きなさい。わたしは定年まで後二十年、あなたは四十年以上ある。二十年で救える命より、あなたが四十年で救える命の方が確実に多い。だからわたしがやる。あなたにわたしの人生を託す」

背負いきれませんと顔を覆った秋絵に、神谷がいる、と雅代が微笑んだ。

「あの子が半分背負ってくれる。自分の命と引き換えに数百人の命を救うのは、思い上がりかもしれない。でも、今、目の前に助けを求める人たちがいる。階段の上まで炎が迫っている。このままでは全員が死ぬ。犬死にだけはしたくない。わたしには消防士としてのプライドがある」

「夏美に何て言えばいいんです？」雅代の腕を摑んだまま、折原は叫んだ。「こんなやり方は間違っている。消防が救助に向かっているはずです。それを待つべきだと――」

間に合わない、と雅代が階段に目を向けた。炎が天井に燃え移っていた。

「神谷がここにいたら、わたしと同じことをする。折原くん、ありがとうと伝えておいて。私には親友がいる、と胸を張って言える。神谷のおかげだと……」

自分で言ってくださいと首を振った折原に、命令、と雅代が声を張り上げた。

「爆破に備え、全員の姿勢を低くさせること。強化ガラスが割れたら、他の者を誘導、通路から小滝橋方面に避難させせよ。復唱！」

「……市民の命を……安全を守ります」目を伏せたまま、秋絵が言った。「全員を無事に避難させるため、消防士として全力を尽くします」

竹川が深く頭を下げた。

「柳さん……あなたのことは忘れません」

折原は無言のまま、雅代の腕から手を離した。悔しさと怒りが、胸の中で渦巻いていた。

22：04

溝川が十本の配線をひとつにまとめ、スティックに差し込んでいる。空気残量二十四リットル、と西郷が叫んだ。予想より早い、と夏美は唇を噛んだ。

溝川の酸素消費量を一分二リットルと想定していたが、それ以上のペースで減っている。このままでは、八分弱でボンベが空になるだろう。誰であれ、無呼吸状態で爆薬の接続はできない。

一分前、夏美を含め、吉井と西郷もボンベを交換していた。通常より呼吸数が増えているのは、恐怖と緊張のためだ。

冷静に、と何度自分に言い聞かせてもどうにもならなかった。この状況で、強烈なプレッシャーに耐えられる者はいない。

「西郷くんの残量は？」

二十六リットルです、と返事があった。一瞬で夏美は決断を下した。

「このままだと、溝川副士長のボンベは約八分後に空になる。残量が二リットルを切ったら、すぐにあなたのボンベを渡し、西郷くんは即時退避」

グローブを強く握った西郷に、退避せよ、と夏美は繰り返した。

「溝川副士長が最後まで作業を続けるには、空気が必要になる。その後は、わたしと吉井機関長でフォローする。さっき交換したボンベには二リットルの空気が残っている。西郷くんなら九十秒で作業員出入り口まで戻れる」

了解です、と西郷がうなずいた。

「できるだけ呼吸を抑えます。溝川副士長のために、なるべく多くの空気を残します」

まだ問題はある、と夏美は手にしていたタブレットの画面を見つめた。映っていたのはイーストスクエアの映像だ。

九百度を超える高熱のため、空気が澱《よど》んでいたが、すべての商品が溶け、炎が上がっているのがわかった。

撮影している超小型カメラには、サーモグラフィ機能がついている。地下三階の温度は九百四十度に達していた。

(溶岩のようだ)

イーストスクエアで販売されていたパソコン、ゲーム機、スマートフォン、すべてが焼け、スクラップの山と化している。山の斜面を真っ赤に染めているのは、溶解したマグネシウムだ。

溶岩に似ているのは、色だけではなかった。至るところで溶けた金属から蒸気が上がっている。まるで噴火寸前の火山だ。

マグネシウム火災と、それによる爆発のメカニズムは、専門家も正確に把握できていない。だが、爆発には必ず予兆がある。それを見極めるのが自分の仕事だ。

「溝川副士長のボンベ残量、二十リットル」

西郷が報告したが、夏美はタブレットから目を離さなかった。

22：04

「下がってください！」

秋絵と竹川が両手を大きく振った。何をするつもりだ、と数人の男が詰め寄ったが、強い口調で秋絵が下がるように命じると、気圧《けお》されたように壁の方へ戻っていった。

その間、折原は雅代を見ていた。エレベーターの中に入り、ドアを閉めてから、紙袋を振ってコーヒーの粉を撒いている。褐色《かっしょく》の粉が、狭い箱の中で舞っていた。

失敗しろ、と折原は念じた。更に言えば、失敗するはずだ、という読みもあった。

粉塵爆発について詳しい知識はないが、メカニズムは理解できた。粉塵の量が多すぎても、少なすぎても、爆発は起きない。密閉空間内の空気量とのバランスが重要で、一定の密度で粉塵が滞留しなければ、引火すらしない。

粉塵爆発が失敗すれば、雅代が死ぬことはない。だが、それはこの場にいる数百人の死を意味する。矛盾しているのはわかっていたが、それでも失敗を願っている自分がいた。

「柳さんは消防士だ。でも、その前に一人の人間なんだ。自分の命を犠牲にして、他人の命を救うのは間違ってる」

伏せてください、と秋絵が折原の腕を引いた。

「あたしも同じ気持ちです。でも柳さんは……柳雅代として生き、柳雅代として死ぬと、自分の意思で選んだんです」

「どういう意味だ？」

「何もしなければ、ここにいる全員が死ぬでしょう」膝をつき、頭をかばっている人々を秋絵が指さした。「もう階段の上まで炎が来ています。改札内に炎が侵入するまで五分……三分もかからないでしょう。逃げ場はないんです」

「そんなことはわかってる。だけど——」

自分の命をどう使うか、決めるのは自分だと柳さんは考えているんです、と秋絵が言った。

「誰かの犠牲になるのではなく、自分の命を使ってあたしたちを救えば、あたしたちが柳さんの命を生きることになります」

「それは……」

あたしが柳さんの命を受け継ぎます、と秋絵がうなずいた。

「同じ状況で、同じ判断を下すかどうか、今のあたしにはわかりません。そんな覚悟はまだありません。でも、柳さんのように生きたいと願っています。ファルコンタワー火災の時、あたしは犠牲者の一人にならずに済みました。でも、それは運が良かっただけで、偶然に過ぎません。ずっと苦しんでいました。中野先生を失ったことも含め、自分自身を責め続けていたんです」

「君とファルコンタワー火災は関係ない。そんなことはわかってるはずだ」

虚しい思いで一杯でした、と秋絵が目を伏せた。

「生と死の間に、どれだけの違いがあるのか……生きていることに何の意味があるのか、それさえわからなくなっていました。消防士になると決めたのは、命を救う立場になれば何かが変わると思ったからです。間違っていなかったと、今わかりました。誇りを持って生きるために、あたしも柳さんに続きます」

折原はエレベーターに視線を向けた。狭い箱の中で、雅代が袋を振り続けている。濃い褐色の粉が充満し、雅代の姿が見えなくなった。

全員、伏せろと折原は叫んだ。

「頭を守れ！　子供とお年寄りをかばえ！　生きるんだ！」

階段の炎が天井に燃え移り、あっと言う間に炎が広がった。蛍光灯が次々と床に落ちてくる。

一瞬、顔を上げた折原の目に、エレベーターのドアを叩いている雅代の手が映った。合図だ。

「伏せろ！」

大声で怒鳴った次の瞬間、凄まじい爆発音がした。その直後、爆風が襲ってきた。

22：10

溝川副士長、と西郷が声をかけた。

「ボンベを交換します。空気残量が三リットルを切りました」

西郷が溝川のボンベを外し、自分のボンベと交換した。退避せよ、と夏美は両手で丸を作った西郷に命じた。

「溝川副士長に渡したボンベの空気残量は？」

十八リットルです、と西郷が答えた。さっさと行け、と吉井が苦笑交じりに言った。

「お前のボンベには、三リットルしか空気が残っていない。急がないと途中で倒れるぞ」

敬礼した西郷が、その場を離れた。いい判断だ、と吉井がうなずいた。

「四人死ぬより、三人の方がましだからな。だが……自分の残量は十五リットル、溝川は十八リットルだ。士長は？」

十三リットルを切りました、と夏美は答えた。

「今、十時十分です。最短のタイムリミットをオーバーしました。ここから先は、いつマグネシウム爆発が起きてもおかしくありません。わたしたちの空気残量は、トータル四十六リットル……溝川副士長、接続完了まで何分かかる？」

あと八カ所だ、と溝川が掠《かす》れた声で言った。

「普通なら五分もかからないが、視界が悪い。この後、どれぐらいの時間が必要かは、やってみないとわからない」

どんな幸運に恵まれても、十時三十分に地下三階のマグネシウムが爆発する、と夏美は言った。

「それまでに接続を完了すること。退避のための時間を考えると、十七分しか残っていない」

空気が保たない、と溝川が首を小さく振った。

「三人で四十六リットル、単純計算で一人約十五リットル、十分保ったら奇跡だ。これだけは言えるけど、十分で接続作業は終わらないぞ」

煙が濃くなっていた。お互いのヘッドライトの明かりしか見えない。暗闇の中を火の粉が舞っているが、その量も増えていた。

数分前から、無線が鳴り続けているが、無視していた。荒木が退避命令を出すのはわかっていた。

落ち着いて、と夏美は溝川の肩を軽く叩いた。

「呼吸は最小限に。今、最も重要なのは空気よ」

了解、と溝川がうなずいた。夏美は面体を床に近づけて、接続部分の確認を始めた。

22:11

いくつもの悲鳴が重なって聞こえた。エレベーターの爆破によって、ガラスや金属片が四方に飛び散り、体に当たった者が叫んでいる。

折原のすぐ横にいた中年男の額が、朱に染まっていた。ハンカチで押さえたが、血は止まらない。

怪我をした人はいますか、と立ち上がった秋絵が叫んだ。

「歩けない方は言ってください。助け合うんです。今から脱出しますが、絶対に走らないこと。怖いのはわかります。でも、あなたたちを救うために自分を犠牲にした消防士がいたことを、忘れないでください」

折原も体を起こした。まず見えたのは、エレベーターの残骸だった。元の形が想像できないほど、完全に破壊されていた。

狭い箱の中で粉塵爆発が起きれば、放出されたエネルギーに逃げ場はない。破壊力が大きくなったのはそのためだ。

爆風によってドアが左右に弾き飛ばされ、それが通路に面した強化ガラスを砕いていた。エレベーターが設置されていた壁のコンクリートにも、大きな穴が開いている。

列を作ってください、と折原は両手をメガホンにして怒鳴った。

「竹川さん、先頭に立ってくれ。後に続く者は、前を行く人の手を摑み、絶対に離すな。歩けない者、負傷者に手を貸せ。通路に出れば安全だ。急げ！」

数人の男が近くにいた子供を抱え上げ、高齢者に肩を貸す者もいた。冷静に行動し、助け合わなければならないと誰もがわかっていた。

「しっかりしろ！」

「大丈夫だ！　助かるぞ！」

「手を握って！」

いくつもの声が重なった。パニックに陥る者、我先にと逃げ出す者は一人もいなかった。

雅代の最期を全員が見ている。報いなければならない、という思いがすべての者の胸にあった。

最後の一人が通路に出たのを確認して、先に行け、と折原は秋絵に言った。

「君は負傷者だ。消防士であっても、要救助者なんだ」

うなずいた秋絵が通路に出た。折原は振り返って背後を見た。新宿西口駅の改札が、火の海と化していた。

(一分でも柳さんの決断が遅れていたら)

この場にいた全員が焼死していただろう。わかっていたが、それでも割り切れない思いが残った。

前方に目をやると、通路を人々が埋め尽くしていた。多くの者が泣いている。

(柳さんが君たちを救った)

そう言いかけて、口をつぐんだ。雅代はそんなことは望んでいない。

消防士は感謝を求めない。それが彼ら、彼女たちのプライドだ。

気づくと、涙が頬を伝っていた。折原は手の甲でそれを拭い、前へ進んだ。

22：14

何も見えない、と溝川が吐き捨てた。地下三階の火勢が激しくなり、黒煙が天井を通じ、地下二階床下に溜まっている。夏美たちが現場に突入してから、その量は刻々と増えていた。

設置されている照明の光さえ見えない。ライト部分に煤が付着したのだろう。夏美たちの面体も同じで、何度拭っても煤は取れなかった。

「どこまで進んだ？」

夏美の問いに、あと四カ所、と溝川が呟き込みながら答えた。大丈夫か、と吉井が言った時、無線の音が変わった。反射的にスイッチを押すと、荒木の怒鳴り声が聞こえた。

「神谷、無線に出ろ！　すぐに退避だ。イーストスクエアのマグネシウムが九百八十度を超えた。いつ爆発してもおかしくない。危険だ、戻れ！」

五分以内に爆薬の接続が完了します、と夏美はマイクに口を近づけた。

「溝川副士長の努力を無にすることはできません」

ふざけるな、と荒木が大喝した。

「現場の判断は小隊長のお前に任せている。だが、全体の指揮を執っているのは俺だ。戻った西郷から報告を受けたが、現場の視界はほとんどゼロ、溝川は手探りで作業をしているんだな？　一カ所でも接続にミスがあれば、爆破消火は失敗に終わる。神谷、もう諦めろ。今すぐ空気ボンベ以外の装備を捨てて、そこから離脱するんだ。聞いてるのか、神谷！」

聞こえませんとだけ答えて、夏美は無線の電源をオフにした。荒木との通信が不能になったが、この状況では必要ない。

スイッチを切り替えると、荒い呼吸音が聞こえた。息が苦しい、と溝川が呻いている。背後に廻った吉井が、まずいと舌打ちした。

「溝川のボンベが空になりかけている。交換してから何分経った？」

三分、と夏美は時計に目をやった。西郷がボンベを渡した時点で、空気残量は十八リットルあった。最低でも六分は保つはずの量だ。機材トラブルが起きたようだが、調べる時間はない。

自分のボンベと交換する、と吉井が言った。

「まだ十リットル残っている。五分は呼吸できる」

「待ってください。溝川副士長が全作業を完了するまで、十分はかかるでしょう。その時、彼のボンベは空になっています。背負って戻る体力が、わたしにはありません。吉井さんに託すしかないんです」

「どうしろと？」

わたしのボンベを渡します、と夏美は背中に手を回した。溝川のボンベは故障している。装備ごと交換しなければならない。

ここから作業員出入り口まで、どんなに急いでも九十秒かかる、と吉井が首を振った。

「この闇の中をボンベなしで進むことはできない。自殺行為だ」

それは夏美にもわかっていた。だが、今重要なのは溝川の能力で、彼を救出できるのは吉井しかいない。爆破消火を成功させるためには、自分が離脱する以外ないという判断があった。

「命令。わたしのボンベを装備ごと溝川副士長に渡す。空気残量は八リットル。作業終了後、起爆装置と接続せよ。吉井機関長は溝川副士長と作業員出入り口に向かい、退避壕内で起爆、爆破消火を実施のこと」

最後に大きく息を吸い込み、夏美は自分のボンベを溝川に渡した。吉井がバルブにボンベを繋ぐのを確認してから、その場を離れた。

（一分は保つ）

無呼吸状態を想定しての訓練は経験があった。自己記録は六十一秒だ。

状況は悪い。降り注ぐ煙と煤のため、視界はないに等しく、足元も見えない。

途中にパイプやボルトがいくつも転がっているし、ダクトが突き出ている箇所もある。作業員出入り口までのルートを遮る物は数えきれない。

手を伸ばし、ロープを摑んだ。作業員出入り口まで続いているロープを辿れば、六十秒は無理でも九十秒以内に戻れるはずだ。

だが、握っていたロープが不意に張りを失った。引っ張ると、先端が手の中に残った。熱のために切れていた。

（落ち着け）

両手、両足を使い、ゆっくり前進した。数メートルの距離が百メートル以上に感じられる。心臓の鼓動が大きくなっていた。

少しだけ息を吐くと、鼓動が収まったが、すぐに胸が苦しくなった。

激しい頭痛は酸欠のためだ。

前傾姿勢を取り、手で探りながら進んだ。鼓動が激しくなり、心臓が喉元まで迫《せ》り上がってくる。顔全体に異常な量の汗が浮いていた。

苦しくなって、大きく息を吐いた。もう肺の中に酸素は残っていない。進んだ距離は三十メートルにも達していなかった。

時計の秒針が、十二という数字と重なった。一分が経っている。あがくように息を吸い込んだが、肺に空気は入らなかった。

諦めずに進もうとしたが、足がもつれ、その場に崩れ落ちた。手足の感覚がなくなっている。

体を起こそうとしたが、力が入らない。また倒れ込んだ。

何も見えない。何も聞こえない。肺が、そして全身が悲鳴を上げている。

途切れそうになる意識を繋ぎ止めるため、目を見開いたが、視界に映る物は何もなかった。折原の顔が脳裏を過った。

(ごめんね)

何度喧嘩をしたかわからない。素直に謝ったことは一度もなかった。

消防という危険と隣り合わせの仕事に就いている自分を心配しながら、折原は見守ってくれた。支えてくれた。

それなのに、ありがとうと伝えたことはない。そして、その機会は二度と来ない。

立たせろ、という怒鳴り声が聞こえた。自分の体が宙に浮き、背後に廻った誰かが空気ボンベを装着している。息を吸い込むと、新鮮な酸素が肺の中に入ってきた。

「神谷、しっかりしろ！　目を覚ませ！」

左右から面体を叩かれ、夏美は目を開けた。グローブで面体を拭うと、荒木、そして四人の消防士が立っていた。

抗命行為、服務規程違反、と荒木が指を折った。

「数え上げたらきりがない。懲戒免職にしてやる。それを言うためにここまで来た。よく聞け、消防はチームだ。ヒーローもヒロインもいらない。一人で誰かの命を救えると思ったら大間違いだ。わかったか、馬鹿野郎！」

「荒木副正監……どうして……」

来たくて来たわけじゃない、と荒木が横を向いた。

「俺は新宿地下街火災の総指揮官だ。現場はここだけじゃない。指揮官不在では、全体の統轄もできん。だが、こいつらがお前の救出に向かうと言って聞かなかった」

荒木が背後にいた消防士たちを指さした。

「止めたが、それなら消防を辞めて一般人として行くと言う。ギンイチには馬鹿しかいないのか？　だが、イーストスクエアのマグネシウム爆発さえ防げば、地下街の被害は最小限に留まると報告があった。最前線指揮所は火災現場に最も接近した場所に置くのが鉄則だ。ここでイーストスクエアの消火総指揮を執るしかない」

何度か深呼吸を繰り返すと、意識がはっきりした。四人の消防士が見つめている。先頭にいたのは西郷だった。

「神谷、溝川の作業はどこまで進んだ？」

離脱したのは二分前です、と夏美は言った。

「その時点で、四カ所の接続が残っていました。今も溝川副士長と吉井機関長が作業を続けていますが、空気残量は少なく、順調に進んでいるか不明です」

今、十時十六分だ、と荒木が時計を突き付けた。

「イーストスクエア、そしてサンズロード全体の温度上昇が想定より速い。いつ沸点の千度を超えてもおかしくない。予備のボンベを持ってきた。照明班も後に続いている。溝川と吉井のことは任せて、神谷と西郷は退避壕に戻れ」

爆破消火は神谷小隊の任務です、と西郷が一歩前に出た。

「仲間を救うのは義務ではありません。権利です」

わたしが先導します、と夏美はボンベを背負い直した。

「二人は三十メートルほど奥にいますが、ロープが切れている上、煙が濃いので位置がわからないでしょう。通ったルートは覚えています」

馬鹿ばっかりだと呻いた荒木が、行け、と顎をしゃくった。足で床を探りながら、夏美は前進を始めた。

22：17

生き返った、と吉井が大きく息を吐いた。接続作業を続けている溝川の手元を、四人の消防士がライトで照らしている。

「これが最後か？」

荒木が苛立った声を上げた。そうです、と答えた溝川が爆薬に顔を近づけた。

いつ爆発が起きてもおかしくない、と荒木が時計に目をやった。

「爆薬の接続が終わっても、退避壕へ戻るまでの時間が必要だ。そして――」

面体をグローブで強くこすった溝川が、駄目だ、と頭を振った。

「隙間から煤が入った。何も見えない……吉井さん、ぼくが接続したポイントを再チェックしてください。神谷士長が離脱する直前から、勘で作業をしていたんです。一カ所でもミスがあったら――」

吉井にライトを渡せ、と荒木が命じた。

「溝川、本当に何も見えないのか?」

溝川がうなずいた。まずいぞ、と吉井が怒鳴る声がした。

「ヒューズが外れている。二カ所だ」

これ以上は無理です、と溝川がまた面体をこすった。俺も乙種資格は持っている、と荒木が肩を叩いた。

「今から接続部分を確認する。ミスがあっても、再接続すればいい。諦めるな」

接続部分はそれで済みますが、と溝川が苦しそうに息を吐いた。

「最後に十本ずつまとめた電線をASP基板に接続する必要があります」これです、と溝川が腰のベルトループに挿していた細い金属棒を取り出した。「赤、青、黄、黒、二本ずつ、計八本です。先端のスティックを接続する順番を間違うと、ASP基板のスイッチが入り、即起爆します」

何が問題なんだ、と荒木が怒鳴った。

「四色のスティックが二本ずつある。起爆装置のASP基板も色分けされている。赤の穴に赤のスティックを挿し込むだけだ。子供だってできる」

ASP基板の穴は二つあるんです、と溝川が床をグローブで叩いた。

「穴にR1、R2と表記がありますよね？　R1の穴にR2のスティックを接続すると、自動的に電気信号が伝わって爆発します。緊急爆破が必要な事態に対応するための機能で……」

スティック本体に番号はないのか、と荒木が金属棒を取り上げた。テープが剝がれています、と溝川がうつむいた。

「気づいたのは、十五分ほど前です。剝がれてしまったのはわかってましたが、目視で確認できるので、報告しませんでした」

様子がおかしいのは気づいていた、と夏美は屈み込んだ。

「ボンベの空気がなくなったためかと思っていたけど……今、完全に見えないの？」

何も、と溝川が首を振った。全員、聞け、と荒木が大声で言った。

「まず、溝川が接続していた爆薬を確認しろ。問題があれば報告するんだ。急げ」

男たちがライトを向けた。五つの光が闇を貫いた。

22：19

お前はできる限りのことをした、と吉井が溝川の肩に手を置いた。

「最後の一辺で、四カ所接続ミスがあったが、他は完璧だった。見えなかったんだから、仕方ない。気にするな」

両膝をついた溝川のグローブが、細かく震えていた。スティックを挿す順番を誤れば、と荒木が鼻を鳴らした。

「その瞬間、設置したダイナマイトとC－4が爆発するんだな？　爆風のエネルギーは二階床下全方向に向かう。凄まじい破壊力だ。吹き飛ばされ、壁に叩きつけられて死ぬか、それとも重度の火傷で死ぬか……考えただけで嫌になる」

総員退避命令を、と夏美は立ち上がった。

「わたしと溝川副士長が残ります。彼の指示で、わたしが八本のスティックをASP基板に接続します。ここにいる全員が命を懸ける必要はありません」

俺が残ると言った荒木に、わたしに従ってください、と夏美は首を振った。

「荒木副正監に万一のことがあれば、全体の統轄指揮官が不在となります。命令系統が混乱すれば、全体の地下街火災の消火に支障が出ます」

「だからお前たち二人を残して、この現場から離脱しろと？　接続に失敗して、お前たちが死んだらどうなる？　部下を見殺しにした男と呼ばれるのは俺だ。生き恥を晒せと？」

荒木副正監の顔は潰しません、と夏美は笑みを浮かべた。

「信じてください。必ず生還します」

全員、一刻も早く退避するべきです、と溝川がうなずいた。

「テープが剝がれていたことを報告しなかったのは、ぼくのミスです。目さえ見えれば、ぼく一人でもできるんですが……」

ライトを二人に渡せ、と荒木が命じた。

「無線はオープンにしておけ。作業員出入り口まで戻れば、俺たちが退避壕に引きずり込む。そこで起爆スイッチを押せ。わかったな」

了解しましたとうなずいた夏美に敬礼した荒木が、他の消防士と共に下がっていった。

「今、何時だ？」

溝川の声は老人のようだった。荒い呼吸音が続いている。喉にも煤が入り込んだのだろう。

十時二十二分、と夏美は答えた。

「ASP基板に八つの穴がある。そこにスティックを挿し込めばいいのね？」

話を聞いてなかったのか、と溝川が大きく息を吸い込んだ。

「上から二つずつ、赤、青、黄、黒の穴がある。スティックもその四色で塗装されている。同じ色の穴にスティックを挿すだけだ」君も逃げろ、と溝川が掠れた声で続けた。

「二分の一の確率が四回続く。成功率は六パーセントしかない。ぼくだって責任の取り方ぐらい知ってる。公務員が全員恥知らずだと思うな。訓告処分で逃げ切った恥知らずの検事長とぼくは違う」

そっくりそのまま返す、と夏美は首を振った。

「ここであなたを見捨てるような真似はできない。総務省消防庁のキャリアは知らないでしょうけど、全国の消防署で士長を務めている女性消防士は五十人もいない。確率で言ったら千人に一人、〇・一パーセント以下。六パーセントなんて、わたしに言わせれば広い門よ」

嫌みは止めろ、と溝川が手を振った。テープと言ったけど、と夏美はその手を摑んだ。

「何のテープ？　粘着テープのこと？」

そうだ、と溝川が小さく咳き込んだ。粘着テープは標準装備品のひとつだ。

「接続した順に貼っておいた。でも、剝がれてしまった今となっては、どうにもならない。くそ、目さえ見えれば……」

夏美は八本のスティックを色別に分けた。赤、青、黄、黒が二本ずつ並んだ。

「テープはどこに貼ったの？」

先端に決まってるだろう、と溝川が言った。

「それがどうしたっていうんだ？」

黙って、とだけ夏美は言った。二本の赤のスティックを見比べると、一本の先が煤で汚れていた。

「溝川くん……赤はわかった。青もよ」

「どうやってだ？　見分けられるはずがない」

　黒煙に煤が混じっている、と夏美は顔を左右に向けた。

「これだけ濃く漂っていると、どこにでも付着する。あなたがテープを貼ってから、しばらくして剝がれた。タイムラグによって、付着具合に差が出る。先に剝がれたテープの方が、煤が濃くなっているはず。汚れが酷いスティックから挿し込んでいく」

　もう荒木副正監たちは退避壕に戻っただろう、と溝川がため息をついた。

「数分以内にマグネシウム爆発が起きる。今すぐかもしれない。スティックを挿し込む順番を間違えても、爆破消火は成功する。地下三階の火災を消そう」

　夏美は手に取った赤のスティックをＡＳＰ基板の左上の穴に挿した。何も起きなかった。

　続いてもう一本の赤、そして二本の青いスティックを順に繫いだ。どうだ、と掠れた声で溝川が言った。問題ない、とだけ夏美は答えた。

　全身が燃えるように熱くなっていたが、背中を伝う汗は氷よりも冷たかった。緊張のため吐き気が止まらない。そのまま、二本の黄色いスティックを手にした。

　ライトで照らすと、二本とも先端がかすかに汚れていた。ほとんど差はない。左手で握っているスティックの方が僅かに汚れが濃い気がしたが、確信はなかった。

「赤と青は九〇パーセントの自信があった。でも、黄色は……」

急げ、と溝川が呻くように言った。夏美は目をつぶり、震える手で左のスティックを基板に挿し込んだ。

爆発は起きなかった。続いてもう一本の黄色いスティックを挿してから、最後の黒いスティックを摑んだ。

最悪だ、と夏美の口からつぶやきが漏れた。電線の皮膜が黒なので、見分けがつかない。

どっちでもいい、と溝川が怒鳴った。

「確率は二分の一だ。間違ったとしても、爆破消火でマグネシウム火災を鎮火できる。ぼくたち二人が死ぬだけで済むんだ。いつマグネシウムが爆発しても、おかしくないんだぞ！」

そうはいかない、と夏美は首を振った。二分の一の確率に生死を賭けるほど、自分の命は安くない。

二本のスティックを見つめた。十秒、五秒でいい。考えなければならない。どちらのテープが先に剝がれたのか、見分ける手段があるはずだ。

士長、と溝川が叫んだ。夏美は右のグローブを外した。

七百度を超える空気に触れ、一瞬で手が真っ赤になったが、そのまま素早く二本のスティックに触れた。

七百度を超える熱に、人間の体は耐えられない。素手で金属に触れれば、重度の火傷を負う。だが、短時間なら手を覆う水分が皮膚を守ってくれる。

グローブの中には汗が溜まっていた。その水分が指先を保護している。

二本のスティックに触れると、最初の一本に僅かな粘り気があった。粘着テープの接着面に塗布されている糊《のり》の成分だ。

グローブに手を突っ込み、溝川くんと囁いた。

「六割の確率だけど、根拠はある。一か八かのギャンブルじゃない。スティックを挿す」

早くしろ、とほとんど聞き取れない声で言った溝川が、両手で頭を抱えた。夏美はしっかり目を見開き、黒のスティックをＡＳＰ基板の穴に挿し込んだ。

22:27

肌を覆う水分も、完全に皮膚を守ってくれるわけではない。指の痛みを堪え、一本の黒いスティックを取り上げ、ＡＳＰ基板に繋いだ。続いてもう一本を挿したが、爆発は起きなかった。

「溝川副士長、立って！　立ちなさい！　退避する！」

肩を揺すったが、駄目だと溝川が呻いた。無理な体勢での作業、強烈なプレッシャー、酸欠のため、体を動かすことができなくなっているのだろう。

「わたしがあなたを背負う。引きずってでも、ここから脱出する」

置いていけ、と溝川がしゃがれた声で言った。

「君は起爆装置を持って、退避壕へ行くんだ。ぼくは……もう動けない」

溝川の腋に頭を入れ、そのまま持ち上げた。背負っている空気ボンベとASP基板以外の装備をその場に捨てて、夏美は前に進んだ。

後ろに置いたライトの光が、ルートを指している。だが、光が届いているのは三十メートル先までだった。

（厳しい）

溝川の体重は六十キロほどだが、特別防護服、面体、そして空気ボンベを合わせると、総重量は百キロを超える。背負うだけの体力はあるが、移動は困難だ。どこまで進めるのか。

それでも、溝川を置いて避難する選択肢はなかった。バディを見捨てた者に、消防士を名乗る資格はない。

十メートル進むのに、二分かかった。十時二十七分。ギンイチ防災情報部が計算したマグネシウム爆発のタイムリミットまで、後三分しかない。

不意に、ＬＥＤライトの明かりが消えた。振り向くと、地下二階床下に炎の影が見えた。地下三階の火が燃え移り、その炎がライトの機能を停止していた。

火勢はまだ弱いが、時間の問題だ。すぐに地下二階床下も火の海と化すだろう。

「溝川くん……どうにもならない」夏美はＡＳＰ基板の起爆スイッチに手を掛けた。「ここで爆破消火を行なう。それ以外、マグネシウム爆発を防ぐ手段はない」

溝川がグローブの親指を立てた。ごめん、ともう一度小さく頭を下げた時、声が聞こえた。

「神谷士長！　溝川副士長！　どこにいますか？」

強いライトの光が夏美の顔に当たった。二人の男が立っていた。

「西郷、士長を頼む」自分はこいつを背負う、と吉井が溝川の両腕を摑んだ。「急げ、退避壕に戻るぞ」

了解、と西郷が夏美の肩を支えた。どうしてここに、とつぶやいた夏美に、西郷が荒木副正監を殴《なぐ》った、と吉井が笑った。

「お前たちを助けに行くと言ったが、止められた。荒木副正監の立場なら、自分も止めただろうが、あいにくこっちは機関長と平の消防士だ。自分より西郷の方が手を出すのが早かったのは意外だったがな」

懲戒免職になると言った夏美に、構いませんと西郷がうなずいた。

「倒れている者がいたら、誰でも助けに行きます。消防士だからじゃありません。人間だからです」

作業員出入り口で、数人の消防士がライトを左右に振り回していた。急げ、と吉井が怒鳴った。

22：29

作業員出入り口を出ると、吉井が溝川の面体を外し、簡易酸素呼吸器を口に当てた。こっちだ、と荒木の怒鳴り声が聞こえた。

右手に鉄板を重ねて急造した退避壕があった。夏美も面体を取り、そこへ飛び込んだ。

「神谷、起爆スイッチは？」

持っています、とASP基板を差し出した。地下三階の温度が九百九十度を超えた、と荒木が言った。

「全員の退避は確認したな？　一刻の猶予《ゆうよ》もない。すぐにでもマグネシウムが沸点に達し、爆発する。全員、伏せろ。神谷、やれ！」

夏美は起爆スイッチを強く押した。凄まじい爆発音と共に、作業員出入り口から爆風が噴き出した。

破壊された地下二階床下の床板、天井、パイプやダクト、金属片が退避壕に降り注ぎ、鋭い音が続いた。爆風の威力は凄まじく、鉄板が歪んだ。押さえろ、と荒木が怒鳴った。

　その場にいた十人ほどの消防士が体を盾にして、鉄板を支えた。激しい雹《ひょう》がトタン屋根を叩くような音が長く続き、数分が数時間にも感じられたが、次第にその間隔が空き、やがて静かになった。

　全員無事か、と荒木が立ち上がった。夏美はその後に続いて退避壕を出た。惨状、としか言えない光景が目の前に広がっていた。

　通路の壁、天井、見渡す限り、真っ黒な煤がこびり付き、至るところで塗装が剝げ、床に大きな穴が空いていた。天井板が落ち、配線や配管が剝き出しになっている。爆風の威力がどれだけ凄まじかったか、ひと目見ただけでわかった。

　溝川は、と荒木が振り返った。気を失ってます、と吉井が言った。

「至急、病院に搬送します」

　任せるとだけ言った荒木が、右の耳に差し込んでいたイヤホンを強く指で押さえた。

「地下三階、イーストスクエアを確認せよ。マグネシウム火災は消えたか？」

　夏美の手にあった面体のスピーカーから、消火に成功、と声がした。

「大量の塩が酸素を遮断し、炎は見えません。地下三階通路はまだ延焼が続いていますが、マグネシウム爆発が起きる可能性はないと思われます。現在、ギンイチを中心に新宿、渋谷、港区の全署が大隊を編成、許可が下り次第、地下三階に突入、消火を始めます。出動命令を要請します」

　全消防士に命令、と荒木が大声で言った。

「直ちに各所階段を降り、東口地下街通路の火災を消火せよ。スプリンクラーの使用は禁ずる。マグネシウムの状態を常時監視すること。絶対に水を浴びせるな。ただし、他の火災は徹底的に放水、消火せよ」

　了解しました、という声と共に無線が切れた。神谷小隊はここで待機、と荒木が命じた。外したグローブを床に放り、夏美はその場に座り込んだ。

エピローグ

12月25日　10：00

目を開くと、ベッドに横たわっていた。

夏美、という声に顔を向けると、折原が立っていた。隣の丸椅子に座っていた秋絵が、心配そうに見つめている。

「気を失っていただけだ。右手の火傷は全治二週間、と医者は言ってた」

右腕を上げると、点滴の針が刺さっていた。右手首より先に、包帯が巻かれていた。

火災はと尋ねると、四時間前に鎮火しましたと秋絵が言った。無事でよかった、と小さくため息をついた折原が丸椅子に腰を下ろした。

「ギンイチの全消防士が出動したと聞いて、夏美が現場に向かったのはわかっていた。トータル三千人以上の消防士が動員され、今わかっているだけで、死傷者は約千人、夏美もその一人になったんじゃないかと――」

溝川副士長は、と夏美は上半身を起こした。大丈夫だ、と折原が白いカーテンを指さした。

「隣の病棟に入院している。気管に軽度の火傷を負って、しばらく声は出せないけど、軽傷だからすぐ治るそうだ。心配しなくていい」

咳払いの音と共にカーテンが開き、強ばった表情の荒木が入ってきた。そのまま夏美を見つめていたが、視線を床に落とし、伝えておくことがあると低い声で言った。

「柳が殉職した」

上半身を起こした夏美に、そのまま聞け、と荒木が手で制した。

「今回の新宿地下街火災は、約三十人のグループの放火によるものだった。主犯は佐竹里美、ファルコンタワーで死んだ佐竹士長の妻だ。彼女は総務省や東京消防庁が夫を殺したと考え、その責任を問うために放火を計画した」

「柳さんは、どうして……」

佐竹里美は新宿西口駅で大江戸線車両、そして改札に放火した、と荒木が話を続けた。

「数百人の乗客が死亡する可能性があった。里美も焼身自殺している。柳は数百人の命を救うため、自らを犠牲にして退路を作った」

「……信じられません。嘘ですよね？　柳さんが死んだなんて……」

ぼくたちも最後まで一緒にいた、と折原が言った。

「止めたけど、あの人のことは夏美も知ってるだろう？　伝言を頼まれた。ありがとうと伝えてほしい、親友がいると胸を張って言えると……」

　喉が詰まり、両眼から涙が溢れ出した。尊敬していた村田を失い、誰よりも信頼していた雅代も死んだ。泣くことしかできなかった。

　消防士は危険な仕事だ、と荒木が腕を組んだ。

「ある意味では警察や自衛隊より、死との距離が近い。報われることも少ない。俺たちを支えているのは、市民を護るプライドだけだ……神谷、辞めるか？」

　辞めます、と夏美は顔を両手で覆った。止めはしない、と荒木が言った。

「村田と柳を失ったお前の気持ちは、わかるつもりだ。数日で退院できるだろう。辞表はその時出せばいい。だが……村田も柳も、そんなことを望んでいないのは確かだ。それだけは言える」

　もういいでしょうと言った折原を制した荒木が、聞け、と夏美を見つめた。

「消防士なら誰でも、命の重さを知っている。だが……お前は誰よりも命の貴《とうと》さを理解している」

　そんなことはありませんと首を振った夏美に、村田も柳もそれをわかっていた、と荒木が息を吐いた。

「神谷夏美には他の消防士にない何かがあると……彼女のことは聞いたか？」荒木が秋絵を指さした。「来年の四月、東京消防庁の一員となる。お前と柳を見て、消防士を志したそうだ。お前には彼女に対する責任も義務もない。ただ、俺は彼女をギンイチに引っ張るつもりだ」

「それは……」

彼女も大切な人を火災で失っている、と荒木がうなずいた。

「命の意味、生きていることの意味について考え続けていたはずだ。そういう消防士がいなければならない。彼女は採用試験に合格しただけで、研修こそあったが、まだ消防士としての教育は受けていない。ギンイチは日本最大の消防署だ。そこに配属される以上、厳しい訓練が待っている」

消防士に男も女もない、と荒木が顎の不精髭《ぶしょうひげ》に触れた。

「現場に出たら、男だ女だ、そんなことは言ってられない。だが、ギンイチに女性消防士を教えるメソッドはない。その辺は旧態依然としている。昔はそれでよかったかもしれんが、これからは女性消防士の活躍の場が広がる。技術的なことは教えられるが、メンタルのケアはできない」

わたしにもできません、と夏美は左手で目頭を押さえた。お前を尊敬し、後に続こうと一歩踏み出した者がいる、と荒木が言った。

「村田も柳も、お前の資質を見抜き、村田がお前を徹底的に鍛《きた》え、柳は精神的なフォローに廻った。あの二人はすべてを懸けてお前を育てた。次はお前の番じゃないか？　いや……これは俺の勝手な考えだ。強制はできない。本当に無理だと言うなら、辞表を出せ。引き留めはしない」

体を大事にしろと言った荒木が、病室を出て行った。今、決めなくていいと折原が言った。

「辞めるのも留まるのも、夏美次第だ。それはわかってるだろう?」

わからない、と夏美は子供のように首を何度も振った。立ち上がった秋絵が頭を深く下げ、病室を後にした。

夏美は何も言わず、折原も口を開かなかった。時間だけが過ぎていった。

折原が窓を指さした。積もっていた雪が、太陽の光を浴びて少しずつ溶け出していた。

後書き

『命の砦《とりで》』は「女性消防士・神谷夏美《かみやなつみ》シリーズ」の第三作であり、シリーズ最終作でもあります。

既刊の『炎の塔』、『波濤《はとう》の城』（祥伝社文庫より絶賛発売中）は、それぞれ七〇年代パニック映画の金字塔的名画『タワーリング・インフェルノ』、『ポセイドン・アドベンチャー』へのオマージュだったわけですが、担当編集者と次作の打ち合わせをしていた時（新宿の喫茶店でした）、「ここの地下街で火災が起きたら、大変なことになりますよね」という編集者のひと言から組み立てていった小説で、三作目にしてようやくオリジナルなストーリーになっています（似たような話を知ってるぞ、という人は黙ってましょう）。

＊　　　＊　　　＊

本作はあくまでもフィクションであり、登場人物、組織その他すべて架空のものです。ただし、「大きな嘘」をつくためには「細部をリアル」にしなければならないため、モデルにした新宿地下街については可能な限り綿密に調べたつもりです。

書いた本人がこんなことを言うのも違うかもしれませんが、本作で描かれるような地下街火災が起きる可能性は、ほぼゼロと言っていいでしょう。ですが、最悪な偶然が重なれば、まったくのゼロと言えないのも事実です。

加えて、本作の犯人像について、こちらもあり得ないとは言い切れない、とだけ言っておきます。『炎の塔』を書いていたのは二〇一四年ですが、あれから六年が経《た》ち、いくら鈍感な私でも「人間が内包する悪意」が巨大になっていることに気づくようになりました。いつ、どのような形で爆発するのか、嫌な予感しかしません。

当初から私は三部作構想で進めていましたし、実際に本作が最終作となりますが、他にもアイデアがあり、一時は五部作にするという考えもありました。ですが、先に記したように「嫌な予感しかしない」現代において、さまざまな意味で書き辛《づら》い状況があり、最初に決めていた通り、三部作で止めておくことにしました。もっとも、私は気まぐれな人間ですので、突然再開するかもしれませんが。

＊　＊　＊

本作内で起きる「マグネシウム火災」については、日本マグネシウム協会専務理事、小《お》原久《はらひさし》様にご教示いただきました。ありがとうございました。

　また、『炎の塔』刊行後、全国の消防士の皆様からメールをいただくようになり、消火現場の実態について、詳しく教わることができました。守秘義務の関係でお名前は出せませんが、感謝しています。

＊　＊　＊

　最後になりますが、この三部作の装丁を担当していただいた泉沢光雄《いずみさわみつお》様、そして担当編集者に感謝を捧《ささ》げます。

二〇二〇年九月一日、五十嵐貴久

『命の砦《とりで》』文庫後書きと謝辞その他

「消防士神谷夏美《かみやなつみ》シリーズ」第一作『炎の塔』の単行本を刊行したのは二〇一五年だった。その後第二作『波濤《はとう》の城』を経て、二〇二〇年に本書『命の砦』が単行本になり、三年後の今年、文庫化の運びとなった。担当編集者をはじめ、多くの関係者に感謝したい。

以前にも書いたが、本シリーズは「七〇年代パニック映画」へのオマージュ、という狙いが私の中にあった。回避不能な危機に陥った主人公が、怯《おび》えつつも意志の力や勇気によってそこから脱するストーリーはギリシャ神話の時代から変わらない鉄板エンターテインメントで、その主人公は「最も死に近い職業」であるべきだろう。現代の日本においては消防士とならざるを得ない。

だが、消防について調べ、多くの消防士に話を聞くにつれ、リアルに人間が内包する悪意と向き合うことになった。私は臆病なので、それに耐えられず『命の砦』で「神谷夏美シリーズ」を終える、と単行本の後書きに書いた。

ただし、もともとこのシリーズは五部作の構想だった。火災にはさまざまな形があり、最悪の状況下においては数万、あるいは数十万人単位で死傷者が出る。経済的損失は計算すらできない。

また、消防の仕事は多岐にわたり、消火と共に救命という柱がある。三十年以内に七十パーセント以上の確率で起きると予測されている南海トラフ地震など、大震災や自然災害の際にも、消防は重要な役割を果たすだろう。これまでの三作であえて触れなかったが、それについても書いてみたい、という想いがあった。

しかし、書けば人間の悪意と対峙《たいじ》することになる。気持ちの折り合いをつけられずにいた私の背中を押したのは編集者で、まずは神谷夏美がギンイチに所属する経緯を描いてはどうかと勧められ、シリーズの再開を決めた。二〇二三年十一月に単行本として刊行が予定されている『鋼《はがね》の絆《きずな》』がリスタート第一弾となる。

また、二〇二四年からは森林火災と戦う神谷夏美、そして消防士たちを描くことになるだろう。『命の砦』の単行本の後書きを翻《ひるがえ》し、今後も本シリーズを書き続けていくと、ここで宣言したい。

本シリーズは神谷夏美の成長物語の側面を持つが、私にとっても同じで、もう一度人間の善意を信じたい、という想いがある。

今も多くの消防士とメールでやり取りをしている。彼ら、彼女らに共通するのは自らの功を誇らないことで、当たり前のことを当たり前にしているだけ、と淡々と語る消防士たちには敬服するしかない。改めて、本書をすべての消防士に捧げる。

二〇二三年十月、東京にて。五十嵐貴久

《参考資料》

『元素がわかる事典　世界は何からできている？　発見の歴史から特徴・用途まで』宮村一夫・監修（ＰＨＰ研究所）
『マグネシウム』（現場で生かす金属材料シリーズ）日本マグネシウム協会・編（工業調査会）
『消防・防災と危機管理　全国自治体職員のための入門・概説書』瀧澤忠徳・著（近代消防社）
『SUPERサイエンス　火災と消防の科学』齋藤勝裕・著（シーアンドアール研究所）
『よくわかる消防・救急　命を守ってくれるしくみ・装備・仕事』坂口隆夫・監修（ＰＨＰ研究所）
『消防に関する世論調査』東京消防庁企画調整部広報課・編（東京消防庁企画調整部広報課）
『消防官の仕事と資格　身近なファイヤーたちの「仕事・学び・生活」徹底研究　改訂版』木精舎編輯所・編（三修社）
『消防自動車99の謎　消防車と消防官たちの驚くべき秘密』消防の謎と不思議研究会・編（二見書房）
『東京消防庁　芝消防署24時　すべては命を守るために』岩貞るみこ（講談社）
『日本の消防車　２０２０』（イカロス出版）

『消防官になる本　消防官への道を完全収録　２０１７－２０１８』（イカロス出版）
『消防用語事典　新訂』消防庁・編（全国加除法令出版）
『消防がスゴイ　はじめて知る消防のすばらしき世界』木下慎次・著（イカロス出版）
『平成30年版　消防白書』総務省消防庁・編（日経印刷）
『令和元年版　消防白書』総務省消防庁・編（日経印刷）
『消防団　生い立ちと壁、そして未来』後藤一蔵・著（近代消防社）
『新宿の迷宮を歩く　３００年の歴史探検』橋口敏男・著（平凡社）
『災害・事故を読む　その後損保は何をしたか』杉山孝治・著（文芸社）
『駅前新探検　新宿』松田武彦・著（キネマ旬報社）
『新宿駅はなぜ１日３６４万人をさばけるのか』田村圭介　上原大介・著（ＳＢクリエイティブ）
『完全版　新宿駅大解剖』横見浩彦・監修（宝島社）
『新宿駅西口広場　坂倉準三の都市デザイン』新宿駅西口広場建設記録刊行会・編著（鹿島出版会）
『消防署図鑑』梅澤真一・監修（金の星社）
『図解雑学　消防法』山田信亮・編著（ナツメ社）

この作品『命の砦』は令和二年十月、小社より四六判で刊行されたものです。

本書はフィクションであり、登場する人物、および団体名は、実在するものといっさい関係ありません。

一〇〇字書評

切り取り線

購買動機（新聞、雑誌名を記入するか、あるいは○をつけてください）

□（　　　　　　　　　　）の広告を見て	
□（　　　　　　　　　　）の書評を見て	
□ 知人のすすめで	□ タイトルに惹かれて
□ カバーが良かったから	□ 内容が面白そうだから
□ 好きな作家だから	□ 好きな分野の本だから

・最近、最も感銘を受けた作品名をお書き下さい

・あなたのお好きな作家名をお書き下さい

・その他、ご要望がありましたらお書き下さい

住所	〒				
氏名		職業		年齢	
Eメール	※携帯には配信できません	新刊情報等のメール配信を 希望する・しない			

この本の感想を、編集部までお寄せいただけたらありがたく存じます。今後の企画の参考にさせていただきます。Eメールでも結構です。

いただいた「一〇〇字書評」は、新聞・雑誌等に紹介させていただくことがあります。その場合はお礼として特製図書カードを差し上げます。

前ページの原稿用紙に書評をお書きの上、切り取り、左記までお送り下さい。宛先の住所は不要です。

なお、ご記入いただいたお名前、ご住所等は、書評紹介の事前了解、謝礼のお届けのためだけに利用し、そのほかの目的のために利用することはありません。

〒一〇一－八七〇一
祥伝社文庫編集長　清水寿明
電話　〇三（三二六五）二〇八〇

祥伝社ホームページの「ブックレビュー」からも、書き込めます。
www.shodensha.co.jp/
bookreview

祥伝社文庫

命《いのち》の砦《とりで》

令和 5 年10月20日　初版第 1 刷発行

著　者　五十嵐貴久《いがらしたかひさ》
発行者　辻　浩明
発行所　祥伝社《しょうでんしゃ》
東京都千代田区神田神保町 3-3
〒101-8701
電話　03（3265）2081（販売部）
電話　03（3265）2080（編集部）
電話　03（3265）3622（業務部）
www.shodensha.co.jp

印刷所　堀内印刷
製本所　ナショナル製本
カバーフォーマットデザイン　芥 陽子

Printed in Japan ©2023, Takahisa Igarashi ISBN978-4-396-35015-4 C0193